蔡拓个人照

1970 年在内蒙古东乌珠穆沁旗插队时草原照

1999 年 7 月在南开大学研究生学位授予暨毕业典礼上的毕业照

1999 年 7 月博士毕业,和妻子与导师陈晏清先生合影

2015 年在北京昌平家中书房

2018 年 10 月 20 日，在南开大学周恩来政府管理学院举办的《改革开放四十年中国国际关系学科发展与理论建设》研讨会上作主旨发言

与北京大学赵宝煦先生在西安大雁塔前的合影

与南开大学车铭洲先生在学校行政楼前合影

2015 年 9 月 20 日在"师道与哲学暨《西方中世纪与现代西方五大哲学思潮》"出版座谈会上与南开大学车铭洲先生及 78 级同窗的合影

2020 年 12 月在"第三届清华全球发展论坛"上演讲

齐琳七十岁时,与她生前的最后合影

学术人生丛书

拓开天外无穷景

蔡拓 著

一个全球主义者的学术人生

南开大学出版社

NANKAI UNIVERSITY PRESS

天津

图书在版编目(CIP)数据

拓开天外无穷景 ：一个全球主义者的学术人生 / 蔡拓著. -- 天津 ：南开大学出版社，2025.6. --（学术人生丛书）. -- ISBN 978-7-310-06678-0

Ⅰ.I251

中国国家版本馆 CIP 数据核字第 2025J0E194 号

拓开天外无穷景：一个全球主义者的学术人生
TUO KAI TIANWAI WUQIONG JING：
YIGE QUANQIU ZHUYI ZHE DE XUESHU RENSHENG

南开大学出版社出版发行

出版人：王　康

地址：天津市南开区卫津路 94 号　　　邮政编码：300071

营销部电话：(022)23508339　营销部传真：(022)23508542

https://nkup.nankai.edu.cn

天津创先河普业印刷有限公司印刷　全国各地新华书店经销

2025 年 6 月第 1 版　　2025 年 6 月第 1 次印刷

240×170 毫米　16 开本　17.5 印张　5 插页　251 千字

定价：88.00 元

如遇图书印装质量问题,请与本社营销部联系调换,电话：(022)23508339

Content

目录

下编　我的学术旨趣

引言

在我学术生涯的 40 年历程中,始终给予我温暖、支持、鼓励,并从各方面保障我学术研究与创作的,就是我的妻子齐琳。令我悲痛不已的是,她已于 2022 年 3 月 6 日因病逝世。从此,我失去了生活的伴侣,家庭失去支柱,陷入孤老与寂寞。

这部有关学术生涯与研究旨趣的小书,既是对我学术人生的总结,更是源于对妻子的思念。正是在她逝世后,迫于应对和驱赶这个猝不及防的变故所带来的巨痛和惶恐,我选择并立即开始了回忆学术生涯的写作。这是唯一能使我平静下来的事情。

人生七十古来稀,尽管这个俗语与论断在今天似乎已不太适用,因为人类物质文明的进步和生活水平的提高,使人的平均寿命不断提高,70 岁以上的老人越来越多,但 70 岁依旧是人一生的重要生理界限,不确定性日益增多,生命的终结可能突然降临。

我今年 75 岁,从事教育与研究工作已经 40 年。是时候静下来,回顾和总结自己的一生了。每个人都有独特的人生、独特的经历和独特的故事与感悟,我是如何走过 75 年历程的,是否活出真我,践行了自己的理想、价值与追求,是否对社会、对学术作出了自己的独特贡献?这一切,就是我想总结和回答的问题。人贵有自知之明，我深知我的一生是学术人生，因此，只有从学术生涯的视角去追忆、梳理、审视自己的一生，才可能较为客观地描述自己的经历，总结自己的人生得失与感悟。

这本学术回忆录，是对我的学术生涯和学术旨趣的梳理、总结，所以没有什么吸引人的故事，缺乏生动性。但是它真实地记录和反映了我40年的学术追求和所进行的工作、付出的努力，即执着、坚定地在人类文明的大道上探索，力求从共性的视角探究人类社会生活的普遍性，分析和揭示这种普遍性的内容、要义和价值。从而证明，尽管人类在不同的时代、地区、国家、民族，以不同的方式、途径、传统、偏好，形成着自身的特殊性，展示着社会生活的丰富性，但在这种多彩生活的背后，却不断生成和凝聚起人类文明的共同性和普遍性。它们是人类共同追寻与奋斗的结晶，规范和引领着人类走向公平、正义、自由、民主、和平、幸福的理想社会。我们必须探索人类文明的共性，践行人类文明的共性中包含的普遍适用的规则、理念与价值。这就是我40年学术生涯得出的明确结论。

本书在结构上分为上下两编，即我的学术生涯与我的学术旨趣。前七章为上编，概括了我的青年时代和学生生活，梳理、总结了我学术生涯的三大阶段，介绍了每个阶段的学术工作、成果和特点，阐述了我的学术研究的使命感和道德律，以及对我妻子的思念和心里话。她是我学术生涯的伴侣和保障，没有她的呵护、支持、无私奉献，不可能有我今天的学术成就。这个回忆录就是为她而写的，很多心里话在其生前未能倾诉，只能在这里略加诉说。后五章为下编，阐述了我努力开辟理论研究新领域，在交叉性、边缘性、整合性中探寻理论突破点的学术旨趣，提炼和归纳了在整体政治学、国家政治向非国家政治的转型、全球学研究、世界主义思想研究，以及中国与世界之关系方面我的主要学术观点、主张和贡献。

上编

我的学术生涯

第一章

中学生活、知青时代与油田岁月

一个人的职业生涯是如何选择和确定的,包含着很多确定和不确定的因素,有必然也有偶然。确定的因素就是大的时代和社会环境、家庭影响,以及个人的天分、客观条件。而不确定因素则是变换的社会事务、流动的人际关系、家庭的变故,以及个人经历和心理的波动。我从事高等教育和社会科学研究工作,并且一生热爱这个职业,将其视为自己的生活方式,这正是确定性与不确定性因素综合作用的结果。因此,论及我的学术生涯,就不能仅从当大学老师开始,而需要从我为什么能当老师,又是如何成为一名教师说起。这样一来,就自然要回溯到中学生活、知青时代和油田岁月。正是1961年至1978年这段不平常的经历与生活,促使我埋下了学术生涯的种子,确立了我学术生涯的底色。

我的中学生活是在清华大学附属中学度过的,从1961年初中入学直至1968年高中毕业去内蒙古插队,我在清华附中住校生活了近七年。与当时的北京中学名校男四中、男五中、师大女附中等相比,清华附中是一所相对年轻的中学,但发展迅速,很快跻身于北京中学名校之列。它的特点是又红又专,红是注重思想教育、形势教育,以及60年代中期开始强调的阶级教育、接班人教育;专是抓好教学,依托清华大学的支持,确立考上清华大学的目标,设立预科班,加之重视学校的体育运动,所以60年代中期的清华附中呈现出一派生机勃勃的景象。

中学生活留在记忆里的深刻烙印是对政治的关注,对国家大事的关心。学校的政治教育、阶级教育、形势教育,直至后来的"文化大革命"的事件与经历,都突出了鲜明的政治主题,彰显了政治思想、路线斗争的激烈与尖锐,并沉淀和内化为我们这一代人的思想底色。清华附中的学生除了清华子弟这一类学生外,主要来自两类家庭:一是干部军人家庭子女,即我们今天所说的红二代,二是知识分子家庭子女。这两类家庭的子女都有不同渠道可获得或听到国家事务的内部信息,而这些信息大都与政治、形势发展走向相关,因此时时撞击着年轻学生的心灵。毛主席关于青年人好像早上八九点钟的太阳,希望寄托在你们身上的讲话就是此间开始传播的,而清华附中和清华大学初期的"文化大革命"运动更是遵循毛主席教导的斗争实践,受到毛主席赞扬的"无产阶级革命造反精神万岁"的大字报和创建"红卫兵"组织,都是这些斗争实践的体现和产物。

我出身于书香门第家庭,父亲从事外国戏曲研究和翻译工作,工作单位是隶属于文化部(现文化和旅游部)的中国戏剧家协会。他不过问政治,更谈不上积极参与政治活动,是一个本分的文化工作者,但在"文化大革命"中仍受到一定冲击,被下放到"五七干校"劳动改造。母亲年轻时是一名护士、助产妇,后来辞职居家,成为家庭妇女(用现在的话讲就是成为全职太太)。"文化大革命"前我的两个哥哥在清华读书,一个姐姐在安徽淮南老家当小学老师,另一个姐姐在北京石油学院读书。我从 1961 年至 1968 年在清华附中住校上完初中高中,直到后来去内蒙古插队。弟弟那时则是小学生。"文化大革命"后,我和弟弟又分别考上南开大学与北京大学。大家各自忙于读书、工作,而"文化大革命"中又分散于全国各地,相互联系也不多。所以从思想政治上讲,家庭对我的影响并不大,因为父母都是普通人,也不刻意去教育子女。父亲尽管是高知,但地位、名声并不显赫,这一点对我一生都不看重地位和名声多少有些影响。现在回顾和总结自己思想中关心国家大事、追求并向往革命的缘由和根源,显然不是来自家庭的影响,而是在清华附中 7 年受到的教育,而这种情结、基因贯穿于我的一生,内在地左右了我的职业选择和学术生涯。

1968年8月,我和几个同学"扒车"去内蒙古锡林郭勒盟东乌珠穆沁旗插队。所谓扒车,就是未被批准而私自混在北京赴内蒙古插队的大部队中前往内蒙古地区落户。年轻时的决心和果敢现在想起来倒是有些自豪,勇气可嘉。要知道"扒车"偷行,既无户口又未带住宿的行装,还要冒着被遣回的危险。幸运的是我们被批准在东乌旗道特淖尔公社插队,从此开始了难忘的知青生活。一开始我们被分到公社的红旗农场,这意味着是务农而不是放牧,与当初的意愿不符,所以我们这几个扒车的后来者又积极争取,最终如愿转入牧业大队汗乌拉大队。

当时的内蒙古,一方面担负着守护祖国北疆,防备苏修的重任;另一方面又在紧张地开展反对"内人党"(内蒙古人民革命党)的政治运动,且斗争激烈。知识青年来到内蒙古后响应毛主席的号召,积极投身当时的政治运动,我和我的伙伴们也不例外。当时开展反对"内人党"、打击牧主及其家庭的政治斗争。如同全国的"文化大革命"一样,内蒙古这场反对"内人党"的政治运动造成了恶劣的社会影响。我们生活的汗乌拉大队相对平稳,虽然也存在抄牧主家、没收其物品的活动,但主要着眼点是防敌特,即防止来自蒙古的敌特入境,以及防范试图逃离内蒙古与境外接头的内部敌人。所以对于我们来说,巡逻和查找信号弹就成为日常一项重要工作。我所经历的抓"内人党"运动只有1年左右的时间,毫无结果,所以后来就不

1970年在内蒙古东乌旗插队时的搬家照

了了之了。

1970 年在内蒙古东乌旗插队时的四位队友

在内蒙古插队的知青生活,除了如上所述进一步强化了我的政治意识和革命精神外,对我后来人生有重要影响的主要有两点。其一是对底层民众生活的了解与关注。作为一个城市青年,又生活于家境比较殷实的知识分子家庭,我对底层百姓的生活不甚了解,对他们的艰辛更无感受,但是 4 年多的插队经历弥补了这一课。从此深知,生活在底层的广大民众一方面要与恶劣的自然环境抗衡,为自己家庭的生存赢得基本保障;另一方面又要面对和处理基于生产生存的复杂社会交往关系(包括牧民之间、家庭之间,以及大队干部与牧民之间的关系),甚至要忍受来自社会、来自干部的不公正对待。总之生活之艰难,生活之不易,只有在社会底层摔打过,才能领悟。这一点决定了我一生的学术研究都与国家政治制度建设、社会公平与正义、官民关系、国家和人类文明的未来相关。其二是知识和视野的扩展,理论学习的兴趣与思考深入。随着政治运动的演变，特别是坠机事件的震撼，我们日益认识到要践行自己认定的理想，不仅需要热情和勇气，还需要知识、视野、理论和理性的思考。所以在内蒙古插队的后两年，我和同伴们开始从北京家中带来了多种书籍阅读，主要是文学作品（如《钢铁是怎样炼成的》）和一些政治论著，以及返京探亲时在家中阅读翻译过来的内部读物［如密洛凡·德热拉斯（今译米洛万·吉拉斯）的《新阶级》］，开始了初步的理论学习。这些初步的学习与思考，立足点原本是遵循毛主席的教导，关心国家大事和人类命运，认清形势变化和路线斗争，立志做合格的革命接班人。这本质上是革命教育的继续，是当时教育思想的体现，还远未认清其为中国社会发展的路线方针和政策带来的问题。但是在客观上，内蒙古插队时期所开始的理论学习与思考，为我一生的学术研究打下了初步基础。

　　1972 年 12 月，我离开内蒙古牧区来到天津大港油田工作，身份也从边疆牧民转为油田职工，开始了 6 年的油田生活。油田职工的生活与草原牧民的生活大相径庭，油田生活是高度专业化、集体化的生活，无论是生产、学习还是日常生活都讲组织、讲纪律、讲规则，而草原牧民生活则是高度个体化的游牧式生活，每个蒙古包就是生产、生活的单元。由于蒙古包之间相隔几里甚至几十里，所以很长时间内，在茫茫草原上你只能与自家的羊群为伴而见不到他人。在 6 年的油田岁月里，我不仅参与了油田特有的增产会战，还参加每晚的集体政治学习和众多的政治活动，从而对中国工人阶级特别是石油工人有了基本的认知。在经历一系列政治运动和工业学大庆的热潮中，中国工业的军事化生产管理模式给我留下了深刻印象。在工农兵学商五种身份和职业中，我已经历了农（牧）和工两种，因此，对社会的认知、对底层民众的了解有了相当的基础，这种人生经历无疑有助于我后来的发展。

　　由于 1966 年至 1972 年期间大学停招，所以大学毕业生稀缺。于是我们这批 1972 年底来到大港油田的老高中生就受到了重用，被分配到油田设计院从事设计工作。这对我们来说是个挑战，因为要学习完全陌生的专业知识。我们这批有着插队经历的老高中生都很争气，在师傅们（老大学生）的指点下很快承担起油田设计的重担，有不少人还成为了业务骨干。除了专业学习外,在设计院工作的好处是,只要抓紧就有时间进行个人喜好的学习,如外语学习、政治理论学习等。正是在6年油田岁月里,我学习了《共产党宣言》《国家与革命》等马列原著,进一步巩固了在知青时代已初步养成的理论学习与思考的习惯。更为重要的是,在粉碎"四人帮"前后那段岁月中,我们已经开始有了独立的思考、反思,对"左"的思想、理论、政策有了初步的分析、抵制和批判。尽管理想性、革命性的底色依旧存在,但独立性、自主性、反思性、职业性的思考明显提升。这种深层次的品性、见识和思维上的蜕变,为我人生的又一次选择做了铺垫。

　　总之,17年的中学生活、知青时代和油田岁月,浓缩了我30岁之前的生活,也反映出这期间生活、工作的变动性和可塑性。如果不是知青返城潮,我可能一辈子就是个牧民;如果不是"文化大革命"结束,高考恢复,我也可能终身就是一个油田职工。人生的这种变动性和多样经历,打开了我的眼界,增长了我生产生活的知识与技能,更重要的是塑造了我思想价值的底色,即理想性、革命性、责任性的基底,加之对社会政治理论的关注与偏好,这些无疑为我30岁之后的学术生涯提供了启示与动力。

第二章

南开求学与留校任教

党的十一届三中全会召开后,中国发生了翻天覆地的变化,重大改革层出不穷,直接关乎和牵动亿万民众的诉求与利益。恢复高考、重振高等教育、加快人才培养正是其中最得人心的一大改革和举措,我的人生与命运也因此发生了重大改变。此时,我刚刚成家,爱人大力支持我上大学,我工作的油田设计院也鼓励我们报考相应专业,以便学成后更好地为油田服务。基于专业对口的考虑,我报考了天津大学的化工专业,但由于体检眼睛色弱,未能被录取,从而与1977级无缘。半年后,我又参加了1978级高考,报考了南开大学哲学系。分数达标,却迟迟收不到录取通知书,难道又要与上大学失之交臂?心有不甘,我于是给教育部写了一封信,通过家父的朋友转送教育部领导。信的内容就是申述自己的意见,询问本人既然达到南开大学哲学系的录取条件,为何不录取,难道是因为家父参加过国民党,后本着"宁摆香烟摊,不做蒋家官"而退出国民党的历史问题吗?改革开放初期,伴随着"实践是检验真理的唯一标准"的讨论,思想文化界大解放,社会环境空前好转。政治清明,官员爱民、有怜悯心、有责任感,提供给人们自由发表意见、诉求、愿望的平台,并能及时回复。当时,除了向各级机关单位直接反映意见外,《光明日报》成为普通民众申诉冤屈和问题的最主要渠道,受到人们的信任与喜爱。恢复高考后,在1977级、1978级两届学生的招生中,家庭出身、血统论仍有影响。按照传统的认知,哲学是政治性、党性比较强的专业,所以对学生的家庭出身与社会背景就有更严格的内在要求,这恐怕是我当时未被录取的原因。幸运的是我赶上了好时代,所以一封申诉信改变了我的人生轨迹,使我如愿进入南开大学哲学系,成为中国教育史上被载入史册的 1977 级、1978 级大学生中的一员。

　　1978 年 10 月中下旬(比正常入学时间晚了两个月),我穿着带有油田特色的"道道服"来到南开大学,开始了四年哲学本科学习生活。一个全新的天地、一种全新的生活,也生发着一种全新的选择与美好愿望。1977、1978 级学生以学习的自觉、刻苦著称,而有过插队、工作、当兵的特殊经历,又使其较为成熟、稳重,少些传统意义上大学生的书生气。对于哲学专业而言,这些经过社会熏陶的大学生理解力、批判力更强,似乎更适合学习哲学。

　　对我而言,上大学无疑是人生的一大转变,而选择哲学专业更意味着确立了终身的职业,其意义更大。如果我眼睛未被查出色弱而上了天津大学,学习化工专业,那么最大的可能就是毕业后返回油田设计院从事油田工艺设计工作,成为一名工程师。但我深知,那个专业并不是我的最爱,也与我已有的素质、偏好不符。所以 1977 级未被录取可谓因祸得福,成就了我的最佳职业选择。哲学是探索世界本质的一门学问,更是智慧,它的明显特点就是宏观思考,终极关怀,讲究学理,注重形而上学,更偏好应然、价值、观念、思维的建构、诠释与确立。如前所述,在中学生活、知青时代和油田岁月中,理想性、革命性、理论思维与思考,已沉淀为我的思想与文化底色,所以学习哲学不仅与这种底色吻合,而且有助于提升这种底色的学理性、体系性。

　　4 年哲学本科学习,除了学习哲学原理和马克思主义哲学原著外,我感兴趣的是西方哲学史、政治和法律思想史,以及恢复和重建中的政治学、伦理学所关注和探讨的理论问题。所以在这四年的学习中,在完成专业所要求的课程和学分外,我的更多时间是寻找和阅读国家、民主、法律、社会主义、修正主义、苏共、欧洲共产主义、社会民主党等领域的文献,既包括洛克、卢梭、孟德斯鸠、柏拉图、亚里士多德等人的代表作,也包括列宁、考茨基、伯恩斯坦等人的代表作,当然更关心毛主席强调的"无产阶级专政下继续革命"的理论,及粉碎"四人帮"后对这一理论的反思与批判,尤其关心改革开放后开创的思想大解放对诸多政治理论问题的深入探讨,并及时通过阅读学术期刊上的最新论文认识和把握政治理论前沿课题。显然,四年本科学习的这种偏好与我在以往岁月中形成的关心政治、关注国家大事和人类命运、喜爱政治理论并愿意进行学理性思考的素质与习惯相吻合,而这四年较为系统的理论学习和思考,无疑更进一步坚定了我从事理论研究工作的决心和愿望。

4 年的本科学习生活转瞬即逝。基于自身的理论兴趣、偏好和积淀,我的本科毕业论文选择了"契约论研究"这一主题,属于西方哲学史领域,指导老师是张青荣老师。其实严格地讲,"契约论研究"属于西方政治法律思想史领域,在学科上更靠近政治学。这篇论文 5 万余字,远超出学校对本科毕业论文的字数要求。它既是一篇本科毕业论文,也是参加哲学系一年一度五四青年论文比赛的一篇获奖论文,获得了好评。我以这篇论文告别了终生难忘的 4 年大学本科学习生活,回馈了家人的支持与鼓励、学校老师的关心和指导,以及同学们的友情和帮助,当然也对自己的努力、奋斗给予了肯定。更令人高兴的是,在毕业分配时我被留校任教。大学教师,这是多么令人向往的职业与工作,尤其适合我。所以在毕业分配方案中尽管有北京的名额与选项,但对我并无过多吸引力(当然,其中也考虑到若进京工作,会造成与爱人、孩子分居的困难)。就这样,我成为南开大学的一名教师,开始了教学科研、教书育人的新生活。更确切地讲,南开毕业留校后才真正开启了我后来 40 年的学术人生。

学术生涯的第一阶段

（1982.7—1991.7）

　　1982年留校后我被分配在马列教学部（马克思主义列宁主义基础理论教学部）的科学社会主义教研室，从事科学社会主义和当代国外社会主义的教学。当时正是批判"文化大革命"、反思传统社会主义模式的时期，社会主义的研究很热，尤其是打开了眼界，开始理性审视国外的多种社会主义模式和理论。在这种批判、反思、比较研究的大背景下，科学社会主义的理论和政治学的基本理论更密切地联系起来，推动和深化了政治学的理论创新与发展。所以，这个时期的教学令人感兴趣，也很有意义，拓展了我的理论视野，强化了我的理论基础，同时也为我发挥自身的理论特长提供了很好的舞台，增强了我作为一名大学教师的自信心。无论是作为全校公共理论课还是哲学系、法学系的专业选修课，这段时间我的教学得到了学生们的认可，特别是新开设的"当代国外社会主义"课程更是得到了肯定。与此同时，基于教学实践，1989年南开大学出版社出版了我们教研室自己编写的《当代社会主义》教材（牛星熙教授任主编，我任副主编）。

　　但是科学社会主义和当代国外社会主义的教学与研究，是学校要求的教学工作和任务，并非我学术生涯的主线，我始终关注并投入更多精力的是政治学基本理论和西方政治思想史研究。这期间我先后出版两本专著和一本译著，并发表十余篇论文，这是我学术生涯中个人研究成果比较集中和突出的时期，奠定了我在南开大学和天津学术界的影响。

一、处女作——《契约论研究》的出版

1984年，南开大学政治学系重建，先后开设思想政治工作本科专业、思想政治工作二学位和政治学本科专业，这三个专业的课程中都有西方政治思想史，并由我讲授。这样就给我系统研究西方政治思想史提供了一个契机和平台，加之我的本科毕业论文就是契约论研究，已具备一定的资料和研究基础，所以撰写一本契约论研究的专著在留校后就提上日程，并很快付诸实施。

为了撰写这本专著，我又重读了霍布斯的《利维坦》、洛克的《政府论》、卢梭的《社会契约论》《论人类不平等的起源和基础》《爱弥尔》、孟德斯鸠的《论法的精神》、《阿奎那政治著作选》等经典著作。同时查阅了解放前学术界的相关研究成果，如张奚若的《契约论考》（商务印书馆1933年版），还找到苏联学者涅尔谢相茨的《古希腊政治学说》（莫斯科科学出版社1979年俄文版），这本书为研究古希腊时期的契约论和自然法学说提供了新的资料，后来我还将该书翻译成中文出版。书稿撰写很顺利，在撰写过程中，得到南开大学政治学系主任车铭洲老师的鼓励和支持，书稿完成后，车老师又审读了全部书稿，并提出宝贵的修改意见。最令人感动的是，他为我的处女作写了序："这本著作描述了西方契约论学说的发展线索，概括了不同时期契约学说的主要观点，并作了必要的分析与评价，内容充实，思路清楚，是一本读之有益的书。蔡拓同志是位青年政治学者，热心政治学的研究，学风扎实，勤奋努力，学术水平和科研能力正在不断提高，来日方长，大有作为。"（《契约论研究》，南开大学出版社1987年版）这本书的写作还得到了中国大百科全书出版社编辑梁从诫先生的支持（当时我弟弟在该出版社工作，他把我介绍给梁先生）。1991年《契约论研究》获天津市第四届哲学社会科学优秀成果专著二等奖，这意味着我的学术生涯的第一步获得成功，我的

学术成果得到认可。

我之所以关注并研究契约论,是因为契约论在政治学中具有独特的地位和影响。其一,契约论研究从某种意义上讲就是缩小的西方政治思想史研究。契约论主要是一种国家起源学说,同时又涉及国家的性质、目的、主权、个人权利、国家与人民关系、政府建设等一系列有关国家学说的基本问题。研究契约论可以说是了解近现代西方政治思想史的一把钥匙。其二,契约论为政治学的研究提供许多历史依据。既然契约论讲的完全是有关国家的问题,那就恰与政治学的研究对象吻合,契约论所涉及的各种问题,都依然是政治学研究的中心。其三,契约论研究能够为当代的国家政治建设提供重要启示。首先,主权在民的思想符合政治发展的客观规律和历史趋势。马克思主义国家学说无疑借鉴了主权在民的思想,现代民主国家无疑要倡导并践行人民主权论,赋予人民更重要的地位。其次,契约论观点为现代生活所必需。尽管用契约论的观点来说明国家起源已成为历史,但契约观念已积淀为人类生活的一个准则,渗透于经济、政治及广泛的社会生活之中。契约观念以承认双方的平等地位为前提,肯定各自的独立价值,尊重各自的主体意义,同时契约观念又是实行法治的客观要求。由此可见,契约观念及其相伴生的自由、平等、法治观念都与现代国家的政治建设息息相关。最后,从更广泛、更深层次的思想文化角度看,契约论中所体现出的人类对自身生存目的的探究、对人的价值与尊严的肯定,也对我们探索人生的奥秘和人类发展的道路、促进人的全面发展有深刻的启发意义。契约论培育了人类珍贵的人道主义精神,开辟了人类历史的人道主义方向,从而也为马克思主义的人道主义发展提供了借鉴。

总之,契约论的研究是我学术生涯的起点,反映了在"文化大革命"和本科学习中积淀的思想文化底色和政治理论偏好。思想史的研究是为了回应现实,解释现实,倡导现实的发展方向。而20世纪80年代的中国现实,就是对传统的中央集权式的社会主义模式的反思,对"以阶级斗争为纲"的极"左"路线的批判与反思,就是开始重视社会主义民主建设,认同并倡导马克思主义的人道主义精神,全面推进改革开放。所以契约论的研究尽管是理论的，但本质上体现出对中国现实的关怀，这恰恰是我的学术生涯第一个阶段的总体性特点，也渗透于该时期其他的成果之中，正是这一特点将其与第二、第三个阶段区别开来。

二、《西方政治思想史上的政体学说》的出版

《西方政治思想史上的政体学说》是《契约论研究》的姊妹篇，都是在西方政治思想史的教学中产生的。相对而言，契约论的思想研究涉及的领域和知识面更广些，与政治学基本理论的贴合度更多也更明显些。而政体学说的研究则更专些，涉及领域与知识面也略窄，紧紧扣住政体这一主题和关键词。但政体的研究离不开国体，离不开民主、法治、共和、代议、分权制衡、选举等政治学的基本理论与范畴，所以，其关心和研究的重点与契约论研究一样依旧是国家政治的建设。这一点在该书的"前言"和最后一章中都作出了明确的阐述与分析。

在政治思想史上，西方许多思想家和政治家对国家政体表示关注，并进行了系统的研究。而直到鸦片战争为止，可以说在数千年的中国历史上，没有什么思想家和政治家重视君主政体和其他政体之间的比较，这是因为君主专制制度统治了中国几千年，人们根本不知道还有其他政体形式。因此是否存在国家政体这一概念及其比较研究，成为中外政治思想史的一大区别。

西方政治思想史上重视国家政体的传统同样要追溯到古希腊罗马时代，柏拉图的《理想国》，特别是亚里士多德的《政治学》《雅典政制》，都是西方政体学说的经典。这种传统在中世纪得到继承，在近代得到发扬，其理论不断深化，体系更加规范、完整，诸如法治思想、共和理论、宪政、分权、代议等理论都在政体学说研究的进程中确立，并予以实践。所以，仅仅从学术的角度上看，把政体学说从整个西方政治思想中剥离出来，进行独立的专门研究，从而强化这一领域的独特意义，就很有价值。这是当年我研究和撰写西方政体学说并力求出版的第一点考虑。

　　第二点考虑，也是更深层次的思考是，政治现象、政治建设、政治发展中有无共性的东西，能否从西方政治思想史的研究中，比如从契约论的研究，政体学说的研究中捕捉住政治建设中的共性元素，从中得到启示，推进社会主义国家特别是我国的政治体制改革和政治建设。显然这是涉及思维方式、价值观念、认识原则与方法等更具有根本性的问题。改革开放之前，特别是"文化大革命"时期，阶级斗争的思维和理念主导了整个国家，人们习惯于从无产阶级与资产阶级、社会主义与资本主义的角度审视和处理各种问题，对来自西方的一切都持怀疑、批判、反对的态度，从而使中国与世界割裂、对立，处于唯我独革、孤家寡人的境地，自我恶化了中国发展的国际环境。所以从"左"的思想意识、价值理念中解放出来，理性地认识人类社会的发展和各国之间的关系，具有特别重要的意义。对此，《西方政治思想史上的政体学说》一书给出了明确的阐述与分析。

　　该书在"前言"中指出，在人类认识政治现象的历史进程中有没有某些共同的内容，对这一问题的研究至今还远不够深入，甚至存在某些困惑与难点。之所以如此，就在于传统的思维方式尚有较大市场，它限制了人们探索问题的思路和勇气。该书的最后一章更鲜明地强调："西方政体学说是西方政治文化的一个重要组成部分。正如我们在前言中指出的那样，尽管西方政治文化有其鲜明的阶级性和民族性，体现了西欧北美各国不同阶级、阶层的利益，特别是体现了统治集团的意志要求，反映了这些国家的国情、传统，但它毕竟又涉及很多人类政治生活的共同性问题。这些问题在不同历史时期和不同的社会制度中当然有着不同的历史背景和阶级背景，从而与不同的阶级、集团利益相关。但从政治科学的角度上看，这些问题却是政治现象发生、发展史上的一些带有规律性的东西，认识它们，对于探索政治发展的客观规律，自觉按照政治发展的客观规律办事，有着极为重要的意义。"（《西方政治思想史上的政体学说》，中国城市出版社 1991 年版）正是立足于人类社会生活包括政治生活有共同性的基点，该书最后一章集中阐述了西方政治学中所体现出的共性内容，并认为这些共同的带有规律性的内容，应该为社会主义各国所借鉴，为我国的政治体制改革所汲取。

这些共性的内容具体表现为以下几点：

其一，共和制是社会主义国家政体形式的唯一选择。在人类社会政治生活的演变过程中，出现过多种政体形式，但古往今来，概括性最强，适应性最大，并且最为人们熟悉的还是君主制与共和制，而历史最终选择了共和制，它代表着政体发展的更高阶段。正因为如此，社会主义国家的政体组织形式只能采用共和制。恩格斯晚年不止一次地强调："我们的党和工人阶级只有在民主共和国这种政治形式下才能取得统治。民主共和国甚至是无产阶级专政的特殊形式。"（《马克思恩格斯全集》第22卷第274页）共和就意味着排斥个人专制和少数人的统治，实行多数人的统治，即人民的统治。因此共和就与民主紧密联系起来，共和制就必然也是民主制。

其二，代议制和选举制是社会主义国家的基本政治制度。在共和制的前提下，采取哪些具体的政治制度组织国家政权，体现共和国的一般特征，那就是代议制和选举制。代议制是一种人民通过普选产生代表组成代表机构来决策国家大政、行使国家最高权力的政治制度，它是一种间接民主制，所以必然要求合法的、规范的选举制度相伴随。显然，在相当长的历史时期内，代议制和选举制都是各国政治制度的理性选择，社会主义国家也不例外，要在改进和完善代议制、选举制上下功夫。

其三，分权制衡原则有助于社会主义国家政治运行中的监督与协调。在国家的政治运行中，通过分权来实现不同权力机构、集团之间的制衡与协调是一种普遍的现象与做法。历史上已有的国家分权理论中，就有两权分立、三权分立、五权分立等主张及程度不同的实践。社会主义国家不是要移植某种具体的分权理论与制度（如三权分立），而是要理性认识到，分权制衡乃是人类驾驭政治生活所必需的手段之一。人类几千年的政治实践表明，没有制约的权力必将导致权力的专横和腐化，所以要自觉地在国家政治体制中构建和运用制衡的机制，使国家政权机关之间，党、政、社会团体等政治组织之间，有一种制度的监督协调机制，以确保政治的合理有效运行。

其四，文官制度为社会主义国家干部人事制度提供了借鉴。文官制度包含着某些合乎人事管理规律的内容。比如强调竞争机制、注重绩效原则、讲究科学分类,从而确立一套"知人识事"、选贤任能,有利于人才培养、选拔、成长、使用,法治化、系统化的人事管理制度。显然,这些理念与制度都可以借鉴,以促进社会主义国家干部人事制度的改革与完善。

　　《西方政治思想史上的政体学说》于1991年出版,该书的出版深化了我的西方政治思想史研究与教学,进一步坚定和夯实了我关于人类社会政治生活具有共性的认识与理念,正是这个理念影响并贯穿了我40年的学术生涯。

三、译著——《古希腊政治学说》的出版

　　俄文专著《古希腊政治学说》,是我进行西方政治思想史的教学与研究中发现的,该书虽然不是大部头,但着重于古希腊时期政治学说的研究,很有特点,资料也比较丰富,而且是1979年新出版的著作。作者把古希腊政治学说的产生、发展和繁荣分为两个时期,第一个时期是从公元前9世纪至公元前6世纪,第二个时期是从公元前5世纪至公元前4世纪前半叶。我感兴趣并受益更多的是作者对第一时期古希腊政治学说的梳理、阐述,特别是他对具有神话色彩的古希腊早期政治学说的分析,记述其如何脱离神统系谱和宇宙起源论的束缚,逐步建立起用人的观点解释自然界和人类社会的政治法律学说与体系。这部分内容和史料在以往的研究文献中都比较欠缺,所以我认为很有学术价值。

　　何时决定翻译这本著作今天已记不太清楚了,可以肯定的是,我在撰写《契约论研究》和《西方政治思想史上的政体学说》时都参考了该书,因此大概是在《契约论研究》出版前后(1985至1987年)着手翻译该书。一个朋友介绍我去找商务印书馆的陈森编辑,我登门拜访,说明来意,并提供了相应的材料,很快得到商务印书馆同意出版的回复。一个无名之辈,贸然去商务印书馆要求出版一本俄文译著,这在今天恐怕也算离奇,但它却真实地发生了。今天,我重读这本译著,对自己当年的勇气和努力感到满意。这本书

因涉及古希腊时期的许多人名、地名和专用名词，加之某些神话内容和色彩以及诗歌，所以翻译的难度不小，对于我的俄语水平是个挑战，但我抱着《俄华大辞典》硬是啃下来，那时候真是挑灯夜战，不知疲劳。我的俄语水平虽然有限，但我关于西方政治学说的专业知识弥补了不少缺欠，从而使翻译工作顺利完成。在翻译过程中，得到了车铭洲老师和南开大学俄文老师刘登科的指导，我的1978级学友张光帮我译出了该书的德文、英文注释。特别想说的是，家父是俄国戏剧研究者，也从事俄国小说、戏剧的翻译工作，虽然他对古希腊政治学说完全陌生，无法给我更多直接的帮助，但他找了翻译界的朋友，帮助审阅了几处把握不准的译文和专用名词。当然，译文的严格校审与把关，是商务印书馆的陈森编辑负责的，他请到吉林社会科学院董良果研究员和天津人民出版社政治编辑室的赵振福编辑校审，不仅保障了译著的质量，还使译文增色。我要感谢老师、朋友和家人们的支持与帮助，使得我唯一一本译著得以在享有盛誉的商务印书馆问世。

现在回想起来，那时候胆子真够大，敢想敢干。大学毕业留校任教才几年不仅出了个人专著，还要出译著，为什么能做到，首先是改革开放后形成的生机勃勃的氛围，鼓励大家在各个领域大展宏图，社会风气和人际关系良好，人们心情舒畅的大环境。这个大环境不仅鼓励每个人去作为，去奋斗，并且社会也确实需要各个领域出成果、出产品，因为十年"文化大革命"已导致中国物质和精神产品的大匮乏，所以提供社会需要的产品、成果就会被接纳。我之所以才工作七八年就既不求人也不用花钱，出版了两本专著和一本译著，得益于那个令人难忘的时代、那个大好的环境，这在今天不可想象。其次是个人的意愿、定位与努力。1977级、1978级是中国教育史上最为特殊的两届学生，年龄偏大，志向坚定，绝大多数在毕业后很快就确定了明确的人生目标和发展计划，不敢虚度时光。我毕业时已经35岁，老话说三十而立，由于历史的提弄已不可能兑现，那么四十而立、五十而立总可以争取吧。所以留校任教后，几乎未给自己一点喘息的时间，就在完成额定教学工作的同时，开始研究和写作。机会可能永远只给那些真正付出心血与努力、脚踏实地工作和生活的人。所谓"尽人事，听天命"，这两条在我学术生涯的第一阶段都具备和应验了。

四、对改革开放、思想革命、国家与政府理论的探究

在我学术生涯的第一个阶段,除了推出上述三本著作外,还相对集中地参与探讨了当时社会和学术界都非常关注的一些重要问题。改革开放大政方针的推出、实践是检验真理的唯一标准的大讨论,开创了中国社会史无前例的生动活泼的政治局面。对传统社会主义的反思,对改革开放路线与战略的解读,对中国未来走向的期盼与展望,为学术界的理论探索与争鸣提供了良好环境,也成为那时研究的主要议题。显然,这些议题既关注政治学和科学社会主义的基本理论,又是中国社会亟待解决的现实问题。所以自己已形成的政治文化底色和伦理偏好,促使我发声,参与到那场思想大解放带来的学术大讨论之中。

重新审视这个阶段发表的论文,可以归纳出如下两个特点。第一个是在研究内容上紧扣时代主题和旋律。一是突出解放思想,进行思想革命,如《全球意识——当代社会主义的新思维》《反僵化——当代思想革命的主题》两文,呼唤从僵化的、落伍的思维和观念中解放出来,以改革开放的新思维、全球意识的新视角审视当代世界和中国面临的新问题、新挑战。我在文中强调:"中国改革的序幕是被一场真理检验标准的大辩论揭开的,而改革的各种成绩无不与这场伟大的思想解放运动密切相关。今天随着改革进程中新问题、新阻力的出现,迫切要求进行一次新的思想革命。"(《反僵化——当代思想革命的主题》,《南开学报》1989年第1期)"在中国革命和社会主义建设史上,曾出现过离开具体的时间、地点、条件,把一切曾有过合理性和正确性的事物、理论、原则以及与此相关的领袖人物的活动绝对化、并予以崇拜的教条主义;也曾出现过片面强调个体的、集团的、地区的、民族的具体特点和经验,排斥共性、理论的指导作用,不懂得从整体、从共性角度认识和把握世界的经验主义。这两种对待事物的方法,从思维方式上讲都是僵化的方法。"(同上)"由于当代社会主义在发展战略方面日益迅猛的全面调整,目

前僵化思维方式的主导取向也不再表现为崇拜形式的教条主义，而表现为排外形式的经验主义。这种经验主义总是拘泥于马克思和社会主义的纯洁性，对人类日益紧密的全球性联系缺乏足够的了解和认识。对那些需要立足国际舞台，从整体上加以探索的现象和规律，不仅所知甚少而且缺乏自觉的意识。"（同上）二是突出国家和社会主义理论的反思，《试论国家消亡的理论与实践》《政府职能新探》《列宁主义与当代社会主义》等文强调探索国家的合理定位和政府职能调整的重要性，以及以改革的视野挖掘那些长期被我们忽视的列宁主义中的辩证思维方式，坚定不移地改革和完善现实社会主义。三是突出顺应历史潮流，推进我国的改革开放。《人类知识化刍议》《探究政治发展规律　推进政治体制改革》《改革与和平演变》这几篇文章更具体指出中国面临的知识化、政治体制改革等现实问题。由此可见，从研究议题和内容上讲，我的学术生涯第一阶段发表的论文，明显偏重政治学理论和社会主义理论，反映了时代的烙印和当时个人的理论偏好。

第二个特点是在理念思维和价值导向上始终重视和强调共性、普遍性、全球性，有意识地警惕、防止个性、特殊性、国家性的偏颇与膨胀。我在《人类知识化刍议》中强调，"现代化的含义之一就是知识化，所以加速我国的知识化势在必行。我们必须从历史的、宏观的角度强调指出：人类知识化是社会发展的必然趋势，是滚滚向前的历史潮流"（《人类知识化刍议》，《天津社会科学》1984 年第 2 期），"自从人类进入资本主义社会，各个国家和地区的政治、经济、文化等方面的交往出现了向世界性发展的趋势，资本的世界性，摧毁了形形色色的闭关锁国的幻想。科技革命的胜利进军，客观上要求现代经济在国际范围内协作"（同上）。我在《政府职能新探》中指出，"政府的两种职能是随着人类文明发展而消长的。人类文明愈发展，社会愈进步，政府的政治职能愈减弱，政府的社会公共职能愈加强。这是国家演变的客观规律"（《政府职能新探》，《天津社会科学》1988 年第 1 期）。我曾在《列宁主义与当代社会主义》中指出，"改革是当代社会主义的大趋势，在改革的历史洪流中每个社会主义国家都不再是单枪匹马，而是有了参照系，有了相互借鉴的可能。在这种情况下，改革的个性与共性的关系问题也尖锐地提到日程。共性要求我们关注并且深入研究社会主义各国在改革过程中遇到的问题，采取的措施，从中总结出带有普遍意义的内容。个性要求我们切实了解本国的实际，把共性具体化，走出卓有成效、具有民族特色的改革道路。在这个问题上，片面强调民族特殊性，用个性排斥共性，对他国的改革理论与实践置若罔闻，完全以本国的经验作为衡量标准的态度是错误的。同样，不肯花力气研究共性，不善于把共性的东西融汇于多彩多姿的民族个性之中，盲目照搬他国的理论与实践的做法也不正确。唯有努力做到共性与个性的统一，力求在共性指导下进行符合民族特点的改革，改革才能在民族的土壤上不断深化，结出累累硕果"（《列宁主义与当代社会主义》，《天津社会科学》1991 年第 5 期）。"我们必须在尊重科学的前提下，敢于并且善于借鉴、学习人类文明的一切优秀成果，不管它们最先出自哪种制度、哪个阶级。在这里来不得半点虚假，也容不得丝毫僵化、片面"（同上），"只有立足于全人类的高度去思考问题，从整体上把握社会现象发展的共性、规律，才能视野开阔，总揽全局，破除僵化、守旧、封闭思想的束缚，以开放、进取、创造性的精神改造社会；同时，只有抓住阶级分析和民族特点的视角，才会给普遍规律和共同趋向赋予特定的阶级含义和民族形式，使抽象思维概括出的规律性东西充满现实、生动的内容。否认或忽视人类社会生活的共性，片面强调社会主义制度下社会现象及其发展规律的特殊性，没有弄清也不愿意弄清人类社会生活的一般发展规律，在这种情况下，建设有中国特色的社会主义这个正确的命题、口号就面临着被曲解的危险，就可能被用来排斥一切已为人类文明的进步所证实了的事物、理论、原则。这种情况必须引起我们的高度警惕"（《反僵化——当代中国思想革命的主题》，《南开学报》1989 年第 1 期）。总之，从 1983 年在《百科知识》上发表第一篇论文起，直至 1991 年发表《列宁主义与当代社会主义》为止，在我学术生涯的第一阶段，强调人类的全部社会生活（包括经济、政治、文化等）中都存在共同性的内容与元素，因此要予以关注、重视、辨别、借鉴；强调要克服和防止用简单化的阶级分析和国家视角解读社会现象、社会事务、社会生活，警惕再犯排外的经验主义和"左"的错误，避免给国家和人民带来损失，甚至灾难，十年"文化大革命"的惨痛教训必须汲取。

五、感悟

我的学术生涯的第一个阶段恰逢改革开放的春天，20 世纪 80 年代的中国是最令人难忘、最令人鼓舞的年代，也是彪炳中国史册的光辉年代。正是这个史无前例的大好时代，为我开启高校教师生涯、从事科学研究提供了保障，创造了诸多发展的机遇与可能。正是改革开放所带来的中国社会全面深刻的变化，要求人们重新审视与反思传统、主流的思想、政治、文化、制度等问题，这一切都进入我的研究视野，促使我从不同角度、以不同方式思考和回应中国大地上所发生的巨大变化与重要事件。从学术生涯的角度看，这个阶段关注、研究的主题及自身思想的变化有如下几点。

其一，关注研究的主题始终围绕政治学和社会主义的基本理论。无论是契约论和政体学说的思想史研究，还是国家消亡、国家政制、政府职能、社会主义的本质，以及改革开放的伟大意义和对思想革命的呼唤等紧密联系改革时代的更具现实意义的理论问题，都体现了对政治学基本理论的偏好。在这个意义上，我的学术生涯的第一个阶段更像个政治学基本理论研究者，早期的学术影响也更多局限于政治学理论，这与我青年时代的经历及所受到的影响和积淀的思想文化底色相吻合。

其二，已显现出自身研究的特点，那就是对人类社会生活中个性与共性、特殊性与普遍性的持续、有意识地关注与探索。对契约论、政体论中共性的挖掘，对民主、共和、代议制、选举制、分权制衡、文官制度、政府职能调适和人类知识化走向等人类政治与社会生活中共同性元素与规则的概括与分析，以及如何审视和处理这种共性、普遍性与民族、国家、阶级所体现的个性、特殊性的关系并加以协调，这个研究主线与特点几乎渗透我的全部研究成果和学术活动之中。至今我也无法解释清楚，这个主线与特点是如何形成的。是四年哲学宏大思维的训练，还是从关心国家大事到关心人类命运的自然延伸？不得而知。记得 1985 年吉林大学举办首届全国政治学系主任联席会议,我随南开大学政治学系副主任李晨菜老师参会。作为一名青年教师,在即席讨论发言中,我就强调了要关注政治学的共性,要研究政治生活、政治现象中个性与共性、特殊性与普遍性的关系。关注人类社会生活中的共性,并且这种关注日益加强,导致我研究的主题和重点更偏重全球、世界、国际问题、国际关系,由此也就顺理成章地转入了我的学术生涯的第二个阶段。

　　其三,思想文化底色和价值诉求表现出渐进性转变。理想主义依旧信奉和坚守,传统的革命性逐渐淡化,理论的反思性、学理性日益加强。我的学术生涯的第一个阶段,充分反映出青年时代的思想特点与影响,体现了自身思想、文化、价值的延续性。比如理想性,对改革开放后的中国充满希望与信心,竭力倡导并推动改革开放,期盼国家从此走上正途,建设成为理想中的让民众满意的社会主义现代化强国。关于国家政制、政府职能、新思维、反僵化、反思传统社会主义等等研究都贯穿了这种理想性。传统的革命性也很明显,对政治体制改革和思维革命的强调,对修正主义的批判,对改革开放后反省和新生的社会主义的认同与赞扬,其中很难说没有德热拉斯的《新阶级》、毛主席的“无产阶级专政下继续革命”理论的影响。因为这种革命性所要追求的就是防止社会主义国家政权的蜕变和执政党的腐化堕落。这种革命性的目的和愿望无疑是好的、合理的,但它习惯和擅长的方式与手段则是斗争。于是斗争性与革命性紧密伴随,导致了一次次的政治运动与灾难。更重要的是,这种革命性往往遮蔽了或忽视了国家深层次的经济、政治、文化建设与改革。这种认识无疑意味着我对青年时代形成的思想文化观念、价值的清理与反思,意味着反思性、学理性的思维与理念的强化。这种转变在后期更为明显,也更为坚定,并影响了我学术生涯的后三十年。

第四章

学术生涯的第二阶段

（1991.7—2010.7）

我的学术生涯的第二个阶段时间较长，其间又发生了学术转向、身份变换等个人经历中的重大事项。如果说学术生涯的第一个阶段奠定了我在南开大学和天津学术界的影响，那么学术生涯的第二个阶段则确立了我在国内政治学领域和国际关系领域的学术影响与地位。该阶段，我全身心投入学术研究，思想开放、活跃，新观点不断涌现，新文章陆续发表，处于创作高峰期。这个阶段的学术思考与研究成果，为学术生涯第三阶段的创新与发展打下了坚实的基础。

一、学术转向与身份变换

我的学术生涯的第一个阶段集中于西方政治思想史和与改革现实关系密切的政治学理论研究，但由于对人类社会生活共同性的关注，以及习惯于思考宏观问题，所以学术的研究重点逐渐转向刚刚兴起的全球问题研究，在此基础上又进一步扩展到全球化、全球治理的研究。

1988年我作为国内访问学者到中国人民大学国际政治系交流学习，指导与合作老师是高放教授。正是在此期间，我在人民大学出版社书店看到

了一本新书,即王兴成、秦麟征编写的《全球学研究与展望》(社会科学文献
出版社 1988 年版)。我一下子被这本书所吸引。该书是一本论文集,精选
了以美、英、日、苏为代表的国际学术界关于全球学、全球问题研究的成果。
该书的两位编者指出,全球问题是客观存在的,是当代世界经济、政治、军
事、科技、文化、教育等全部社会因素与整个自然界因素相互作用、综合发展
的结果。各种全球问题所形成的世界性的背景和条件,乃是所有国家进行
经济社会建设的重要前提和无法摆脱的客观环境。世界各国的经济活动日
益国际化,全球的经济联系日益加强。在这样的条件下,任何具有全球性质
的问题,必然以某种形式和某种程度在不同社会制度国家的发展中反映出
来。而各种全球问题在各国的具体反应,往往构成该国经济建设和社会建
设所必须解决的重大课题。全球问题研究的现实意义是十分明显的,而该
书收录的 18 篇文献,则从多个领域、层面阐述了当代全球文明的具体表现、
产生的原因与结果,以及应对的方法与解决的途径。该书关注的问题和研
究的领域,以及研究的全球思路、视野,都与我的学术旨趣吻合,对于我的学
术转向起到了重要作用。此后两年,虽然我的教学与研究重心还是当代世
界主义和中国改革开放中的现实问题,但已抽出更多时间与精力去搜集、阅
读全球学与全球问题的相关资料与文献,并进行了初步的思索,这为后来申
报国家社科基金项目"世界大变革中的全球问题"、开设"当代全球问题"课
程和研究方向奠定了基础。

　　1991 年下半年,我首次申报国家社科基金项目"世界大变革中的全球
问题"。在申请书中我强调,当代全球问题已成为制约各国经济社会建设的
世界性背景与条件。在人类事务日益国际化的今天,任何一个国家都无法
摆脱这种客观环境的影响。对于正在深入推进社会主义改革事业的中国来
讲,全球问题研究迫在眉睫。这不仅因为我们自身已遇到了生态、人口、粮
食、资源等问题的挑战,而且因为这一研究在很大程度上关系到我们处理国
际事务的战略方针和指导原则,关系到我们在当代所采取的一系列经济、政
治、社会、文化政策。从理论上讲,改变我国在这一研究领域的落后状况也
是极其必要的。非常幸运的是,我首次申报国家社科基金项目就获得批准,

由此开启了三十年全球问题研究的学术生涯，这也成为我学术转向的标志。

在学术转向的同时，是我在学校身份、角色的几次变化。首先是1990年从南开大学马列教学部转入政治学系。1982年我留校任教时，就有过学校政治学系建成后我转入政治学系的说法，但1984年政治学系建立后，由于马列教学部不放行，这一说法未能顺利兑现，直至1990年，学校才同意我转入政治学系。这样我就从一名公共政治课的教师转变为政治学专业的教师。可能有人会认为这无非是从校内一个教学单位转入另一个教学单位，意义不大。其实不然，公共政治课的教学、科研及师资队伍建设，与各专业的教学、科研及师资队伍建设差别很大。前者的教学内容、课程名称、教材选用往往都有来自教育部的硬性要求，而且会经常根据国家政治需要进行调整，同时也要求科研做出相应的调整，因此教师在教学、科研中主观性的发挥会受到明显影响，在教师队伍建设上也更强调政治性、纪律性、服从性。后者的教学与科研则主要从专业上考量，支持教师创新，不断开出新的课程，同时鼓励教师进行个性化的科研，并把科研成果以选修课、研究生方向课、研讨课等形式呈现。在教师队伍建设上，后者更强调教书育人，以师德和精湛的专业知识赢得学生的认同与喜爱。由此可见，各系的专业课老师发挥主观能动性的空间更大，在个性化教学与科研的土壤与机制下，也更容易存活。正因这种身份的变化，我转入政治学系后，除了讲授原来的《西方政治思想史》课程外，在本科生中陆续开设了"国际关系学""当代全球问题"、在研究生中开设了"国际关系理论""当代全球问题重要著作选读"、在博士生中开设"全球政治学专题"等课程。显然，身份的变化，促进和保障了我的学术转向，这是在马列教学部根本无法做到的。

其次，是从南开大学被引进中国政法大学，这是所在学校的变化。从1982年7月到2002年11月，我在南开大学整整工作了20年。我对南开大学是有感情的，正是在这里，我开始了自己的学术生涯，获得了学术界的认同，并在学术界产生影响。对于南开大学政治学的建设与发展，我竭尽全力并作出了贡献，当然南开大学也给了我不少鼓励、支持与荣誉。1993年我还是副教授，就获得了国务院颁发的政府特殊津贴，1995年又荣获"宝钢教育基金优秀教师奖"。此外,"国际关系学""西方政治思想史"两门课获优秀课程奖,多项研究成果获南开大学社科优秀成果奖。但是由于种种问题和原因,最后我还是选择离开南开大学,作为引进人才转入中国政法大学。

被引进中国政法大学(以下简称"法大")的过程并不顺利。南开大学坚决不放人,而法大要人又坚决。2002年11月,法大为我重建档案,发工资,表示档案、户口转不过来没关系,只要人过来就行。拖了近半年,法大徐显明校长和人事处长高婉月亲赴南开大学,与南开大学校长、党委书记会谈,最后达成意向,允许我调离。法大在人才引进上之所以那么坚决,而且力度大,是由于时任校长徐显明要全面提升学校的教学科研水平,开创学校学科建设与发展的新局面。特别是对于非法学学科,徐校长格外强调,力求使政法大学名副其实,实现法学与政治学两大学科的基本平衡。2002年年底正是筹备申报新一轮博士点的关键时期,法大的政治学力求有博士点的突破,所以才有引进我的大动作。来到法大后不久,我就申请建立了中国政法大学全球化与全球问题研究中心,以便延续始自南开大学的全球问题研究。2007年,这个非实体的研究中心又升级为实体的中国政法大学全球化与全球问题研究所。这个实体性研究所不仅成为我开展学术研究的平台,也为我进一步深化全球化、全球治理研究,开辟中国的全球学学科建设和世界主义研究提供了保障。

最后,身份的变化还表现为两次从政的经历。一次是1993年至1997年间,我担任了南开大学政治学系副主任。当时车铭洲老师是学校教务长兼系主任,有关政治学系学科发展的大政方针都由车老师统筹、指导,我作为他的副手负责落实推进,以及处理教学科研的日常工作。在车老师的领导下,这四年,我们为南开大学政治学系的学科建设、为政治学系的转型和后续发展奠定了基础。为什么说是转型,因为1984年成立南开大学政治学系后首先建立的是思想政治专业,该专业不仅有本科生还有二学位生。1987年开始招收政治学本科生,这两个专业的课程设置和研究方向主要涵盖的是政治理论和中国政治,比较政治和国际政治较弱。从现代政治学学科自身规律看,政治学学科的结构应包括政治学理论(含政治思想史)、本国政治、比较政治、国际政治四大领域，所以 1993 年以前南开大学政治学系的学科结构是不完整的，有明显缺陷。车老师率领我们这一届系领导班子干的重要工作，就是弥补这个缺陷，完善政治学学科结构，而弥补的突破口就是申报国际政治本科专业。当时全国只有北大、人大、复旦三校设有国际政治专业，说明一则各校对国际政治专业的重要性认识不足，需求不强烈；二则可能对该专业了解不多，师资力量欠缺，申报难度大。在车老师的指导下，我起草了申报国际政治专业本科的材料，强调南开大学的国际政治专业要立足于当代全球问题的方向，为跨国企业及其经营培养有国际视野、知识与分析能力的人才。为此，在课程设置上就要增加国际经济学、国际经济法、国际法等专业基础课。申报很顺利，1994 年国家教委（现中华人民共和国教育部）正式批准我校招收国际政治专业本科生，同年新生入校。在申报国际政治本科生、健全学科结构的同时，我们外请北京大学、人民大学政治学学科赵宝煦、梁守德等专家，请教如何申报和建设政治学学科的硕士点，并先后获批政治学理论硕士点和国际关系硕士点。

自 1997 年起开始筹备南开大学政治学博士点的申报与建设后，我负责起草了关于申请政治学理论博士点的规划材料。根据当时南开大学政治学的学科特色、基础和师资力量，博士点规划设计了四个研究方向。其一是现代政治学理论与方法。突出全球政治观、生态政治观、发展政治观等研究方向，开辟新的研究领域。其二是现代政府理论与当代中国政府。着重政治过程、政府经济学的研究。其三是中国政治思想与政治文化。强调中国政治思想与现代政治文化理论的结合，揭示政治文化对当代中国社会转型的影响。其四是政治地理学。突出地理、地缘因素对当今社会政治生活的影响。总之，在政治学系副主任位置上工作的经历，使我对政治学学科的结构、课程、发展前沿与方向都有了更全面、更清晰的了解与认识。而我所亲自参与和推进的国际政治本科专业的申报、政治学理论和国际政治硕士点的建设，以及政治学理论博士点的规划，又为当代全球问题、全球政治观等学术前沿的探究与发展提供了空间和可能。显然，这种身份的变化与工作经历，都给我的学术生涯增添了动力与色彩。

　　第二次从政是 2005 年至 2007 年。来到中国政法大学后的第三年,我担任了政治与公共管理学院的院长,这个学院的学科基础与特色是政治学理论特别是西方政治思想史。我到法大后增强了国际政治学科的力量,并将全球化与全球问题的研究从南开带入法大。2003 年法大获批政治学理论博士点,2006 年又获批中外政治制度博士点,显示了政治学理论的学科优势。而国际政治学科 2003 年才开始招收硕士生,发展相对滞后。我任院长期间,主张并强调整体政治学,即以政治学理论为基础,推进国际政治学科、行政管理、公共管理学科的协同发展。遗憾的是,外来的和尚难念经,我的这个主张和理念并未得到学院优势学科的认同,所以最终院长经历以失败而告终,从而也意味着这次的身份变化无助于我的学术生涯发展。但是上天再次关照了我。2007 年卸任院长后,学校批准成立了全球化与全球问题研究所,最初只有我一人,后来发展至 10 人,尽管这个研究所是个实体性处级单位,在这个意义上我的身份仍然是双重的,即教授与所长,但实际上所长的行政身份对我毫无意义,重要的是这个研究所没有学院的繁杂教学任务和众多的行政管理事务,从而成为我大展手脚,开拓全球化与全球治理、全球学、世界主义思想研究的平台。

二、第一个国家社科基金项目及研究成果的出版

　　自 1988 年阅读《全球学研究与展望》一书后,我就开始关注、查阅、学习有关全球问题和全球学的资料与文献,着手研究当代全球问题。1991 年国家社科基金项目的申报给了我一次机会,选题中有全球问题研究,于是我以"世界大变革中的全球问题"申报了课题,并获得批准,从而开始了我的第一个国家社科基金项目研究。该项目进展顺利,仅用两年时间就于 1993 年底完成书稿,送天津人民出版社,1994 年 6 月正式出版。全书共三篇(导论、全球问题的基本内容、全球问题综合分析),十五章。为了适应教学科研的需要,早日成书,我邀请了三位年轻同志共同执笔,他们撰写了其中五章,我撰写了十章。一部 45 万字的著作,又涉及研究领域全新且广泛的全

球问题,能在两年内完成实属不易,但这也恰恰反映出当年对该问题研究的热情、干劲、认真。这里还要感谢当年合作的年轻朋友吴志成、杨雪冬、陈占杰。吴志成、杨雪冬两人已成为政治学和国际关系领域的著名学者,陈占杰则成为新华社的著名记者。

从课题立项到书稿的撰写、修改、出版直至课题结项,全过程都得到了诸多学界前辈、专家、同仁、朋友的关心与帮助。南开大学教务长、政治学系主任车铭洲教授,对本课题的申报、撰写给予了直接的、经常性的关心和指导。南开大学熊性美教授、薛敬孝教授、方克立教授、陈晏清教授、牛星熙教授、李振亚教授,分别从国际经济、哲学、马克思主义基本理论等不同角度对书稿提出了宝贵的修改意见。未来学家、中国社科院情报所秦麟征研究员充分肯定了本书的研究成果。

更令人感动的是,著名政治学家、北京大学赵宝煦先生审阅了书稿并欣然同意为本书作序。他在"序言"中首先高度肯定了《当代全球问题》这部书稿,认为这是"中国第一本系统研究全球问题的专著","是一部很有水平、很有价值的科学著作。它不仅系统全面地对全球问题进行了实事求是的介绍和阐述,并且还对全球问题进行了整体的、宏观的理论思考,从而概括出现代文明的新特点、新趋势以及对现代人的新要求。这是本书具有的一个突出优点"。他对建立和发展全球学学科表示支持,认为"科学无国界。特别是现代人所面临的全球性问题,已非一国,或一地区所能单独解决。甚至本属一国或一地区内的问题,也因与某些外部问题互相连接、交互作用而更加复杂,难以独立解决。因此可以说,全球化也是科学发展的趋势","祝愿全球学的研究工作在中国能有较快的发展"(《当代全球问题》,天津人民出版社 1994 年版)。

《当代全球问题》的出版,也意味着该研究项目结项。赵宝煦教授、车铭洲教授又不辞辛苦为本项目结项写了鉴定意见。赵先生指出,"蔡拓同志主持的研究成果,弥补了我国在该领域的严重缺陷,作为我国第一部系统全球问题的专著,该研究成果不仅有助于我国确立全球学这样一门新学科,填补学科发展的空白,更有意义的是,它深刻阐述了现代意识的基本内涵及其对世界与中国的重要作用。面对一个日益相互依存的世界,一个生存环境面临挑战的世界,树立全球意识、生态环境意识、求同存异共存竞争意识,是历史的必然,也是文明发展的需要"。车先生指出,"蔡拓同志的研究具有开拓性,他的著作是我国出版的第一部关于全球问题的系统著作","该书研究水平已处于当前全球问题研究的前沿,为我国全球问题的研究作出了重要贡献"。总之,以赵宝煦教授为组长的鉴定小组给予《当代全球问题》一书很高评价,特别是他们对全球学的认同与支持,对全球意识、生态环境意识、求同存异共处竞争意识的充分肯定,进一步坚定了我致力于全球学研究,不断在全球学领域做出贡献的决心与信念。

赵宝煦先生为蔡拓《世界大变革中的全球问题》国家课题结项撰写的鉴定意见

题的专著，该项研究成果不仅有助于我国确立全球学这样一门新学科，填补学科发展的空白，更有意义的是，它深刻阐释了现代意识的基本内涵及其对世界与中国的重要作用。面对一个日益相互依存的世界，一个生存环境面临挑战的世界，树立全球意识、生态环境意识、求同存异，共存竞争意识，是历史的必然，也是文明发展的需要。在展望21世纪的中国与世界时，重视国攻人类的全球性问题，制定出解决全球问题的正确对策，无疑会极大地促进我国和整个人类的发展。蔡拓同志所主持的研究成果的重要应用价值正在于此。

签章 赵宝煦
1994 年 12 月 7 日

赵宝煦先生为蔡拓《世界大变革中的全球问题》国家课题结项撰写的鉴定意见

国家社会科学基金项目专家（个人）
鉴定意见表
（活页）

项目名称	世界大变革中的全球问题		负责人	蔡拓
鉴定人	车铭洲	专业 行政职务 教授	年龄	58
研究专长	西方哲学、政治学		电话	3371774
工作单位	南开大学政治学系		邮编	

鉴定意见

　　蔡拓同志承担的中华社科基金项目"世界大变革中的全球问题"已如期完成，成果以《当代全球问题》著作出版，全书45万字。作者对此项研究极为重视，全力以赴，争取最好的成就。著作出版后，受到学界和政界重视。全球问题是当前世界各国共同报为重视的问题，并形成了国际政治经济关系的重要内容。蔡拓同志的研究具有开拓性，他的著作是我国自版的第一部关于全球问题的系统著作。著作内容十分丰富，

—1—

车铭洲先生为蔡拓《世界大变革中的全球问题》国家课题结项撰写的鉴定意见

车铭洲先生为蔡拓《世界大变革中的全球问题》国家课题结项撰写的鉴定意见

《当代全球问题》的出版,在我学术生涯中具有标志性意义与地位。首先,该书意味着我的学术转向已经完成,确立了全球问题研究和全球学学科建设的明确目标。自 1988 年夏初步接触全球问题研究和全球学学科,直至《当代全球问题》的撰写与出版,短短几年内我查阅了以罗马俱乐部为代表的西方学术界和政府关于全球问题的研究成果和政策文件,查阅了俄罗斯关于全球问题的研究成果,以及我国在该领域的研究成果和政策文件,对当代全球问题的表现、产生原因以及应对措施有了比较系统的了解,认识的程度也不断加深。加之在本科和研究生教学中都开设了当代全球问题及代表性原著选读等课程,所以个人的主要研究领域、内容和精力都已集中于全球问题和全球学学科。在此期间,我应《天津日报》之邀,连续发表了十几篇小文章,评介当代全球问题,如《告民之国情晓众喻大义——读〈生存与发展〉》《全球问题的警钟——读〈增长的极限〉》《民以食为天》《白色瘟疫》等。

此外,在学科上廓清了全球学与未来学的异同,明确了全球学的独立学科地位,从而为这一新学科在中国的发展开辟了道路。当然,此时对全球学的理解基本上定位为全球问题学,还远不够全面、准确,后来才认识并拓展到全球化、全球治理。但是对全球学的偏爱,研究的执着,的确是从这个课题的研究及其成果的出版开始的,并且至今未变。

其次,对全球问题的综合分析,贯穿了人类经济、政治、社会、文化生活中具有共性的思想与理念,不仅体现了对学术生涯第一阶段思想文化主题的继承,更重要的是更系统地诠释了人类文明中共性的内容,特别是在当代的表现,从而增强了有关共性思想理念的学理性。这些学理性的认知与抽象的理论概括,始终是后续研究的指南,影响了我的全部学术生涯。《当代全球问题》一书中提出的三大意识,即全球意识、生态环境意识、求同存异共处竞争意识,就是对全球问题作出的宏观的学理性分析,集中体现了上述特点。

所谓全球意识,就是在承认国际社会存在共同利益,人类文化现象具有共同性的基础上,超越社会制度和意识形态的分歧,克服民族国家和集团利益的限制,以全球的视野去考察、认识社会生活和历史现象的一种思维方式。由此可见,全球意识的根本立足点就是承认人类有共同利益,承认文化有共同性。而要认同并确立这种立足点,就必须处理好人类共同利益与阶级利益、民族利益的关系,文化现象的共同性与阶级性、民族性的关系。《当代全球问题》一书对此进行了详细的分析与阐述,并着重指出:受文明程度的限制,在很长的历史时期内,人类是封闭在狭隘的国家天地里生活的。国际的交往虽然存在并不断有所扩大,但毕竟不是左右一个民族和国家的主导力量。今天,情况发生了巨大变化,尽管民族国家仍是国际社会的主体,但国际社会的影响已强大到足以威慑民族国家生存和遏制其正常发展的地步。全球问题就具有这种力量，所以它要求用整体的、世界的眼光来解决人类面临的危机。然而这些危机的解决，绝不仅仅是一种外交上的协调与合作，还必然涉及每个国家自身的经济、政治、文化和社会的全面改革。如果把全球意识理解为外交政策，局限于外交领域，那么不仅曲解了全球意识的本来含义，而且很难在思想和行动上始终如一地予以贯彻。因为外交政策的着眼点往往是很现实很具体的本国利益，而全球意识则要求摆脱实用主义的束缚，从维护整个人类利益、促进文明进步的立场去处理国际事务，探究文化发展的规律。

所谓求同存异共处竞争意识，就是在承认社会制度、意识形态、价值取向、经济模式、文化传统、民族特性都具有多样性的基础上，力主不同的民族、国家的政治集团和社会组织相互尊重，彼此对话，用和平与文明的方式处理相互间的分歧，并在坦率的交往和长期的共存中进行竞争与较量的一种思维方式。确立求同存异共处竞争意识需要注意以下三点，即改变对抗性政治思维，学会妥协、让步，发展自身而不是消灭对手。《当代全球问题》一书强调："总的来讲，20世纪50年代以前，历史更多地展现了矛盾性、斗争性，因此人们的思维也更习惯、更强调对抗与区别。而今天国际社会的现实却更多地展现了相互依存性、统一性，所以要求人们的思维转向和谐与联系。这是一个历史性变化。世界在演化的进程中不断显示自己的丰富性，人们对世界的认识也必然日益全面、深化。求同存异，共同竞争意识就是对非此即彼，对立抗衡意识的扬弃。它符合时代的要求，并将成为认识和处理当代事物，特别是全球问题的一个强有力的方法论原则。"

此外，生态环境意识凸显了人与自然的关系，更具有共性的色彩。对这三大意识的分析与倡导，使得《当代全球问题》一书贯穿并强调的人类社会生活具有共同性的思想与理念更为鲜明，从而彰显了我的学术主张与特色，并给学术界留下深刻印象。

最后，《当代全球问题》一书中展现和倡导的全球视野和新思维，还初步涉及全球化、可持续发展、人类新文明、国际新秩序等领域与问题，为后续深入的扩展性研究提供了初步的思路,打下了坚实的基础。比如《全球问题与当代国际关系》一书就专门探讨了全球问题对当代国际关系及国际新秩序的影响。而《可持续发展——新的文明观》一书作为我的博士论文,从文明观的向度阐述了可持续发展的历史意义。《全球化与当代世界》《全球化与当代国际关系》等多篇论文,则反映出我从全球问题研究深入到全球化研究的历程。

总之,《当代全球问题》一书所反映出的研究主题、偏好、理念,是我学术生涯基底相对完整的体现,尽管在时间向度上偏早,但后来我的学术研究都是在该书的基础上扩展、深化的。在这个意义上可以说,该书是我的学术生涯之根、之魂,这正是其标志性意义所在。1996年,《当代全球问题》获天津市第六届社科优秀成果专著一等奖;1998年,该书获教育部第二届全国高校人文社会科学研究成果三等奖。这些奖励,无疑为我不断推进全球问题研究和全球学学科建设注入了新的动力。

《当代全球问题》于1994年由天津人民出版社出版。该书
1996年获天津市第六届社科优秀成果专著一等奖;1998年
获教育部第二届全国高校人文社会科学研究成果三等奖

三、《全球问题与当代国际关系》的出版

我学术转向后的第二本专著是《全球问题与当代国际关系》（天津人民出版社 2002 年版），该书是我主持的天津市"九五"社会科学重点规划项目的研究成果。尽管都聚焦于全球问题，但与《当代全球问题》一书不同，《全球问题与当代国际关系》突出了国际关系的视角及分析，体现出鲜明的国际关系色彩。从学术的传承及在我学术生涯中的地位来看，《全球问题与当代国际关系》显然无法与《当代全球问题》相比，但也有几点不可忽视的贡献。

其一，对全球问题研究的历史、现状与未来走向做了更系统、全面的梳理与分析，尤其增加了对苏联、中国关于全球问题研究的评介。显然，对全球问题这一新的研究领域的发展历程的全面评介，有助于人们更清晰地了解、认识全球问题研究，从而促进该研究领域得到更多重视。就我个人而言，通过这一课题的研究和成果的出版，进一步提升了对全球问题的学术认知，特别是增强了对全球问题深刻影响当代国际关系的认识，从而更能够从学理上认知全球问题所导致的非传统安全的重要性。

其二，再次强调并坚持全球学学科的独立性，致力于推进全球学学科建设与发展。我在该书"引论"中指出：全球问题的研究是一种综合研究，它催生着一个新兴学科——全球学。本书的目标尚难以确定为全面地阐述全球学的基本理论，构建全球学的理论体系，而是从国际政治这一特定角度，去揭示全球问题对当代国际关系的影响。但是全球问题的国际政治学研究，并不能取代全球问题的全球学研究，换言之，全球学不能简单地列为国际政治的分支学科，它具有极大的特殊性，是一门独立的新兴学科。尽管本书的主题限定于全球问题与当代国际关系，但在可能的情况下我们仍然试图为全球学研究做某些铺垫。毕竟建立全球学学科、推出全球学力作是我们多年的愿望和执着的追求。我们相信在学术界同仁的支持与共同努力下，这个愿望不久就会变成现实，这种追求必将结出丰硕之果。这些见解表

明,我深知创建中国的全球学学科还在路上,尽管自承担第一个国家社科基金项目已过去十年,《当代全球问题》也已出版八年,然而成体系的全球学尚在思考中,并未成型。尽管如此,创建独立的全球学学科的认知与信念是非常明确、不容置疑的。又过十年,这个信念与愿望终于得到实现。

其三,对时代的特点与变化做出了三点概括,对全球主义与国家主义的抗争、定位进行了学理分析,这些观点与理念指导了我后 20 年学术生涯的研究框架。我所说的时代的历史性变迁和新特点,首先是人类社会生活的信息化与知识化。信息化与知识化提供了人类大变革的物质与技术前提,它使人们重新审视经济、政治、社会、文化乃至整个生存、生活的既有规则、方式与价值。其次是全球化冲击波。这种冲击波就是指全球化对人类社会生活全面而深刻的影响,这种影响一方面从现象上表现为人类社会生活各个政治实体和社会单元在全球范围内展现的全方位沟通、联系、相互作用;另一方面则从本质上凸显着人类的共同价值与共同利益。而这两方面的共同作用就导致了全球化正负双重效应,需要人们理性认识与应对。最后,人类面临着发展危机与文明转型。我们的时代不仅是信息化、知识化、全球化,也是文明转型的时代,即从工业文明向可持续发展新文明的转型。可持续发展无论是理论、概念的认同还是实践的推进,都发展迅猛,确实有了全球维度,成为人类的共同选择。我认为上述时代特征就是当代人类社会的历史景观。这种全景审视应当成为人类进行历史选择的基本立足点,也是科学研究的最好思维框架。唯有从上述理论与历史维度探究时代与全球问题,才能得出科学的、令人信服的结论。该书的最后一章,从理论上揭示了全球问题与全球主义的内在关联,并探讨了全球主义与国家主义的复杂关系。该书认为:"全球问题的内在全球性客观上要求一种新的思维——全球意识,并凸显了全球主义在当代人类生活中的意义。但是,无论是社会生活的现实还是人们的观念,国家与国家主义仍旧居于主导地位。于是,在全球问题的冲击下,全球主义与国家主义的抗争不仅有了新的内涵,而且达到空前尖锐、激烈的程度。冷静地认识和把握全球主义与国家主义的矛盾,理性地定位全球主义与国家主义的作用,是全球问题提出的历史性课题,也是贯穿和制约人类 21 世纪历史进程的核心问题之一。"（《全球问题与当代国际关系》,第 438 页）全球主义与国家主义的关系及其意义的探讨,是该书最重要的内容,并先行在《中国社会科学》上发表,引起学术界的广泛关注,对全球问题、全球化、全球治理以及国际关系的研究产生了重要影响。

四、凸显全球化研究的主题

我的学术生涯的第二个阶段长达 20 年,《当代全球问题》一书代表了我的学术生涯的成果,而该阶段学术研究的突出特点,则是从全球问题拓展、深入到全球化与全球治理的研究。这既是全球问题研究的内在逻辑,更是时代和国际关系变化的趋势与需要。

对于全球化的研究,在《当代全球问题》一书中就有所涉及,当然,那时仅是作为当代全球问题产生的时代背景提及,并未做深入探讨。但是关注和研究全球问题,必然要深入探究全球化,这个道理和指向我非常明确,并付之行动。1995 年我在《百科知识》上发表了《全球化、全球意识、全球教育》一文,可以视为自己正式回应和研究全球化的开端,而 1998 年则是我真正跨入全球化研究的元年。这一年 5 月,中央编译局当代马克思主义研究所与深圳市委宣传部、深圳大学等单位召开"全球化与当代社会主义、资本主义"研讨会,这是国内首次举办全国规模的全球化研讨会,原中宣部部长朱厚泽、原中组部常务副部长李锐、原中国社科院副院长李慎之等人与会并做了精彩发言。这次会议交流并检视了中国学者几年来研究全球化的成果。尤为有意义的是,伴随这次会议的召开,当代马克思主义研究所编辑了中国第一套全球化论丛。这套论丛全面反映了国内和国际学术界对全球化研究的最新进展,对于推动中国的全球化研究、传播全球化观念起到了非常显著的作用。我应邀参加了本次会议,并提交了《全球化与当代国际关系》的论文,提出了全球化是当代国际关系的基石、全球化引发了国际关系研究的新课题和中国对外战略调整等观点。从此以后,在我学术生涯的第二阶段,陆续发表了近 20 篇有关全球化的文章,多角度探讨了全球化及其相关问题。

其中《全球化与 21 世纪的政治学》(《中国社会科学》笔谈, 2003 年第 2 期)、《21 世纪的政治学呼唤新的政治思维》(《政治学研究》笔谈, 1998 年第 1 期)两文都强调 21 世纪是真正的全球化时代, 全球化及其文明的转型是时代的基本特征, 也是时代的主题, 从而把全球化从时代角度赋予定位。《全球化与当代世界》(《南开学报》1999 年第 6 期)、《全球化的政治挑战及其分析》(《世界经济与政治》2001 年第 12 期)、《文化的全球化及对国际关系的影响》(《天津社会科学》2001 年第 5 期)等文章则从总体上、政治上、文化上阐述全球化带来的影响与挑战。从学理上挖掘、揭示全球化的理论内涵与时代价值, 更是我研究的重心。在这方面,《全球化认知的四大理论症结》(《教学与研究》2002 年第 3 期)辨析并澄清了几个理论问题, 即全球化究竟是经济的全球化还是全面的全球化, 全球化究竟始于何时、有什么标志性特点, 全球化究竟是主观的意识形态还是客观的历史进程, 全球化是否仅仅为同质化, 在什么意义上理解全球化的同质化与异质化, 两者关系如何。我的观点是明确的, 全球化绝非单一的经济全球化, 而是全面的全球化。全球化区分为历史上的全球化与当代全球化, 它们表现出不同特点并具有本质上的区别。全球化具有主客双重性。全球化体现为同质化与异质化并存。这篇文章对全面准确地认知全球化起到了积极作用。另一篇文章《全球化的时代意义及其启示》(《上海交通大学学报》2006 年第 6 期)从学理的、宏观的层面对全球化赋予人类生活的新意义、新指向进行了分析, 回应了在全球化研究中, 更多关注全球化的负面效应和对人类的挑战而忽视全球化的正面意义与作用的倾向。文章从四个方面概括、阐述了全球化的时代意义与价值。其一, 全球化凸显了国际社会的相互依存, 相互依存已成为当代人类的生存方式和基本规律。其二, 全球化凸显了人类共同利益, 这种利益与国家利益、民族利益交织在一起共同影响着人们的生活。其三, 全球化凸显了和平与发展的主题, 各国无论自觉还是不自觉, 都会被卷入维护和平、寻求发展的历史潮流。其四, 全球化凸显了国际机制的历史作用, 通过法律、制度、规则协调国际关系, 治理人类社会日益成为人们的共识。显然, 这种学理的分析,有助于提升人们对全球化重要地位与作用的认识,更好地应对、适应全球化。

《政治学发展的全球化思考》(《马克思主义与现实》2002年第4期)则是立足于全球化,对政治学学科建设与发展的探讨。学术界始终存在着一种误解与偏见,认为全球化仅关涉国际关系、国际事务、国际问题。因此,与当下政治学研究的领域与问题无关,或至少关系不大,换言之,全球化被排除于政治学基本理论研究之外,这是我完全不赞同的。写该文的目的,就是要分析和阐述全球化与政治学学科建设的关联性,而且这种关联是根本性的,左右着政治学学科的发展与创新。现代政治学是在工业化、现代化、民族国家的生成与发展这些主题与框架中建构起来的,今天这种状况并未从根本上改变,所以,以民族国家为中心的政治关系、政治行为、政治体系、政治文化、政治制度、政治发展等,依旧是现代政治学研究的核心与精髓。但与此同时我们又必须看到,事物正在起变化,而变化的标志正是日益凸显的全球化。全球化已成为时代的特征与主题,它在客观上构成影响学科发展的大框架,制约着政治学学科的建设与发展。全球化给政治学带来了哪些冲击挑战呢? 其一是政治内涵的深化,从国家政治延伸到非国家政治。其二是政治范围的扩展,从把政治仅仅理解为国内政治转向开始关注政治现象与政治行为的跨国界性、超领土性。纯粹的国内政治与国际政治的划分已打破,两者的界限已非常模糊,作为一个整体的政治正在凸显,其范围将是世界、全球。其三是政治主体的多元并存。政治主体的国家一元性不断受到冲击,新型社团正在社会中扮演重要角色,非国家政治主体日益活跃。其四是政治统治与政治管理的民间化。传统的只有国家、政府才能行使统治与管理权的见解受到治理理论与实践的冲击,公民社会正在与政府一起共同治理公共事务。其五是政治关系的基础——利益的人类化。利益是政治关系、政治行为的基础,当下的现代政治学理解的利益是国家利益、民族利益,但当代人类社会的现实,特别是方兴未艾的全球问题却凸显了人类共同利益。以上五点冲击与挑战,都涉及政治学的最基本理论,任何回避、拒斥或不加分析地盲目批判的做法,都无助于政治学学科的建设与发展。唯一正确的方法,就是积极回应,理性思考,提出政治学应对全球化的新思路。我在文章中针对上述冲击挑战提出了五个新的研究思路与问题,即非国家政治研究,人类共同利益研究,治理的研究,规范、价值、文化对政治影响的研究,以及转型政治的研究。这些新的议题和领域的研究,将开辟政治学学科建设与发展的新前景。

与《政治学发展的全球化思考》相呼应的文章是《全球政治的要义及其研究》(《世界经济与政治》2005 年第 4 期)。这篇文章探讨的是全球化催生着全球政治和全球政治学,同样是立足于政治学理论和学科建设。该文认为全球化所催生的全球政治可以有三种理解。一种是把全球政治主要理解为突破传统的领土政治和国家间政治,在全球范围和规模上展开的跨国家、跨领土、跨领域的多主体、全方位的政治互动与行为。第二种把全球政治理解为涵盖和容纳当代国际关系实践中存在着各种政治互动与行为的总和,从主体到内容,从规则到程序,从范围到议题,充分体现了全球景观这一特点。第三种把全球政治理解为以全球性为基点、以全球主义为依归的政治互动与行为。显然,在这三种理解中,第一种观点强调的是对传统政治及观念的 "破",特别是对国家中心的反思,但 "立" 什么则比较模糊,比较犹豫,比较中庸。第二种观点就是一些学者所讲的世界政治,着重于对传统的国家间政治的补充与扩展,但对传统政治 "破" 的色彩与程度还不如第一种观点。我认为只有第三种观点才真正体现了全球政治的本质。所以将全球政治界定为:以人类整体论和共同利益为轴心,以全球为舞台,以全球价值为依归,体现全球维度的新质与特点的政治活动与政治现象(《全球政治的要义及其研究》2005 年第 4 期)。具体而言,全球政治要义可概括为如下几点。其一是全球政治强调政治向全球的扩展,它不同于国家间政治、国际政治和世界政治。其二是全球政治反映着政治的整体性与共同性。其三是全球政治的价值与利益导向是人类中心。其四是全球政治偏好议题政治和领域政治。其五是全球政治凸显全球机制的作用。其六是全球政治倡导全球治理。其七是全球政治催生全球公民社会。全球政治的要义决定了全球政治研究的范畴与框架,并且凸显了其全球主体、全球空间、全球内涵、全球特性、全球价值的本质，从而与国际政治、世界政治相区别。这种新的全球政治，在研究方法上要遵循起点论与过程论的统一，观照论与嵌入论的统一、对立与整合的统一，从思维方式上廓清研究的思路与议题。

总之，《政治学发展的全球化思考》和《全球政治的要义及其研究》两文，从政治学的学理上探究和阐述了全球化的重要意义与价值，对后来的全球学研究有重要的指导作用。

对于全球化更系统、更全面的研究，是在《全球化观念在中国的传播及其影响———一种国际关系的视角》一文和《全球学导论》第一章中完成的。《全球学导论》是我学术生涯中第三阶段的标志性成果，待下文再论述。这里，着重阐述《全球化观念在中国的传播及其影响》一文的主要内容与观点。该文是应王逸舟教授之邀，为庆祝中国改革开放 30 年而撰写的，后收入王逸舟主编的《中国对外关系转型 30 年》（社会科学文献出版社 2008 年版）。主要内容分别发表于《世界经济与政治》2008 年第 11 期、《经济社会体制比较》2008 年第 4 期。王逸舟主编的《中国对外关系转型 30 年》，从 10 个方面梳理、分析了改革开放 30 年来中国对外关系发生的历史性变迁及其意义。这 10 个方面是：中国与邻国的关系，中国与非洲的关系，中国与美国的关系，中国与联合国的关系，中国新的对外援助，中国的国防现代化，非传统安全与中国，中国地方的国际化，全球化观念在中国，中国国际关系理论。我的文章就是要阐述全球化观念在中国传播的原因、阶段、影响以及其面临的困惑与挑战。

该文的撰写使我有机会全面地搜集、梳理、概括、分析中国认同、融入全球化过程的文献与资料，对政府、学术界、企业与社会如何认知、传播、推进全球化有了更清晰的了解，特别是对全球化如何影响中国对外关系与对外战略的转型，有了更深刻的认识。该文认为，全球化观念在中国的传播是基于三个重要原因。其一是 20 世纪六七十年代以来，新科技革命所造就的当代全球化浪潮已经形成，并开始影响国际社会，这是全球化观念得以在中国传播的历史性力量，不以人的意志为转移。其二是全球化观念在中国的快速传播，要归因于 20 世纪 70 年代末中国发生的大转型、大变迁。粉碎"四人帮"后,党和国家的政治路线从"以阶级斗争为纲"转向"以经济建设为中心",实现现代化和民族振兴客观上需要全球化观念。其三更重要的是,改革开放为全球化观念在中国的植根注入了内在而持久的动力。其四是全球化观念在中国得到顺利传播,与中国传统文化中的整体性世界观、价值观、思维方式有关。

　　全球化观念在中国的传播,大体上经历了三个阶段。第一个阶段(1978—1991年)是初步传播时期。第二个阶段(1992—2001年)是迅速传播时期。第三个阶段(2002—2008年)是全面传播时期。这三个阶段,恰恰也是中国改革开放的三个阶段,所以不妨说,全球化观念在中国传播的过程就是中国对外开放不断深化、扩大的过程。全球化在中国传播的途径主要有四种。其一,中国的改革开放的伟大实践有力传播着全球化观念。改革开放的过程就是参与、融入全球化的过程,也是认识和接受全球化的过程。开放的经济、开放的世界,必然铸造开放的思维、开放的理念,而开放性正是全球化观念的精髓。其二,中国政府的政策宣示,引领着全球化观念的拓展。全球化观念就是在中国政府的政策导引下,一步步渗透于人们的头脑,并指导中国应对全球化和推进改革开放。自20世纪90年代起,无论是党的代表大会报告还是政府工作报告,都多次论及全球化,强调顺应经济全球化发展趋势,努力实现与各国的互利共赢和共同发展。与此同时,政府还积极参与国际上的全球化会议和在我国举办大规模、高规格的全球化会议、论坛,从而以政府的行动倡导和推进全球化。其三,学术界的理论探讨,为全球化观念在中国的植根做出了重大贡献。在这方面,原中国社科院副院长李慎之先生、中共中央编译局副局长俞可平教授、中国社科院《世界经济与政治》主编王逸舟教授等是公认的代表人物。其四,媒体的大力宣传,为全球化观念在中国涌动推波助澜。自2000年起,全球化文章不断增多,显示了国人与社会对全球化的强烈关注。

　　全球化观念对中国对外战略产生了重大影响,也导致了其明显的转型。具体表现为如下八个方面。其一,注重世界的相互依存和时代主题的转换,从强调战争与革命转向和平与发展。其二,注重世界的整体性,强调从国际与国内两个大局考虑问题，制定政策。其三，承认经济全球化的客观趋势和融入经济全球化的必然性，强调科学技术的第一生产力作用，坚持在改革开放中求发展、求安全。其四，始终强调全球化的复杂性、不平衡性，反对并努力改善经济全球化的非人性一面，使其朝着互利共赢的方向发展。其五，承认人类面临共同的全球性问题，存在共同的利益，主张在人类共同利益与民族、国家利益间寻求平衡。其六，超越意识形态的对抗，强调以国家为现实基点，以超国家共同体和人类整体利益为新的参照系处理国际事务。其七，注重对话、合作，强调国际机制和多边主义的作用。其八，从对抗、抵制现有的国际秩序，转向认同、融入现有的国际秩序，但始终坚持建立公正合理的国际新秩序的理想目标。

该文的重点虽然是梳理分析全球化观念在中国的传播及其影响，但同时也对全球化观念本身进行了新的探讨与概括，并结合形势的变化，分析了全球化面临的困惑与挑战，从而深化了对全球化的认知与研究。在该文中，我将全球化概念的要义概括为八点。其一，全球化导致了世界在时空上的压缩，反映了国际社会相互依存的加深。其二，全球化张扬了世界的整体性，以整体性思维与视角观察和分析当代人类社会生活，处理人类的各种关系与事务，是时代的最新要求。其三，全球化开始显现人类共同利益，提出了协调人类共同利益与国家利益的历史性课题。其四，全球化要求更多的对话、合作以及对国际法的认同与遵循，从而强化着国际机制的作用。其五，全球化主要是经济的全球化，拒斥经济全球化没有出路，融入经济全球化是实现国家发展，民族振兴的必然选择。其六，全球化的自由主义导向助长世界经济发展的不平衡，全球化由西方主导的事实导致其不公正，这两大弊端造成了反全球化现象与运动，提出了使全球化人性化和公正化的伦理要求。其七，全球化在扩大相互依赖的同时，也增强着国际社会的脆弱性，从而要求增进了解与互信，提高应对传统安全与非传统安全的能力。其八，全球化冲击并挑战着国家主权，深刻地思考主权的新特点、新功能、新运作方式，理性定位国家与非国家行为体的关系是当代人类无法回避的严峻课题。

　　尽管在改革开放的进程中,全球化观念在中国得以认同、传播,但关于全球化的论争、对全球化的疑虑,从未消失。该文回应了这些论争与疑虑,其中最具学理性的问题是,全球化到底是人类在全球层面相互联系相互依存的客观事实与进程,还是资本主义在全球的扩张及其新形式——全球资本主义?我在文章中指出,这个问题的症结在于,我们没有区分和处理好全球化观念与认知的两个层次,即哲学层次的全球化观念与现实层次的全球化观念。哲学层次的全球化观念是对全球化的宏观的、学理的认知与把握,它所关注的是人类发展趋势与走向。就此而言,最有标示意义的指向就是人类整体性和人类共同利益的加强。这是全球化的内核,也是与迄今为止人类所熟悉、所遵循的生存方式、社会制度、国际体制、价值观念的根本性区别。这一内核、指向所带来的冲击与挑战是整体性的,并非仅针对或局限于发展中国家,西方特别是美国并不会因为他们主导现实的全球化就可以避免或超脱。事实上,美国在国际社会中的优越感、领袖地位等内涵的“国家中心主义”受哲学层次的全球化观念的冲击最大。所以,对全球化所展现的人类社会生活的整体性和共同性,以及它们的不可逆转性,我们必须有清醒的认识。恰恰在这个根本点上,人们的观念还远不适应社会发展的需要。

　　现实层面的全球化观念是对全球化的微观的、社会政治性的认识与把握,它关注的是什么主导全球化,谁在全球化中受益,全球化是否公正。于是,从这个层面就得出如下结论。其一,资本主导着全球化,资本流动的载体跨国公司主导着全球化,而资本及其跨国公司无论就其来源还是在现实中的主导地位都与资本主义联系在一起。其二,西方发达国家是全球化规则的主要制定与实施者,因而也是全球化的主要受益者。其三,广大发展中国家在全球化中处于弱势或被边缘化的地位,难以有效维护自身利益,所以导致全球化贫富差距的扩大,反映出全球化的不公正性。总之,现实层面的全球化观念关注的是全球化的资本主义取向、全球化的非人性化、全球化进程中不同国家与群体的冲突与纷争。这些认识无疑包含着现实的合理性,对于审视和处理全球化进程中出现的诸多政治与社会问题有警示意义。

那么，这两个层次的全球化观念与认知如何协调呢？以非此即彼、相互排斥的思维处理两者的关系显然行不通。实际上，全球化观念两个层次的认知反映了全球化的两个角度，各有其真理性和合理性，必须完整地理解全球化。在哲学层次上，要坚定不移地认同全球化所揭示的人类社会生活的整体性和共同性趋向；在现实层次上，要重视全球化的资本主义倾向，以及其所造成的不公正、冲突等负面效应，采取得力、有针对性的政策予以克服，争取普惠、共赢。要避免全球化就是资本主义化的论断与认知，因为这种简单化的观念无法解释复杂的现实，尤其不能解释中国改革开放30年来的历史性进步与发展。

我认为对全球化观念要义的八点概括，以及区分全球化观念与认知的两个层次，注意从哲学层次与现实层次上完整地认知全球化的观点，深化了对全球化本质的理解，推进了全球化的学理性，是我学术生涯中的一个亮点。

五、《中国社会科学》上发表的三篇文章

我学术生涯的第二个阶段，在学术界产生广泛影响的成果是发表于《中国社会科学》的三篇文章，即《全球主义与国家主义》（2000年第3期）、《全球治理的中国视角与实践》（2004年第1期）、《当代中国国际地位的若干思考》（2010年第5期）。

（一）《全球主义与国家主义》

《全球主义与国家主义》一文的撰写与发表，源于全球化与全球问题的研究。因为随着对全球化与全球问题研究的深入，我愈发感到，全球主义与国家主义的抗争、协调与历史定位是无法回避的深层次理论问题，而恰恰对此，我们的研究还极为欠缺，有必要引起学术界的关注并推进对该问题的深入探讨。所以，在《全球问题与当代国际关系》一书的最后一章，我专门阐述了这一问题，这一章的主要内容先行在《中国社会科学》上发表。

　　论文分为五个部分，即全球主义的由来与发展、国家主义的由来与发展、全球主义凸显的历史必然性、国家主义存在的现实合理性、全球主义观照下的国家主义。实际上指涉三大议题，一个是全球主义的历史演变与当代的历史必然性；二是国家主义的历史演变与当下的现实合理性；三是全球主义与国家主义的协调与定位——全球主义观照下的国家主义。也就是说，为了回答全球主义与国家主义的抗争、协调和历史定位问题，我们必须首先弄清全球主义的演化史，以及它为什么在当代得以凸显和强调；弄清国家主义的演化史，以及论证它在当代存在的合理性与正当性；最后提出全球主义观照下的国家主义的新命题，作为审视和处理全球主义与国家主义关系的方案与思路。

　　首先来看全球主义的演化史和在当下的历史必然性。我从四个向度，梳理、概括了全球主义的内涵，即全球主义是理想主义、全球主义是自由主义、全球主义是经济自由主义，以及全球主义是一种区别于国家主义的世界整体论和人类中心论的文化意识、社会主张、行为规范。理想主义、自由主义、经济自由主义在学术界已多有论述，而第四种全球主义则是我的理解与界定，是关于全球主义的一种新见解。这个见解强调世界整体论和人类中心论，并指出全球主义既是一种思维方式，也是一种付之行动的主张和构建现实的规范。所以，全球主义包含着全球意识但并不止于全球意识，它指向社会实践，并积极介入社会现实的整合。赋予全球主义新内涵并给出概念界定，这是我的一个学术成果。

　　该文以全球主义的第四种见解为基调，同时兼顾其他三种观点，对全球主义的历史演变和当代形态进行了梳理和阐述。全球主义思想贯穿于从古希腊罗马到近现代西方国家的哲学史、政治思想史、文化史，斯多葛学派、康德、威尔逊等是其代表。总的来讲，第二次世界大战前的全球主义主要体现为对战争与和平问题的思索与回应，它植根于道德与人性，表现出鲜明的和平主义、理想主义以及对国际主义和国际机制的青睐。但严格讲，以国际机制为轴心的国际主义，本质上还不是全球主义，它的着眼点还是国家和国家间关系，而不是人类整体。因此，该时期的全球主义仅仅是不完全的全球主义。第二次世界大战后的全球主义开始真正突破主权国家的视界，凸显人类整体的作用，从而赋予全球主义名副其实的全球性。在这方面，罗马俱乐部、历史学家汤因比、哲学家拉兹洛以及政治家勃兰特、前联合国秘书长加利等都有明确的关于全球主义的论述。而联合国的很多重要活动与文献，如联合国环境与发展会议、全球宗教会议提出的全球伦理主张，都认同并凸显了全球主义。至于当代国际政治、国际关系领域，全球主义、世界主义更是伴随全球化进程而方兴未艾。

全球主义在当代的勃兴表现为以下几点。其一，科技革命为全球主义的凸显提供了前所未有的物质基础与技术手段。其二，全球相互依存已成为当代人类的生存方式和基本规律，从而内在地决定了全球主义的勃兴。其三，社会结构与功能的重塑。国家为基本单元的原子式社会的自主性、自助性、自足性不断被全球化进程所打破，具有全球主义色彩的新的社会结构与功能正在登上历史舞台。其四，超国家共同体意识的增强。全球共同体、区域共同体发展迅猛，传统的国家主义意识与观念受到冲击。总之，人类社会发展的现实表明，全球主义跨入了一个新时代，它的凸显具有历史必然性。

其次，来看看国家主义的演化史和在当下的现实合理性。该文认为国家主义是针对两个参照系而言的。其一以个人为参照系，指的是在主权国家内个人与国家的关系要以国家为中轴；其二以全球为参照系，强调在国际社会中主权国家与人类共同体的关系要以国家为中心。以个人为参照系的国家主义也可称为国内政治意义上的国家主义。这种国家主义推崇国家理性，认同国家权威，认为国家为维护自身利益可采取任何手段，其代表性人物有马基雅维里、布丹、霍布斯、黑格尔，近现代的自由主义和保守主义也大都在不同程度上接受国家主义。尽管全球化时代的国家主义在一定程度上呈现出相对弱化的趋势，但只要现代化进程还在继续，国家的历史使命就不会终结，从而国家主义也必然有一席之地。以全球为参照系的国家主义是国际政治意义上的国家主义，这种国家主义是由《威斯特伐利亚和约》奠定的，它确立了国家独立、主权平等等原则。现实主义和新现实主义无疑是这种国家主义最坚定、最忠实的拥护者,都强调认识和处理国际事务必须围绕国家这一中心,因为在他们看来,国际关系的内容与实质就是各国追求国家权力的最大化以及由这种权力所规定的国家利益。正如一位国家中心主义的信奉者所说:"国家已经满足了人类组织和秩序的至高要求,再建立起超出国家利益以外的任何等级权力结构将是代价深重的,归根到底是违背自然的。"(王正凌:《国际政治秩序与国际关系理论》,载《中国社会科学季刊》,1997年2—5月,春夏季卷)值得注意的是,广大发展中国家基于对自身的政治、经济、文化利益的维护,尤其是对现行国际秩序不平等、不公正性的抵制与反对,也表现出强烈认同国家主义的趋向。由此可见,国家主义的影响根深蒂固。之所以如此,就是因为国家的历史作用还远未终结,国家主义尚有不言而喻的现实合理性。这种合理性源于,其一,国家依旧是最基本的政治单元,是社会资源与价值的主要分配者,社会生产与生活的主要管理者,社会秩序的主要保障者。其二,国家依旧是国际关系的主角和最基本的行为体。其三,民族认同与国家认同难以分割。在民族认同还是人类的主要情感依托和文化选择,民族又命定地与国家难舍难分的境况下,谈论国家过时不合时宜。其四,国家主义在发展中国家有广泛影响,国家及其主权在维护发展中国家的正当权益方面还有着特殊作用。鉴于此,急于超越国家主义显然是不正确的。

　　最后,谈谈全球主义观照下的国家主义。这是我提出的新命题,也是我倡导的解决全球主义与国家主义关系的途径与方法。这个新命题的要义就是,既区别于理想的全球主义,又不同于传统的国家主义。理想的全球主义在揭示国家主义的负面作用、批判绝对主义的主权观、论证人类相互依存的合理性和全球社会的大趋势方面,显示了理论的深刻性,富有启发意义。但是,简单、武断地宣布国家过时论、主权过时论,又表现出理论的不成熟和片面性。特别是从政治实践上看恐怕过于超前,很难行得通。传统的国家主义充分肯定国家在当代人类社会中不可或缺的作用,强调了主权的神圣性,这不仅在理论上有其合理性,更重要的是反映并照顾到发展中国家的现实。然而理论与实践上的偏颇、短视、功利化同样需要反省。无论是西方现实主义的权力政治观和权力利益论,还是发展中国家坚持的绝对主义主权观,都夸大了国家的作用。对国际机制与全球合作的怀疑甚至排斥,则反映了学者在理论上的短视。至于功利化倾向,主要表现为发展中国家在生存与发展的重负下,往往难以更为理性地审视人类整体演进的态势及对自身的影响,从而习惯于采取急功近利的做法。所有这一切都有害无益,有待克服。正确的做法是在悖论中把握两者的关系,在矛盾中恰当确定两者的历史地位。全球主义观照下的新命题正是基于此提出的,它的具体内容是:其一,以宏观的历史眼光审视人类社会的发展,真正认清全球化与全球主义的大趋势。死死抓住主权国家和国家间关系不放,甚至为以国家为原子的国际无政府状态唱赞歌,绝非一个清醒、理性的学者与政治家所为。其二,自觉认同主权的相对性,探究全球化时代主权的要旨和新的表现形态。其三,按照民主化的原则改造国际组织,强化国际机制。逐步淡化国际组织与国际机制中的国家本位主义,赋予地方共同体、社区,直至公民个人更多的选择自由。其四,在相当长的历史时期里,民族国家仍然是人类社会生活的支点,任何急于全面超越国家主义的观点与行为都是违背现实的。其五,尊重发展中国家维护国家主权的特殊情感,正视国际秩序不公正的现实,在消除全球贫困与不平等,促进人类整体发展上下功夫。

《全球主义与国家主义》一文,凸显了全球化进程中世界、人类与国家、民族的内在张力,从学理上推进了关于两者关系的研究,这既是我自己理论研究的深入,也是在学术上的贡献,并在学术界产生持久性影响。全球主义观照下的国家主义的命题,指导了随后 20 年我在全球治理、全球学、世界主义方面的研究。直到 2020 年在《世界经济与政治》中发表《全球主义观照下的国家主义——全球化时代的理论与价值选择》一文,我对这个命题又进行了新的总结、概括和更深入、更系统的研究。

（二）《全球治理的中国视角与实践》

《全球治理的中国视角与实践》,是我主持的美国福特基金会资助的项目《全球治理与中国公共事务管理的变革》调研报告中的研究性文章。该项目于2002—2004年进行,最终结果于2005年由天津人民出版社出版。该项目包括10个个案的调研报告和一篇研究性文章,研究性文章名为《全球治理:来自中国的理解与实践》,它以《全球治理的中国视角与实践》为名发表于《中国社会科学》2004年第1期,同年在《中国社会科学》英文版上发表(2004年夏季号)。开展全球治理与中国公共事务管理变革项目的研究,是因为随着全球化浪潮的冲击和中国改革开放的深入,中国公共事务的管理出现了重大变化。这种变化从一个侧面反映了民主治理在中国的实践,反映了公民社会、公共精神在中国的兴起。对于这种变化,研究中国政治发展和社会变迁的学者已开始理论探索和案例研究,并取得了可喜的成绩,但不足的是大都局限于国内政治的视界,缺乏国际关系的视野。因此,我主持的这个项目,则要立足全球的视角、国际关系的思维去探索中国公共事务管理的变革,力求把国内政治与国际政治打通,呈现出日益明显的整体政治学图景。项目选择了10个个案,其中毒品问题2个、艾滋病问题5个、环境与发展问题3个。通过这10个案例的调研,我在总结性和研究性论文中概括并分析了全球治理的要义,特别是全球治理的中国视角的内涵,以及中国参与全球治理的启示,这也是该文的三大部分。

全球治理的兴起可归纳为三个主要原因,即全球化的推动、全球性问题的挑战、民主化的压力。全球治理的概念与内涵已有不少论述,我的研究强调:在认识和把握全球治理的要义时,要注意以下五个特点与内容:其一,从政府转向非政府;其二,从国家转向社会;其三,从领土政治转向非领土政治;其四,从强制性、等级性管理转向平等性、协商性、自愿性和网络化管理;其五,全球治理是一种特殊的政治权威。

全球治理的中国视角,试图赋予全球治理新的内涵。它的核心之点与创新之处在于,立足于国内层面审视全球治理,从而与立足于全球层面审视全球治理的国际学术界的主流观点区别开来。这个立论的基本考虑有两点。第一,国内层面的全球治理是全球层面的全球治理的基础。只有在每个国家都具有相对发展的公民社会和较为健全的民主体制,社会公共生活的管理多元而有序,官员和民众的责任与法治意识也较强的基础上,全球治理所依托的全球公民社会、全球民主机制、民众的主动、理性与负责任的参与素质才能形成。而国内层面的全球治理恰恰可以为提高公民的素质与能力，学会对话、协商、合作，熟悉新的治理规则与机制，培育公民社会等提供舞台，创造条件。全球治理从全球层面向国内层面的拓展，不仅未改变其基本精神，而且增强了其理论包容性和解释力。第二，国内层面的全球治理为发展中国家理解、认同全球治理，解释广泛存在的国内跨国合作现象提供了新的理论工具。显而易见，在立论的两个基本考虑中，前者着眼于全球治理理论本身的内涵；后者则着眼于当代国际社会的现实。全球层面的全球治理更多地为西方发达国家所理解、实践，而发展中国家则囿于种种原因很难做到。发展中国家更多感悟并实践的是国内层面的跨国合作，而这种跨国合作的精神是与全球层面的全球治理一脉相承的。这里要注意，跨国合作区别于传统的国际合作。只有国家、政府间国际组织和全球公民社会三大主体共同参与的合作，才称其为跨国合作。同时，也才能满足国内层面的全球治理的要求。如果仅有国家间或国家与政府间国际组织的合作，那只是传统的国际合作。总之，提出国内层面的全球治理，这是该文的创新，也是立足于发展中国家特别是中国认知全球治理的理论贡献。而国内层面的全球治理主要指涉三个基本方面，即：把全球治理内化为本土上的跨国合作；把全球治理锁定于全球问题的治理，因为全球问题是跨国合作项目的主要领域，这些问题最突出地表现了某些社会生活的全球性、公共性和超意识形态性；把全球治理植根于本国公民社会的培育和基层民主的建设。由这三个基本方面构成的国内层面的全球治理，虽然主要依据中国的实践，但其具有普遍意义，可以用它来解释发展中国家如何认识和参与全球治理。

中国参与全球治理的实践及启示是：其一，多主体、多部门合作制度是实施全球治理的基本形式与有效机制；其二，政府在全球治理中仍起主导作用，但政府部门及其官员的权力与管理理念的日益更新也是一个基本事实；其三，全球意识与全球价值在全球治理中有所体现、有所认同，并得到传播，但与全球变革的要求还相差甚远；其四，公共精神与公民共同体的建设是全球治理造就的宝贵财富,也是其历史意义影响所在。

《全球治理的中国视角与实践》一文,一方面揭示了全球治理的共同性、规范性,强调其对中国公共事务管理变革的重要影响及普遍适用性;另一方面,又立足于发展中国家,立足于中国的社会现实,对全球治理做出了某些新的解释与分析,提出了内化于国内层面的全球治理。这 10 个案例和我们的研究表明,中国正以独特的方式感悟、认同全球治理。中国开始学会以博大的胸怀借鉴和容纳人类新的文明成果,以理性的目光审视人类面临的新挑战和新趋势,以务实的作风在本土上推动社会进步。该文更广阔的视野和理念还在于,打破国内政治与国际政治的区隔,用整体的政治学审视和应对全球化时代,应对人类面临的诸多新问题与新挑战,这也是我始终如一的学术追求。

(三)《当代中国国际定位的若干思考》

《当代中国国际定位的若干思考》一文是基于 2008 年国际金融危机后,由国际体系与国际秩序的转型,中国崛起的态势所提出的对国际关系的反思与审视,特别是对中国自身的评估以及对外战略选择的探索。同时也是正在进行的国家社科重点项目《中国应对全球性问题的战略定位与建设性作用研究》的需要。

该文提出并分析了国际地位的概念要素。其一,国际定位涉及自我与他者两个主体。国际定位首先是自我的认同与塑造,即确认自己在国际社会中的角色、身份、地位与作用。其次是他者的认知,即国际社会对该国国际角色与地位的评判与认知。其二,国际地位涉及主观选择与客观现实两个层面。主观选择反映主体的偏好与追求,客观现实是指国家实力、历史、文化传统。其三,国际定位是一国大战略的组成部分。

该文分析了导致当代中国国际定位急迫性与尖锐性的三个原因。首先,国际体系转型的加速与加剧。新兴经济体的群体性崛起,提出了权力与利益重新分配,以及国际事务相应规则、机制重塑的要求。而在这个群体中,中国的经济实力和国际影响力又居于首位,所以被推向国际舞台的中心，从而要求其反思并清醒地确立中国的国际定位。其次，中国面临着日益严峻的结构性压力与挑战。这种结构性压力与挑战不仅局限于与发达国家的冲突，也涉及与发展中国家特别是周边国家的冲突。比如围绕市场、资源的冲突，甚至包括主权之争，更多的是日益频繁的经贸摩擦、国家风险以及巨大的环境压力。这就是走向崛起的代价，做大国的烦恼。对此我们必须勇于直面更多的冲突与纠纷，以全球视野和多角度的分析，重新为自己进行国际定位。再次，当代中国国际地位的模糊性与不确定性。第一个有待明确的问题是，是否承认中国是国际关系意义上的大国。主流的见解显然是不予承认，还是强调中国是最大的发展中国家，是有世界影响的地区大国。第二个有待明确的问题是，是否承认中国是正在迅速崛起的国家。20世纪90年代中期以来，中国的发展无疑是世界上鲜有的超常的发展，正是基于此，中国政府及其领导人已多次阐述了中国和平崛起的理念与战略，然而不知何故，很快又修正为和平发展，不再提和平崛起，所以导致国际定位的歧义与混乱。第三个有待明确的问题是，是否明确宣示中国是现有国际体系与国际秩序的认同者、融入者、维护者、建设者。改革开放后，我们融入世界，融入全球化，强调维护联合国与国际法的权威，倡导并奉行多边主义，坚持互利共赢，做负责任大国。这一切都表明我们已抛弃改革开放前所坚守的国际体系的批判者、拒斥者、革命者的定位，但又确实未向世界正面宣示中国是现有国际体系与国际秩序的认同者、融入者、维护者、建设者，所以也使人感到中国国际定位的不确定性。最后，国际社会的疑虑与猜忌。正是由于存在中国自身国际地位的模糊性与不确定性，所以导致国际社会的猜疑，认为中国回避"崛起"这个词好像是在掩盖隐藏什么。这显然无助于打造中国在国际社会的形象与影响。

该文着重阐述了我所主张的当代中国国际地位的四个维度。其一，中国实力的现状与评估。从经济总量、经济规模、经济发展速度上讲，当代中国是一个在经济总量上超大规模的经济体，对世界经济尤其是市场、贸易、金融产生着巨大冲击力，可以视为一个新兴大国。但从人均国民总收入、科技对经济发展的贡献率、产业结构等指标上讲，当代中国还是一个发展中国家,经济上面临许多深层次的结构性问题。鉴于此,在思考当代中国国际定位时,就要兼顾当代中国既是新兴大国又是发展中国家的双重身份。我在该文中强调了两点,首先在审视和研究中国的国际定位时,要特别关注其经济的冲击力。这里讲的冲击力,是指一国经济实力迅速提升(或经济超常发展)对国际社会造成的非同一般的影响力。这种冲击力不仅表现为经济总量、贸易份额、外汇储备的大幅度提升,外部市场的竞争性和内部市场的吸纳性,而且会在一定程度上改变或要求改变现有的国际体系、国际机制、国际秩序。正是由于这种冲击力,可以在国际关系的意义上称这种国家为新兴大国,中国就是这种新兴大国的代表。所以我主张承认中国是新兴大国。在今天看来,中国是新兴大国已无可置疑,但在 2010 年前后,质疑这种观点的反而是主流。其次,对于当代中国而言,新兴大国与发展中国家是两个并列而非替代的定位与评判,不必做出非此即彼的选择。我的观点是,当代中国既是一个无可争议的发展中国家,又是一个日益被认同的正在崛起的新兴大国。这两个定位反映了不同的视角,强调了不同的内容,不容混淆。发展中国家的定位更多立足于一国综合国力、发展程度与阶段的判定,一般而言涵盖的时段更长久,评价的指标与参数更系统与规范。特别要指出的是,发展中国家是与发达国家相对而言的概念,它们是审视当代人类社会的一对范畴,并不专属于国际关系,还适用于国家建设、发展的诸多领域,是规制国家总体战略的指导性原则。而新兴大国则仅适用于从国际关系角度,动态地审视和分析一国在国际社会中的崛起和地位。所以在从国际关系角度研究中国的国际定位时,更适宜使用新兴大国的概念,而非发展中国家的概念。新兴大国并非就是发达国家,因此,仅从经济而言从新兴大国走向发达国家还有相当长的路,而且充满不确定性。新兴大国对国际社会的影响具有爆发性、冲击性,但未必全面而持久。只有做到全面而持久,这个新兴大国才会被国际社会视为真正的国际关系意义上的大国。新兴大国与全方位大国、地区性大国、小国或时常提到的霸权国、挑战国等均为国际关系中的术语,原本和发达国家、发展中国家就不在同一个系列。这两个系列的区分十分重要。显而易见,对于当代中国的国际定位,我认为更适宜采用新兴大国的概念,而非发展中国家的概念,这更符合事实,也更便于解释当代中国在国际社会中的地位,回应和消除来自国际社会的误解与猜疑。我认为,把当代中国定为新兴中国,并从冲击力以及新兴大国与发展中国家的区分上所做出的论述,是该文的主要贡献,也是一种学术的创新。

其二,中国与现有国际体系国际关系的关系。改革开放后,我国对现有国际体系国际秩序的认知与评价发生了重大变化,特别是中共十七大报告明确指出:"当代中国同世界的关系发生了历史性变化,中国的前途命运日益紧密地同世界的前途命运联系在一起。"因此,无论是政府还是学术界,在谈及中国与国际社会之关系时都强调"中国是一个负责任的大国",主张各国人民携手努力,推动建设持久和平,共同繁荣的和谐世界,但负责任大国的内容仍然比较含蓄。我在文章中则明确指出,作为一个负责任的大国必须是现有国际体系与国际秩序的认同者、融入者、维护者和建设者。只有向世界做出上述明确的承诺,才能真正确立中国与现有国际体系、国际秩序的关系,赢得国际社会的信任。这里,认同是前提,而融入则是认同后采取的第一个实际行动。认同是理念、思想的转变,而融入则要求切实的行动,主要指加入国际组织与国际机制,参与多边与双边的对话与协商,与国际社会进行全方位的互动。维护是行动的第二步,如果说融入主要取决于自我的认识与选择,维护则意味着超越自我,开始指向他者,对那些不遵守现有国际规则、违背国际法的行为进行劝说与批评,这是更为困难的事情。建设则是更高层次的行为。它意味着站在国际道义制高点上,以更好的理念、价值去改造、完善现有的国际体系国际秩序,塑造新的国际体系与国际秩序。

其三,中国自身的特质与价值追求。中国在当代国际社会的角色、身份,不仅是一个正在崛起的新兴大国和理性的负责任的国家,还在社会制度和价值追求上具有特殊性。这种特殊性就在于,中国是世界上仅存几个明确坚持社会主义、以马克思主义为指导思想的国家,当然今天中国所坚持的社会主义必定是坚持改革开放的社会主义,而不是僵死的、教条的、被曲解变形的社会主义。必须指出的是,在国际定位中表示中国自身的特质与价值追求,绝不是要鼓吹意识形态,回到用意识形态的眼光、思维去认识和处理国际关系的老路,而是为了真实地反映文明、社会制度、价值选择的多样性,去实践相互尊重、求同存异的原则,渐进推动国际体系和国际秩序的转型,牢记社会主义的理想与追求。

其四,中国的对外关系中可挖掘的优势与着力点。该文认为,在对外关系中仰仗硬实力,拼搏硬实力,容易导致类似安全困境那样的"硬实力困境",也不是中国的强项。所以提高软实力、发挥软实力的作用应成为21世纪中国对外关系的着力点。首先,中国的文化传统中蕴藏着软实力。其次,改变软实力的滞后状况是进一步提升中国国际影响力的关键。中国社会的腐败、道德滑坡、拜金主义和享乐主义的盛行,权力运行的失控与失范,文化、教育、科技的片面市场化、功利化倾向,这一切都反映出中国软实力的薄弱,也十分令人忧虑、痛心,极大地损害了中国的国际形象,削弱了应有的国际影响力。所以加强软实力建设,着力提高我们的文化吸引力、价值感召力、发展模式与制度建设的榜样力,以及外交理念与外交形象的感染力,在当代中国的国际定位中就具有十分重要和突出的意义。最后,中国着力于软实力的战略选择已初见成效,应当进入更自觉、更坚定的新阶段。如果说国际关系的历史在很大程度上是硬实力较量的历史,就是权力更替和霸权兴衰的历史,那么今天已到了扭转这一历史共识与惯性的时刻。当代中国在国际定位时应该有这种理论的自觉。

根据上述四个维度,2008年国际金融危机后,我对当代中国国际定位的基本结论是:中国是个正在崛起的新兴大国;中国是国际共同体中理性而负责任的成员,它应成为国际体系与国际秩序的认同者、融入者、维护者、建设者;中国是高举改革开放旗帜的社会主义国家;中国是注重并拥有软实力的文明古国,提高软实力、发挥软实力的作用,应成为21世纪中国对外关系的着力点。

该文是我对现实问题的思考,也是对中国与世界之关系的初步探索。2008年后中国的崛起已是一个客观事实,经济的冲击力和影响力已不容否认,国际社会也日益以一个大国的身份审视和要求中国。但当时,无论是政府还是学术界,都不敢于和不愿意承认中国是一个新兴大国,固执而片面地坚守发展中国家的定位。我的这篇文章的贡献主要是两点。其一，明确当代中国是新兴大国的国际定位，并对新兴大国做出了界定和解释。强调新兴大国主要体现为经济上的冲击力和影响力，但新兴大国并不是传统意义上的全方位的大国，具有不确定性。只有冲击力转变成持久的影响力才可以称之为真正的大国，中国离这个要求还有距离。文章同时指出，新兴大国是仅适用于国际关系的概念，而发展中国家的概念则具有更广泛的含义，所以在国际关系研究中特别是国际定位研究中，新兴大国的概念更适用。其二，中国作为一个新兴大国，不仅产生了经济上的冲击力和影响力，还应在政治上明确中国的身份和政治诉求，所以应把负责任大国的内容具体化，明确宣示中国是现有国际体系国际秩序的认同者、融入者、维护者、建设者。这是我的文章的第二个贡献。

十几年过去了，这两个观点经受住了时间的检验。但是形势的发展却超出原有的预期。2012年后，新兴大国的定位已为政府和学术界所认同，不仅如此，而且日益被赋予更多"厉害了我的国"的色彩，十分令人担忧。狂热的民粹主义和膨胀的中国中心论，已经曲解了我所主张的中国是新兴大国的内涵。至于认同者、融入者、维护者、建设者的定位，后来无论是官方还是民间都有更多近似的提法，表明日益重视中国与现有国际体系和国际秩序的关系，人类命运共同体更是一个权威性、代表性的表述。但是，政府的政治宣示与实际外交政策之间的张力，却导致国际社会对中国的质疑与批评。如果这些宣示迟迟不能真正落实，那么中国与国际社会的关系，特别是与现有国际体系国际秩序的关系，将面临更严峻的考验、更尖锐的冲突。

三篇于《中国社会科学》上发表的文章，在学术界获得好评，产生了较大的影响，分别获得教育部第三届中国高校人文社会科学研究优秀成果奖三等奖（获奖作品：《全球主义与国家主义》）、教育部第四届中国高校人文社会科学研究优秀成果奖三等奖、北京市第九届社科优秀成果奖二等奖（获奖作品：《全球治理的中国视角与实践》）、北京市第十二届社科优秀成果奖二等奖（获奖作品：《当代中国国际定位的若干思考》）。

六、感悟

我的学术生涯的第二个阶段近20年,是三个阶段中时间最长,也是成果最丰富的时期。在该阶段,我完成了自身的学术转型,明确了一生研究的方向与领域,研究成果丰硕,推出了获得国内学术界承认的代表性成果,成为一名在全球化与全球问题领域有影响的学者。该阶段的主要特点与感悟是:

其一,确立明确的研究方向与领域,执着、自信、持久地沿着既定方向开展研究。以1991年获批国家社科基金项目——《世界大变革中的全球问题》为标志,我从学术生涯的第一阶段关注政治学和社会主义的基本理论,转向关注全球化与全球问题,从更多关注国内政治转向更多关注国际政治和人类整体的命运与前途。显然,这是一个重大的根本性的学术转向,从此我走上了一条冷僻、陌生、不被学术界看好的学术之路。当时全球化与全球问题不仅是学术界的非主流,甚至不被承认。政治学理论认为全球化与全球问题并非理论问题,更缺少政治的内涵。而国际政治则习惯性关注大国博弈、国别政治和各国对外战略与对外关系,认为全球化与全球问题过于空泛,难以纳入国际政治主流。总之,政治学界普遍不看好全球化与全球问题研究,认为其难登政治学大雅之堂。这种被冷漠、被边缘化,甚至不乏被嘲讽的状况持续了近10年,直到21世纪初才开始有所改观。显然,这种学术环境背景所造成的压力是空前的,而我最为满意的就是自己顶住了这种压力,保持了学术研究的执着、自信,坚定不移地坚持推进全球化与全球问题的研究。这种执着与自信,源于我对全球化与全球问题的理性和相对超前的认识,也是对学术生涯第一阶段共性研究思路的继承与发扬。如今,全球化与全球问题已成为显学,这足以说明学术执着与自信的重要。一个学者要有自己明确的学术方向与领域,不能跟着政府转,随着社会舆论走,要有自己的定力。执着不是固执,自信不能走向自傲和排斥,要包容、豁达,充分尊重其他学者的意见,善于汲取他人的学术营养。学者的执着与自信不仅与个人的品性有关,更与研究对象的选择有关。一个好的研究对象,必定是一个人类社会生活中的真问题,或者是一个学术史、思想史上的真问题,否则执着、自信就失去了根基。学术的执着与自信,还要求学者以学术研究为一生的事业,淡泊名利,否则难以抵挡各种功利的诱惑。总之,确立了全球化与全球问题的研究方向与领域,并在逆境和压力中坚守,终于获得回报,迎来了学术生涯的春天,从而验证了学术执着的价值,坚定了以学术研究为业、为生的信念,这是我学术生涯的第二个阶段的最大特点,也是我最深切的感受。至今回想起20世纪90年代中国政治学年会还十分感慨,当时,最受青睐的当然是国内政治,主要是政治学理论、制度的研究,之后行政学成为新宠,后来居上。参加年会的绝大多数是搞政治学和行政学的,国际政治学者寥寥无几,处于明显的边缘化地位。记得分组讨论时我和赵宝煦先生所在的国际政治组不超过10人,而其中,从全球化与全球问题论及政治学发展与学科建设的学者就更可怜,深感孤独。国际政治学科边缘化的状况直到2003年全国高校国际政治研究会成立才得以改观,而全球化与全球问题的学术研究也凭借这个新平台得到了推进与发展。

其二,强化学理性研究,寻求学理研究与现实关怀的有效结合与平衡。在学术研究中,是更多立足和关怀现实,还是更多立足和揭示学理性,是两种不同的路径与选择。比如政体的研究,关注共和制、民主制、代议制的具体特点和在不同国家的不同表现,这属于立足和关怀现实的研究。而关注共和制、民主制、代议制的共同本质,揭示它们是人类在政体上的历史性选择,则属于学理性研究。同样,对于和谐社会,关注导致社会不和谐的原因,提出消除贫困差距、克服官本位和官僚主义、推进法治建设、保障社会公平与正义,这显然是现实视角的研究。而关注和倡导公民社会的建设,强化公民自组织和自我管理的能力,不是依靠政府而是依靠社会自身的力量来构建和谐社会,这无疑是学理性研究。人类命运共同体研究也是如此。人类命运共同体有两个内在的学理性问题,一是主体是谁,二是要不要承认共同价值。如果研究仅仅停留于国家主体,不关注甚至不承认人类这个新的类主体,或仅仅局限于人类命运共体中存在共同问题、共同利益而不承认存在共同价值,那么这种研究仍然属于现实性研究,而不能称其为学理性研究。由此可见,学理性研究是一种探寻、挖掘人类社会生活中事物、现象、关系、问题的本质的研究。这种研究视野广、格局大、思想深邃,有助于人们认识和理解事物、问题的本质,当然也难免带有理想主义的色彩,需要予以警惕。

　　由于改革开放,中国面临着许多现实社会问题的反思与战略调整,加之在"文化大革命"中受到了革命性、政治性影响,所以,尽管我在学术生涯的第一阶段,以思想史、学术史为主线的学理性研究(如《契约论研究》《西方政治思想史上的政体学说》)已经存在,但关于改革开放、政府职能、思想文化革命等现实关怀的研究依然占有较大的比重,革命性、政治性的研究色彩似乎更为突出。而进入学术生涯的第二阶段,情况发生了反向变化,即研究的学理性加强并占据主导地位,而研究的现实性则相对减弱。这里务必注意,研究现实性的减弱绝不意味着不关心现实问题,放弃现实关怀,而是指不卷入政治性过强、过于敏感而一时难以使自己的观点让政府和他人接受的问题。更是指对现实问题的关怀与研究,要突破问题表象,深挖背后的要义与实质,做出更学理的解释,彰显理论的彻底性。要提升学术研究的学理性,就必须树立一种新的学术理念——整体政治学理念,打通国内政治与国际政治的隔膜。同时还要培养自觉的跨学科意识,以一种开放的、批判吸收的态度,从众多学科中摄取优秀的学术营养(《在国际关系研究中注入学理性的灵魂》,《世界经济与政治》》,2007 年第 2 期,卷首语)。这恰恰表明在提升学术研究学理性的同时,我在自觉地探寻一条学理性与现实性研究相结合、相平衡的道路,这种自觉性充分体现于我的学术生涯第二阶段。所以,我在该阶段发表了《全球治理的中国视角与实践》《中国的全球化选择与对策》《和谐世界与中国对外战略转型》《探索中的中国模式》《可持续发展的历史向度与当代中国社会转型》《当代中国国际地位的若干思考》《全球化观念在中国的传播及其影响》等文章。

　　其三,关于人类社会生活中具有共同性的认知进一步强化,理念更加牢固,研究人类文明进程中共性与个性之关系的主题、主线更加坚定与明确。

与此相适应,日益深刻地认识到选择这个研究方向与这条研究道路,需要研究者以"人类的良心"为座右铭,坚守独立自由的精神。没有这种伦理的自觉,缺少人格的独立性和使命感,就不可能持续地在这条研究道路上前行。令人欣慰的是,在我学术生涯的第二个阶段这20年中,我没有在这条道路上动摇,更没有背离,并且延续至今。这20年中,无论是全球化、全球问题还是全球治理的研究,或是中国对外战略、中国与世界之关系的研究,或是政治学基本理论的探讨,都凸显了全球主义与国家主义,全球性与国家性、民族性,以及哲学意义上的共性与个性的研究,希望从学理上回应全球化时代提出的挑战,以理性的认知、合理的对策审视和处理人类面临的新问题,推动人类文明的进步,推动中国社会的进步!

学术生涯的第三阶段

（2010.7—2022.12）

　　我的学术生涯的第三个阶段是学术成果的集成、学术生涯的总结，以及在此基础上进行学科上的提升、创新时期。基于 30 年的学术思考和研究成果的积累，加之学术资源、学术团队的支撑，一些始终缠绕的重大学科建设和研究课题提上日程，并在这十年中预予实施，包括全球学学科建设、全球治理教材与课程建设、世界主义思想史研究、中国与世界之关系的总体性审视与思考。这四大议题，构成了我学术生涯第三阶段的主要内容，并极大地充实、丰富了我的学术生涯，提升了我的学术水平和影响力。

一、创建中国的全球学学科与《全球学导论》的出版

　　创建中国的全球学学科是我一生的夙愿。自 1988 年开始了解、接触全球学，在 1994 年出版的《当代全球问题》一书中我第一次论及全球学，以及 2002 年出版的《全球问题与当代国际关系》中再次表达创建中国全球学的意愿，可以说全球学之梦已缠绕了我 20 余年。直到 2010 年条件具备了，时机成熟了，我才真正开始创建中国的全球学。

（一）创建全球学的条件与时机

首先是具备了创建一个新学科的条件。一是 20 年的学术成果的积累。自 1991 年承担国家社科基金项目《世界大变革中的全球问题》起，20 年来我和我的团队在全球化、全球问题、全球治理领域进行了比较广泛、深入的研究，对全球学所涉及的问题、领域已有了较系统、较清晰的认识，这为我们确定全球学的基本研究框架、范畴、概念奠定了基础。二是有了实体性研究所和研究团队作支撑。2007 年全球化与全球问题研究所成立，虽然编制只有 5 人，最初只有我一人到位，但毕竟是实体性研究单位，有编制和基本经费的保障，更重要的是有了一个在学术界开展学术活动与交流的平台。此外，以该研究所和 2012 年全球学博士点为轴心，逐渐形成一个全球学研究团队。这个团队的成员都经过全球学的系统学习和培养，虽然毕业后大都分配到各个高校，但都愿意参与全球学的研究，并为全球学的发展做贡献。所以这是一支有凝聚力的研究团队，保障了创建全球学学科的顺利进行。

其次是抓住了创建一个新学科的时机。度过 20 世纪 90 年代被边缘化、被冷漠的苦痛日子之后，21 世纪以来，全球化、全球问题、全球治理逐渐得到认同与重视，到 2010 年前后，实际上这个领域已开始成为显学。所以在高校，从学科上回应全球化、全球问题、全球治理已成为一种趋势，中国政法大学也不例外。正是在这个大背景下，加之国家开始倡导交叉学科，所以 2010 年我校批准了我所申报的全球学交叉学科项目。

（二）创建全球学的过程

全球学作为交叉学科立项后，我开始了有计划、有步骤的学科构建工作。按照时间顺序，大体上做了如下几件事。其一，广泛听取学术界和学校相关部门的意见，为全球学学科建设进行论证。除了研究所围绕全球学召开的小型工作会议以外，2011 至 2012 年，我们举办了三次全球学学科建设学术会议。一次是 2011 年 8 月举办的《全球治理与全球学学科构建》学术研讨会，来自全国 21 所学校和研究机构的 50 余名专家学者与会。第二次是 2011 年 10 月，我所和《中国社会科学》杂志社联合举办《深度全球治理与探索中的全球学》学术研讨会，来自北京上海的 11 所学校和研究所研究机构的 21 名专家学者与会。在这两次全国性的学术研讨会上，我都对全球学的研究框架、体系、概念的基本设想作了汇报，而参会的专家、学者也从全球学的体系、范畴、学术边界等多角度提供了学术思考与智慧。第三次是 2012 年 3 月，在我校 60 年校庆之际，学校举办了《全球学学科建设发展与展望》研讨会。这次会议学校非常重视，黄进校长出席会议，并对全球学学科建设提出建议和要求。而由学校发展规划与学科建设处牵头，研究生院、教务处、科研处、人事处、国际法学院、商学院、人文学院等学校二级单位的专家也参会，对全球学学科建设提出了中肯的意见，强调了学科的边界、学生培养等问题。通过上述三次会议，我们不仅实现了与国内学术界同行的交流，听取了不少有益的学术建议，而且实现了与学校领导和职能部门的沟通，有助于学科建设工作的推进。

其二，在政治学一级学科下，获批设立交叉学科——全球学二级博士点，开始招收和培养全球学博士生。一个学科得以建设的标志之一是该学科是否能够招收和培养本科生、研究生、博士生，换言之，是否具有国家认可的本科学位、硕士学位、博士学位授予权。从国际社会来看，自 20 世纪 90 年代起全球学在美国、欧洲各国、日本等发达国家与地区已有了从本科到硕士、博士的系统规范的全球学学科，我国尚没有。从我国的情况来讲，在本科中开设全球学似乎还不太现实，但在硕士、博士中开设全球学则符合全球化、全球问题、全球治理研究的需要。所以，在全球学交叉学科立项的同时，我们研究所就着力于全球学博士点的申报工作。全球学是新兴的交叉学科，在现有的政治学一级学科目录中二级学科都没有全球学，所以只能申请在目录外自设全球学二级博士点，幸运的是这个申请于 2011 年底得到批准。于是，在 2012 年 9 月我所举办了《全球学博士点建设暨全球利益与国家利益学术研讨会》，向学术界正式宣告国内第一个全球学博士点的建立。与会专家学者俞可平、梁守德等对全球学博士点的建立表示祝贺，并对全球学学科建设特别是博士点的课程设置、学生培养等提出了许多建设性意见。

从 2012 年开始,至今我们招收和培养了十届全球学博士生。2015 年,我们又增设了全球学硕士点,实现了全球学硕士与博士配套培养,从而提升了全球学学生培养的系统性和多层次性,这有助于全球学学科扎实、规范地建设与发展。

其三,撰写和出版全球学基本理论代表作。一个学科得以建立的另一个标志是推出一本阐述该学科基本理论与方法,反映全球学体系、概念、范畴和内在逻辑关系的理论著作,这是一项更艰巨的工作,也是一次真正的学术探究之旅。尽管我已有 30 年的学术生涯,特别是 20 年全球化、全球问题、全球治理研究成果的积累,但是要在这个基础上整合、撰写出一本系统性、理论性的全球学专著绝非易事。所以,我首先要思考和确定的就是全球学的基本范畴、内在逻辑和学科体系,以便提出一个撰写大纲。最后确定的写作框架是三组 14 个范畴。第一组,全球化、全球问题,它们是全球学的时代与学科前提、基础和历史背景,也是全球学的内核,代表和反映了一种史无前例的全球景观。第二组,全球经济、全球政治、全球法律、全球文化、全球体系、全球秩序、全球治理、全球公民社会,这是全球学的外在表征和基本内容。第三组,全球进程、全球利益、全球伦理、全球性,这是全球学的价值与内在本质。显然,这三组 14 个范畴的依次排列,体现了全球学的系统性、逻辑性、学理性。全球化与全球问题是全球学的逻辑起点,全球经济至全球公民社会 8 个范畴则全面展示了全球化与全球问题在各个领域、层次所导致的新变化、新问题,从直观的现象层面阐述了全球学的基本内涵和研究内容。而全球进程、全球利益、全球伦理、全球性则旨在揭示全球化时代人类社会转型与变迁的本质与价值指向,阐明全球学倡导的价值追求,从而进一步提升了全球学的系统性、规范性和学理性。在理解全球学的内在逻辑时,全球化、全球问题、全球治理、全球性是 4 个核心范畴,其中最能体现和代表全球学学科本质和内核的是全球性,这是全球学学科独有的特色。

根据上述研究大纲与框架,从 2010 年至 2014 年,我带领全球学团队用了近四年的时间撰写《全球学导论》,该书 2014 年完稿,由北京大学出版社申请当年的国家哲学社会科学成果文库,并成功入选,随后于 2015 年由北京大学出版社正式出版。

《全球学导论》是国内学术界第一本规范意义上的全球学理论著作。这部著作旨在建立一种新的学科知识体系,用于描绘一个全球化日益深入发展的世界,并为那些希望了解全球化是什么,以及全球化是如何影响和改变世界的人们提供一套概念、理论和方法。这部著作力图做出的尝试与突破集中于本体论、方法论和价值观三个方面。在本体论上,《全球学导论》强调全球化与全球问题所带来的全球景观这一全球本体对全球学知识体系构建的基础和核心意义;在方法论上,《全球学导论》强调从全球本体出发,突破民族国家视野的束缚,超越方法论国家主义,以全球主义方法论重新构建人类对政治、经济、文化、环境和社会等领域全球化的认知和知识系统;在价值观上,《全球学导论》倡导以全球意识、全球思维、全球价值、全球性来矫正单纯的国家性、民族性、国家主义的不足。总之,整部著作围绕全球这一中心概念展开,突出全球性这一灵魂,从而与人们熟悉并认同的立足于国家与民族观察、思考、处理社会生活的思维、方法、原则、价值区分开来,也与人们在方法论国家主义框架下学习、认知和构建知识的传统路径与框架相区别。

《全体学导论》的出版,首先是我们这支全球学团队共同努力的结果。其次是众多学术界前辈、同仁、好友给予支持与鼓励的结果。最早鼓励和支持我开展全球学研究的是中国政治学界公认的元老、深受人们敬重与爱戴的赵宝煦先生,他在近30年前(1994年)为我的《当代全球问题》作序时就"祝愿全球学的研究工作在中国能有较快的发展"。俞可平教授是我国全球化、全球治理研究的先行者、倡导者、引领者,他欣然为《全球学导论》作序,不仅体现了对老朋友的关爱,更是对全球学学科的支持。全国高校国际政治研究会的同仁们,包容并支持我展开全球学研究。张敏谦、杨学冬、赵可金三位教授作为专家评审了《全球学导论》初稿,提出了许多宝贵意见。秦亚青、陈岳、李义虎、吴志成、陈玉刚、苏长和、庞中英、张胜军、刘志云、郭长刚等教授在全球学与全球治理的几次学术讨论会上都提供了有启发性的观点与主张。时任北京大学出版社社会科学编辑部主任的耿协峰编审不仅作为专家参加了《全球学导论》初稿的评审,而且支持并促成该书在北京大学出版社出版。最后，全球学研究和《全球学导论》的出版，也得到中国政法大学的大力支持，体现了其对发展交叉学科的重视。

其四，打造《全球学与全球治理论坛》，扩大全球学的影响，深化全球治理的研究。一个新学科的建立，除了要有代表性著作与教材，取得合法培养不同层次学生（本科、硕士、博士）的资格，还要通过多种学术活动扩大该学科的影响，赢得社会的认同、理解与支持，这样才会有持久的生命力。基于此，在我的倡导下，中国政法大学全球化与全球问题研究所与中央编译局全球治理与发展战略中心、南开大学全球问题研究所联合创建了"全球学与全球治理论坛"。论坛将全球学与全球治理结合在一起是我的主张，一是为了凸显该论坛的特色，即不是一般地探索全球治理，而是将全球治理与全球学学科建设紧密结合，助推全球学学科建设；二是希望通过论坛，扩大人们对全球学的了解与认知，推进全球学在中国的发展。我一直强调，全球学实际上是全球问题学与全球治理学的结合。20世纪90年代之前的全球学基本上就是全球问题研究，可称之为全球问题学。而20世纪90年代中期开始，治理全球化中的负面性和方兴未艾的全球问题提到更重要日程，全球治理学凸显。全球问题学与全球治理学的结合又催生了学理性、学科性更强、更规范的全球学学科的诞生，所以把全球学与全球治理联系在一起，有内在的学科的合理性，有助于促进人们对全球学的认知。首届《全球学与全球治理论坛》于2013年6月在北京花园饭店举行，来自全国30余所高校和研究机构的60余名专家学者与会，包括政治学、法学、经济学、马克思主义等多个学科与领域，充分体现了全球学的交叉学科特点。中国政法大学黄进校长、中央编译局副局长俞可平教授、全国高校国际政治研究会会长陈岳教授以及我在开幕式上致辞，随后进行了热烈的讨论，论坛取得开门红。该论坛每年一次，至今已举办了九届。显然，该论坛对全球学学科的建设与发展起到了独特的、不可或缺的促进作用。

（三）《全球学导论》的社会影响与评价

全球学博士点的建立，特别是《全球学导论》的出版，产生了重要的社会影响。2015 年 7 月,中国政法大学全球化与全球问题研究所和北京大学出版社联合举办了《全球学导论》新书发布会。俞可平、秦亚青、陈岳、李义虎等教授出席致辞,充分肯定了《全球学导论》出版的重要意义与作用。中国新闻网、人民网、光明网、中国高校人文社会科学信息网等多家网站报道了该新书发布会情况,并对全球学学科建设进行评述和介绍。2015 年 6 月 28 日,北京日报刊登俞可平教授撰写的题为"将全球问题的研究上升到全球学的高度"的文章,该文被全国哲学社会科学规划办公室、光明网等权威网站转载。《国际政治研究》2015 年第 5 期集中刊发了一组关于《全球学导论》的评议文章。其中,北京大学俞可平教授在《如何推进全球学研究》一文中认为,《全球学导论》的出版对于全球学学科的建设具有开创性意义,并为后续的研究工作奠定了基础。外交学院秦亚青教授在《全球学与全球国际关系学》一文中指出,《全球学导论》在学科上为全球学奠定了系统的知识体系基础,是具有开创性的基础研究工作。在思想史上则是一部具有理想主义和人文情怀的著作。复旦大学陈志敏教授在《全球主义、国家路径和中国特色大国外交》一文中则认为,《全球学导论》为我国的国际关系研究开辟了一个全球主义学派。南开大学(现为中共中央党校国际战略部)吴志成教授在《全球学研究的中国应答》一文中认为,《全球学导论》是中国学人应因全球化深入发展,进行相关研究的理论自觉和学科创新之作。此外,《国际观察》2015 年第 6 期发表了华东政法大学高奇琦教授和王金良副教授《从"全球问题"到'全球学'——评蔡拓先生《全球学导论》的学科意义》一文,对全球学学科建设及发展前景进行了探讨。

《全球学导论》继 2014 年入选国家社会科学成果文库后,2020 年又获教育部第八届高等学校科学研究成果一等奖,这一切都充分反映了《全球学导论》的出版在社会和学术界的广泛影响。特别值得提出的是,《全球学导论》产生了国际影响,2020 年英国著名的劳特里奇出版社分上下两册,出版了《全球学导论》的英文版(2020 年 6 月两卷本 *GLOBAL STUDIES* 由 Routledge 出版)。这表明该书受到国际学术界和出版界的关注,是中国学者对全球学学科的贡献,有助于中国学者与国际学术界的同行对话与交流,共同推进全球学学科的发展。

中国全球学学科的创建是我学术生涯中最重要的事情，也是我对中国学术界的最大贡献。一个学者的一生可能在学术上推出不少的成果，但真正能在学术上、学科建设上提供原创性研究成果，产生开创性学科影响是极其困难的。我有幸借鉴国际学术界全球学研究的成果，借鉴国内全球化、全球问题、全球治理研究的成果，在学术界同仁和家人的鼓励、支持下，执着地开展全球学研究，并最终创建了中国的全球学，开始了全球学博士、硕士的培养工作，这是十分快乐和幸福的，我有理由为此感到骄傲与自豪。

2013 年 6 月 20 日，首届全球学与全球治理论坛暨
"全球治理变革与国际法治创新"学术研讨会在北京花园饭店召开

二、全球治理研究与《全球治理概论》的出版

全球治理研究在我学术生涯的第二阶段已经开始，并推出了有较大影响的论文《全球治理的中国视角与实践》，但从我的学术生涯来看，第三阶段才真正付出更多精力开展全球治理研究，特别是主持完成了国内第一部《全球治理概论》教材的编写出版。

2008 年的国际金融危机,使人们开始更多关注全球化的负面影响和全球治理的困境。正是在这个大背景下,正视和探究全球治理面临的新问题、新挑战提上我的学术研究的日程。2010 年后,先后发表了《新政治发展观与全球治理困境的超越》《中国如何参与全球治理》《全球治理的反思与展望》《中国参与全球治理的新问题与新关切》《统筹全球治理与国家治理》等论文,并出版了国内首部全球治理教材——《全球治理概论》,形成了我学术生涯中一个着力研究的焦点与领域。在上述文章与著作中,我阐述与强调的主要问题和核心观点有如下几个方面。

(一)从学理上认清和把握全球治理理论本质与价值基点

从学理上讲,全球治理的理论本质与价值基点是全球主义,对此必须有明确的认识。全球治理是时代的产物,是对人类社会面临的新问题、新走向的积极回应。当代人类社会生活的全球相互依存,已经开始把全球现象、全球问题、全球价值等新元素融入世界历史,人类已不可能再局限于领土国家之内应对生存挑战,推动社会进步,实现可持续发展。因此,传统的国家主义、国际主义不可能作为全球治理的价值基点。国家主义和国际主义对国家的崇拜、对权力的崇拜根本无法适应全球化时代所面临的复杂、多元、多层次并相互交织的人类公共事务。毫无疑义,只有全球主义才是全球治理的理论本质和价值基点。这就要求我们在全球治理的理论中强调两点:一是审视当代国际事务必须要有全球视野、全球观念,认同全球性;二是参与全球治理的主体,必须从传统的国家行为体扩展到非国家行为体,即包括政府间国际组织、非政府间国际组织、跨国公司、跨国倡议网络等多元行为体。如果全球治理丧失了或放弃了全球主义价值基点,并且只是国家行为体之间的协调与互动,那就不是真正的全球治理,而只是传统意义上的国际治理。全球治理与国际治理的界限必须划清,不能混淆。

(二)必须坚持治理的整体性

在对治理的思考、理解、诠释与实践中,最重要的是认清治理的整体性,坚持三个统一，确立整体治理观。整体治理观是针对局部治理观、割裂治理观、片面治理观而言的。局部治理观表现为视野的局限、领域的局限、空间的局限，往往习惯于从单一的领域、有限的空间考虑治理问题。比如只讲市场治理、地方治理、城市治理，忽视政府的综合治理。割裂的治理观表现为思维的对立、价值的对立，不善于多向度、多功能地认知治理，往往偏执于一端，表现出非此即彼的特点。比如只讲治理的价值与规范性，忽视治理的工具与实践性，只讲国家治理而忽视全球治理。或者相反，推崇治理的工具与实践性，排斥治理的价值与规范性，推崇全球治理而贬低国家治理。无论是局部治理观还是割裂治理观，都具有片面性，因而又可称为片面治理观。今天治理面临的诸多棘手问题甚至困境，都源于这三种治理观。所以，从整体上认识治理、确立整体治理观极为重要而迫切。

整体治理观体现为认知治理的三个统一，即价值理性与工具理性的统一、规范诉求与实践诉求的统一、国内治理与国际治理（或国家治理与全球治理）的统一。治理的价值理性反映的是治理的价值取向与追求，是治理区别于统治、区别于政府管理和市场调节的本质与精髓。这一价值取向就是社会中心、全球主义，从而区别于国家中心、政府中心、国家主义。同样，治理的规范诉求，也青睐价值、伦理，指向应然、理想与未来，表现出人的伦理性、超越性、文化性一面。治理是对人类公共事务的治理，治理的宗旨当然是使人们过上更好的生活。而更好的生活一般而言都建立在对现实的反思与超越上，具有一定的理想性，这是人类文明发展的动力。与此相对应，治理的工具性和实践诉求，更多关注现实，重视达致未来和理想的条件、手段、可能，从而更注重物质基础、技术手段、制度安排、政策导向，以保障治理进程的可操作性、可控制性、可持续性。由此可见，治理的工具理性与实践诉求不仅是合理的，而且是非常必要的。显然，在认知治理时，只有同时关注治理的价值理性与工具理性、规范诉求与实践诉求的统一与平衡，才能避免片面、极端、非理性，全面驾驭治理。至于国家治理与全球治理（国内治理与国际治理），主要是基于空间划分而形成的两种治理。由于人们至今仍生活于威斯特伐利亚体制之下，国家依旧是最基本、最主要的单元，个体和政治共同体的生存、交往与发展都在领土国家之内,所以,国家治理更容易得到人们的理解与认同。而全球治理则立足于全球视角,关注的是整个人类面临的公共事务,特别是关涉人类命运与发展的全球性问题。空间的不同导致视野、价值关怀以及治理路径与政策的差异,这本身可以理解,但如果刻意坚持这种差异,忽视对国家治理与全球治理内在关联性的研究,拒绝对两者日益打破界限、融为一体的审视与承认,那就势必导致治理的困境。

(三)全球治理的反思与展望

全球治理的理论与实践已走过了30年的历史,取得了无可置疑的成绩,但也面临着显而易见的困境,所以反思其进程中的经验与问题,展望其未来十分必要。

立足于反思,应该明确坚持全球主义的基点是全球治理的前提,充分认识国家的主导作用,防止排斥或否认国家作用的片面、激进的观点;克服全球治理中的参与和责任赤字,最大限度地拓展全球化的主体和完善全球治理的机制与渠道,同时要求各行为体加强提供全球公共物品的意愿和责任;全球治理要着力体现公正与法治,缺少公平正义和法治的全球治理是无号召力、无生命力的治理。立足于展望,我们可以期待并构建走向深度的全球治理,即在治理的规则、对象和目标上更关注跨国性、全球性和人类命运共同体的整体性治理。走向有效的全球治理,即在治理的主体与模式方面着力于主体多元、定位明确、尊重现实、提高实效的治理;走向理性与和谐的全球治理。理性的全球治理就是由价值理性、制度理性和实践理性指导下的全球治理。和谐的全球治理就是讲法治,重公平正义、平等宽容,不断增强人类命运共同体意识的全球治理。

(四)中国参与全球治理的特点与评估

自冷战结束以来,中国参与全球治理表现出四个特点。其一,中国参与全球治理的动力日益增强,范围明显扩大。其二,中国偏重全球经济治理,并在其中发挥重要作用。其三,中国参与全球治理的主体依然是政府,非政府（包括NGO、公司、个人）的力量依然薄弱。其四，国内层面的全球治理比重较大，跨国合作全面开花。

鉴于对中国参与全球治理的特点分析，不难做出这样的评估。其一，中国正在成为全球治理的有生力量，特别是在全球经济治理中作用突出。其二，中国参与全球治理的自觉性、积极性都有明显提高，但至今仍是全球治理中的配角，表现出被动性、滞后性。其三，中国参与全球治理更多受制于国家利益的考量，其主导性理念仍是现实主义、国家主义，加上有保留的多边主义，远未提升到全球主义的高度。其四，中国参与全球治理的能力亟待提高，包括国家硬实力和软实力的提高，尤其是后者。

（五）中国参与全球治理的再审视与新定位

面对全球治理的新形势和中国自身的变化，当代中国在积极参与全球治理时应明确如下问题。

其一，中国参与全球治理的理念与价值定位。在明确并认同人类整体性和利益共同性的基础上，中国参与全球治理要坚持全球主义观照下的国家主义，抵制当下国家主义的诱惑。要倡导有效合理的国家利益观，反思国家利益最大化的理念。

其二，中国参与全球治理的身份定位。从经济结构、产品科技含量、人均收入、国民教育、管理水平、公民社会成熟程度、法治状况等诸多方面来讲，中国只能称作发展中国家。这是标示中国所处历史发展阶段的长期定位，对此必须保持清醒的认识。但从国际关系的角度看，我国又是一个正在崛起的新兴大国，经济的快速增长对世界产生了巨大冲击力。因此，中国身份的定位必然是两种身份的兼顾与并存。从今天的国际关系现实来看，承认并更好地诠释我国作为新兴大国的权力与责任，避免在参与全球治理时实用主义地选择发展中国家与新兴大国的定位，具有特别重要的意义。

其三，中国参与全球治理的着力点定位。中国参与全球治理的着力点主要有两个。一是倡导并践行人类命运共同体理念。倡导人类命运共同体是中国作为一个正在崛起的新兴大国对世人的郑重宣示，也是对当下国家主义强势回归的一种理性回应,是对国际关系理念与规则的一次重大变革,有助于国际社会遏制民粹主义、民族主义、国家主义、现实主义,为人类全球性交往、合作、平等和谐的共生共荣带来希望。所以,可以将倡导人类命运共同体视为中国推进全球治理的特殊责任与贡献。二是为国际社会提供更多全球公共物品,这既是中国参与全球治理的着力点,也是其理性的选择。因为,加大提供全球公共物品的力度,有助于回应国际社会对当代中国在国际事务中的期盼或疑虑,有助于体现新兴大国的责任,提升我国的国际影响力。

其四,全球治理在中国对外战略中的定位。党的十八大以前,全球治理主要被视为中国对外战略的大背景,而非中国对外战略本身或战略内容之一。自党的十八大起,中国日益把全球治理提升到前所未有的战略高度。我认为,今天各国的对外战略若没有对全球治理的深刻理解和积极参与全球治理的真心认同,那么这种对外战略就远离了现实,缺少了时代精神。因此,中国应把全球治理视为当代中国对外战略的基石与轴心,中国对外战略的各种战略考量与安排,都要自觉地体现全球治理的理念与战略要求。这个新的战略定位,将促使中国更积极参与全球治理,并在其中发挥更大作用。

(六)当代中国如何统筹和协调全球治理与国家治理

在全球治理研究中,全球治理与国家治理互动的问题日益突出。2014年11月在"全球治理与国家治理"学术研讨会期间,我向《中国社会科学》杂志的张萍编辑提出建议,在该杂志上开展一次专门的学术探讨,以推进全球治理与国家治理关系的研究。她非常赞同,并很快得到杂志社领导的支持。于是,2016年《中国社会科学》第6期集中发表了5篇探讨全球治理与国家治理的专题文章。由于这组文章选题很有学术价值,又有现实针对性,符合国家统筹全球治理与国家治理两个大局的需要,所以不仅发表顺利,还及时翻译成英文,通过《中国社会科学》英文版推介到国际学术界,产生了国际影响。

我的原文很长，但在《中国社会科学》上发表时，受杂志篇幅所限，砍去了一半，后来将全文收入 2018 年北京大学出版社的《全球学与全球治理》一书中。该文除了提出整体治理观并阐述了三个统一外，重点探讨的是全球治理与国家治理作为两个大局对当代中国的意义，以及全球治理与国家治理在当代中国应如何统筹与互动。

其一，积极参与全球治理对当代中国的意义。当代中国是在改革开放中日益发展和崛起的新兴大国，其国际影响力、话语权不断提高，同时又被国际社会赋予更多责任与希望。国内的政治、社会和文化制度的吸引力、感召力，褒贬共存，软实力明显滞后，遭受批评较多。鉴于此，积极参与全球治理对当代中国有着特别重要的意义。首先，积极参与全球治理，表明中国对现有国际体系、国际秩序的认同，有助于澄清当下国际社会对中国的质疑与误解。其次，积极参与全球治理，表明当代中国的担当，有助于化解国际社会对中国逃避责任、善于搭便车的不满与指责。最后，积极参与全球治理，表明当代中国维护人类共同利益、推进人类共同进步的理念与追求，从而提升道德制高点，赢得国际社会的尊重，并引领人类的发展。

其二，理性推进国家治理对当代中国的意义。国家治理不是一般意义上的国内治理，而是治国理政的大战略，因此对当代中国而言，这是与全球治理同等重要的另一个大局，对中国在人类文明的大道上前行具有重要意义。首先，理性推进国家治理是治理时代国家重建的需要，反映了中国对影响人类生存与发展的普遍性问题的高度关注和及时回应，体现了中国与时俱进的品格和调适能力。其次，理性推进国家治理关系到中国法治建设，有助于落实依法治国、依宪治国。最后，理性推进国家治理，营造国泰民安的社会秩序，不断完善自身，有助于提升中国的软实力，更好地造福于中国与世界。

其三，借助全球治理深化国家治理。全球治理与国家治理两个大局的统筹与互动，首先体现为借助全球治理深化国家治理。全球治理是基于人类公共事务的治理，是针对人类社会生活中共同性、整体性问题的治理，因此，其治理的对象、机制、理念以及利益考量就会对国家治理产生制约与影响。从治理对象上讲，全球治理会内化为国家治理。这种内化型的全球治理,其对象是国内的,但意义是全球的。从治理的机制与制度上讲,全球治理规范国家治理,诸如金融监管、贸易政策的透明化、环境标准与质量认定标准等问题,各国在治理时都需要与全球治理的相应规范协调,以其为依据,推进规范的落实。从治理的价值与理念上讲,全球治理引领国家治理。比如可持续发展、低碳经济、绿色经济等都是全球治理所引领的先进价值与理念,指导着各国的实践。从治理的利益导向看,全球利益与国家利益交织并举。总之,要真正懂得,国家治理是全球治理背景下的国家治理,国家治理离不开全球治理,国家治理体系与能力的现代化,必然包含对全球治理的理性认知和实践协调。

其四,依托国家治理推进全球治理。全球治理与国家治理两个大局的统筹与互动,还表现为依托国家治理推进全球治理。国家治理的现代化水平与程度,是决定全球治理水平与程度的最重要因素。国家治理体系包括价值体系、权威决策体系、行政执行体系、经济发展体系、社会建设体系等,这些体系与机制的合理配置与良性运转,决定着国家治理现代化程度的高低,进而能够助推和深化全球治理。理由在于,价值理念体系的现代化决定对全球治理的认同度与参与热情。具备文明、和谐、民主、自由、平等、法治等现代化价值,认同全球主义、人类共同利益这些新的理念,必然会认同和积极参与全球治理;权威决策体系和执行体系的现代化制约在全球治理中的政治作用与国际影响力,一个国家只有在民主化、法治化方面有坚实的基础,排斥强人政治,才可能在全球治理中发挥正面作用;经济发展体系的现代化影响参与和主导全球经济治理的力度。这里,最核心的是处理好政府与市场的关系,明确树立市场经济的发展导向,最大限度地挖掘市场的潜力和发挥市场的作用;社会建设体系的现代化助推社会力量走上国际舞台,参与全球治理。社会建设体系的现代化,核心是处理好政府与社会的关系,激发社会活力,它反映着一个国家成熟和文明的程度,以及民众自己管理自己、参与国内与国际公共事务管理的意识与能力。

总之,在全球治理领域,我不仅在全球治理的本质、整体治理观、全球治理与国家治理关系等方面做出了理论的解读,提供了新的见解,坚守了自己的观点,还结合中国的实践,对中国如何参与全球治理,从价值、身份、路径、着力点等角度做出了分析,提供了相应的对策。应当说,无论是理论还是实践上都体现了我始终信奉和倡导的学术特色与烙印。

（七）全球治理教材的出版

在全球治理领域,另一件值得书写和记载的事情,就是我牵头组织编写国内第一本规范性的全球治理教材,并开展全球治理教育。在探索全球治理的理论与实践的过程中,编写一本全球治理教材,在高校中开设全球治理课程,在社会中开展全球治理教育,这个想法日益强烈。之所以如此,就是深感全球化与全球治理已是时代的大趋势,中国的改革开放也使国人开始感受和认知这个新时代,但这种认知显然还远远不够,跟不上时代发展的需要。加之对于全球化与全球治理,无论是政府还是学界仍有一些误解,甚至出现否定与批判之词,所以开展全球治理教育十分迫切,十分必要。2012年党的十八大报告中明确作出推动全球治理机制变革,积极参与全球经济治理的宣示,2015年和2016年连续两年在政治局会议中研究全球治理格局和全球治理体制问题,从而表明全球治理不仅在中国政治中获得了合法性,并且得到政府的高度认同与积极倡导。这样,全球治理教材的编写与全球治理教育的推行就具备了空前有利的环境与条件。

2013年12月28日,中国政法大学全球化与全球问题研究所、中央编译局全球治理与发展战略研究中心、南开大学周恩来政府管理学院联合举办全球治理教材编写会议。我主持了会议,并提交了一个草拟的教材编写大纲供会议讨论。经过热烈的讨论,会议确定了教材编写大纲,并由三家机构的负责人担任主编,开始了全球治理教材的编写。这个研究团队共17人,经过两年多的努力,书稿于2016年初提交给北京大学出版社。同年9月,该书顺利出版发行。

在这本教材中,虽然我仅写了结语部分,但在大纲设计和书稿的反复修改及最后定稿中付出了很大的精力与心血。该书由导论、结语和14个问题专论构成。导论阐述了全球治理产生的原因、过程、实践,明确了全球治理的概念及要义,论证了全球治理对当代人类社会,特别是对当代国际关系的意义与价值,从而使人们从总体上对全球治理有个概览。结语则从反思和展望两个向度对全球治理进行了总结与分析,强调要坚持全球主义的基点,充分认识国家的主导作用,克服参与与责任赤字,体现公正与法治。而在反思基础上对全球治理的展望则提出三个着力的目标,即走向深度全球治理、走向有效全球治理、走向理性与和谐的全球治理。在 14 章专论中,前 4 章着眼于基本理论,对全球治理的理论基础、价值、行为体和路径进行了诠释,力求使学习者首先了解和掌握全球治理的基本理论,而后以这些基本理论审视和分析全球治理面临的各种问题。在 14 章专论中,经济、发展、生态环境、公共安全是全球治理中最突出、最大量的问题。传统安全、大国关系是人们相对熟悉但当下又有新表现的问题。全球通讯、媒体与文化治理、全球公域治理是全球治理中面临的新问题、新挑战。区域治理是考虑到区域化、区域治理在全球治理中的特殊地位,而中国的全球治理则是要阐明中国对当代全球治理认知的过程,以及中国对全球治理的定位与选择,为中国积极参与全球治理献策献言。总之,作为国内第一本明确以高校大学生为对象的全球治理教材,本书在编写框架和基本内容上有意识地体现如下几个特点。

其一,兼顾全球治理理论与实践,偏重全球治理实践。治理是政府和市场之外的第三种管理人类公共事务的方式,它要克服人们所熟悉的政府与市场管理的弊病,弥补政府与市场管理的不足。全球治理是治理在世界范围与层面的应用,处理着人类日益相互依存所面临的诸多全球性问题和公共事务。因此,充分认识全球治理的公共权力属性、全球主义理念、主体的多元性、治理价值的普遍性与共同性,以及作为全球治理主要路径的全球公共物品,就是理论上必须首先回答的问题。为此,本书在编写框架上专设理论编,用 4 章来阐述全球治理的相关理论。但是,在全书的整体框架与分量上,我们更突出全球治理的实践,所以相应地设置了实践编,用 10 章来阐释主要的全球治理实践。从实践角度介绍和解读全球治理,有助于回应人们对全球治理的关注,增强人们对全球治理的认识与兴趣。

其二,凸显全球治理的机制。全球治理是对一系列全球问题的治理,而每一个领域、每一个问题的全球治理,都必然要求相应的治理机制,包括相应的法规、条约、宣言、议定书等,以及配套的组织机构。弄清这些机制的产生、功能、作用、问题,以及所依托的国际组织的现状,对于更深入、具体地了解某一问题和领域的全球治理,无疑具有重要作用。本书在这方面做出了努力与尝试。

其三,坚持中道的理论思维与学术分析,全面、客观、理性地阐述全球治理的理论与实践。中道就是不走极端,不回避现实,克服片面性,坚守应有的学术责任与立场。比如坚持全球主义的基点与重视国家在全球治理中的主导地位;重视非传统安全但并不排斥传统安全;直面全球公域与全球文化治理等前沿问题;从学理上阐述全球治理中存在的普遍理念与共同价值。这种中道、理性与负责任的学术分析,有助于学生更客观、更理性、更平和地认识全球治理。

该书面世后不到两个月,恰逢 2016 年 11 月全国高校国际政治研究会年会,我携带 100 本新出版的教材与会,向来自全国高校的参会老师赠送了该教材,并号召全国高校开设全球治理课程,推进全球治理教育。在我看来,培养自觉认同和积极参与全球治理的公民,对当代中国非常重要。而大学生又是国人中特别是青年中的佼佼者,如果青年大学生都具有全球意识与世界情怀,能够在认识全球治理过程中自觉投身全球治理的事业,那么世界与中国的前景必将会更美好。

与此同时,我们从自身做起,一方面在学校中开设全球治理全校选修课,一方面筹备举办“全国高校全球治理课程教学研修班”。这个建议得到了中央编译局、南开大学、北京大学出版社以及不少知名学者的支持。2017年 7 月,首届全国高校全球治理课程教学研修班在南开大学举办,俞可平、秦亚青、蔡拓、吴志成、杨雪冬等学者主讲,来自全国的五六十名教师参加。之后,又相继在中国政法大学、华东政法大学、西安交通大学举办年度研修班,至今已举办四届。受新冠病毒疫情影响,2021 年未能如期举办。尽管举办的年限还很有限,每届的人数也不过 60 人左右,但全球治理课程研修班的影响已经显现。关注全球治理的学校和老师日益增多,开设全球治理课程的意愿也日益加强。只要坚持下去,在高校推进全球治理教育、增设全球治理课程、建设全球治理学科的势头一定会得到更好的发展。

2018 年 7 月 14 日,博雅大学堂——第二届全国高校“全球治理概论”
课程教学研修班在北京举办

三、倡导和主持世界主义思想研究及六卷本《世界主义思想史》的出版

对世界主义思想的关注与研究,是持续关注人类社会生活共同性的逻辑结果,也是全球学研究的学理延伸与扩展。因此,在这个意义上可以说倡导和开展世界主义思想研究,是我学术生涯的宿命。2014 年《全球学导论》入选当年的国家社科成果文库,2015 年该书正式出版。正是在这个节点上,研究世界主义思想的意愿得以提出和实施。这是我学术生涯中的又一重大事项,耗费了我近八年的时间,当然也给我的学术人生画上了一个圆满的句号。

（一）世界主义思想研究课题的提出与申报

对我而言,提出世界主义思想研究的一个基本想法就是,关注人类社会

生活的共同性、整体性，并强调以世界的视角审视人类文明的进程并非始于当代。如果说全球主义是全球化时代的产物，那么世界主义早在古希腊罗马时代以及古代东方文明、阿拉伯文明、伊斯兰文明中就已提出。因此，从学术思想史上梳理、探究世界主义的演化史，不仅具有学术和理论意义，还有助于加深理解全球化时代的相互依存、人类共同价值、全球治理，有助于构建人类命运共同体。也就是说，尽管全球主义与世界主义各有其特定的内涵，但它们的共同指向却是无可置疑的，即超越地域的、国家的、民族的界限，从人类这个更宽广的视角思考和处理公共事务和相互关系。这样，我就把我学术生涯中的共性研究即从全球学与全球主义的研究直至世界主义研究贯穿起来，形成一个完整的链条。这既是思维的链条，也是学术研究和学术生涯的链条。

基于此，2014年国家社科办征求国家重大课题研究项目时，我提交了世界主义思想研究的选题。紧接着，我于2015年申报了北京市社科重大项目《世界主义的理论及其当代价值》。大概是上天眷顾，要我完成世界主义思想的研究，所以，先是2016年初，北京市重大课题《世界主义理论及其当代价值》获批，随后，世界主义思想研究被列入2016年国家社科重大项目选题。于是2016年暑假，我们研究所组织了重大课题的申报工作，鏖战2个月完成了重大课题的申请，并于2016年11月获批国家重大课题《世界主义思想研究》。

国家重大课题《世界主义思想研究》能顺利获批，基于以下几个原因：首先，厚实的学术积累，丰硕的研究成果。30年来无论是对西方契约论、政体论的学说史、思想史研究，还是关于全球化、全球治理、全球问题所体现的人类共同性、整体性思想的探究，乃至全球学学科的倡导与建设，都为世界主义思想研究打下了基础。其中全球主义、全球性的相关研究成果更与世界主义直接相关。这些学术积累与研究成果，呈现出明确而鲜明的世界主义色彩与主线，无疑给人留下深刻印象，从而有助于重大课题申报获得成功。其次，全力组织课题申报，精心撰写课题申请书。决定申报重大课题后，立即动员和组织全所老师和在校博士生、硕士生共十余人开展申报工作。我提出了初步的研究框架,以西方文明、中华文明、印度文明、伊斯兰文明、马克思主义与社会主义五大板块收集资料、文献,撰写研究思路、内容,同时从研究意义、着力突破的难点、力求做出的学术贡献等方面进行理论概括与阐述。由于分工明确,整合有序、有效,所以申请书得以顺利完成。在这个奋战的过程中,每个参与者都付出了努力,做出了贡献。所以,我要感谢参与课题申报的所有老师及同学。

重大课题申请书无论在研究结构还是内容上都经过反复推敲与思考,并做出了精心安排。西方文明、中华文明、印度文明、伊斯兰文明、马克思主义和社会主义五大板块的世界主义研究框架的设计,体现了本课题强调世界主义思想研究的系统性、全面性,同时又是对传统的西方中心论的超越。强化类主体的世界主义思想,强化世界主义思想与人类命运共同体的紧密关联性,强化世界主义思想对当代全球化、全球治理的重要意义,这些理论视角和实践考量,无疑也为课题申请书加分。

最后,世界主义思想史研究这一重大课题,是由我提出并最终入选 2016年国家重大课题选题中的,因此客观上更有利于我们获批这一课题。毕竟,无论是前期研究成果还是研究框架、思路与文献,我们的准备都更多一些。

(二)世界主义思想研究课题的实施与进展

2016 年,两个世界主义思想研究课题先后被批准。一个是北京市社科重大课题,另一个是国家社科重大课题。由于研究的对象相同,所以在课题研究过程中两者实际上就并轨了。当然两者定位不同,北京市课题只是一本专著,量少内容简略,而国家课题则是多卷本学术著作,量大,内容系统全面。从某种意义上可以说,北京市课题是国家课题的缩写版,但涉及的内容、代表性流派与人物以及理论分析都远不及国家课题。

2016 年 12 月中旬,两个世界主义思想研究课题正式启动,至 2021 年 8月下旬,共召开了六次课题工作会议,主要议题和内容如下。其一,明确研究的基本原则与目标。我强调了五点:潜心做研究,努力推出问心无愧的学术力作;协同做学问,努力打造世界主义研究学术共同体;挖掘和揭示世界主义的深刻学理内涵,丰富和夯实全球学学科的理论底蕴;全面、认真落实全国哲学与社会科学规划办关于开展国家社会科学基金重大项目研究的各项要求,高质量完成本项目研究工作;以重大项目研究推进全球学学科发展,确立我所十年研究规划,全面提升我所的研究水平与社会影响力。这是第一次工作会议上明确的重点,也是我们对课题研究提出的要求,同时突出了世界主义思想研究与全球学学科建设的关系。

其二,明确研究工作分工与进度。课题研究的大框架就是课题申请书中论证的五大板块即西方古代与近代世界主义、当代西方世界主义、中华文明的世界主义、印度与伊斯兰文明的世界主义、马克思主义和社会主义的世界主义。五个板块就是五个子课题,涵盖了西方文明、中华文明、印度文明、伊斯兰文明以及马克思与社会主义中的世界主义思想。要求根据这五个子课题,列出详细的撰写大纲。进度上的安排是 2017 年收集、阅读、整理文献,2018 年各卷提交撰写大纲,集体讨论确立完整大纲,2019 年和 2020 年两年全力撰写书稿。2021 年集中汇总,讨论全部书稿,并根据修改意见完善书稿,强调进度服从于质量。除此以外,对于成果要报、工作简报的撰写以及项目的档案管理、财务管理也做出了分工与安排。

其三,反复讨论、斟酌并确定研究大纲,强调本项目研究的核心撰写原则。在第二次、第三次工作会议上,课题组集中讨论、整合研究大纲,确定各子课题研究的时段和内容边界,涉及流派、代表人物、主要理论与观点。我特别强调,首先,要扣住世界主义的核心与主题,使世界主义思想史与各种文明的思想史,特别是西方政治法律思想史、哲学史区别开来。因为在已有的政治法律思想史、哲学史、文化史或多种版本的国别史、世界通史中,我们所要研究的代表性流派与人物的一些观点可能已有论述和评介,如何挖掘和展现出这些流派与人物的世界主义思想,显然要动脑筋去推敲甄别,并非易事。其次,要注意公平、正义、平等思想与观点在世界主义和政治哲学中不同的要义和论述角度与特点,否则就会使两者完全等同或者混淆不清,难以彰显世界主义的特定内涵与本质。最后,无论是流派、人物的选择还是理论观点的分析,务必坚持宁缺毋滥的原则。不清楚、尚未搞懂又缺乏足够资料的相关内容都可暂时不写,直到具备了条件再补充。

　　其四,引导、组织、强化论文发表。课题研究过程中的论文发表,既是课题审核的硬性要求,更是对课题进展的程度与研究成果质量的一种检验。对此我们十分重视,并作出了相应规定。这些要求和规定能否实现,很大程度上取决于项目负责人能否根据课题研究现状,及时引导和组织论文的发表。首先。我们要求每个子课题每年必须发表一篇论文,这样 5 年下来,由于大家的努力实际上发表了 29 篇论文。其次,我们与《国际观察》《国际政治研究》《教学与研究》《国外理论动态》4 个杂志合作,并得到他们的大力支持,分别于 2018 年、2019 年、2020 年组织发表了 4 组共 20 篇世界主义思想研究的文章,及时向学术界展示了我们在世界主义研究中的最新成果。由于文章发表集中,主题鲜明,所以产生了很好的效果,扩大了我们研究所的学术影响,促进了学术界对世界主义研究的关注。

　　其五,严把统稿关,作好多卷本书稿的整合、修订工作,力争推出学术精品。经过近五年的努力,5 个子课题陆续完成初稿,有的子课题,如西方古代与近代世界主义、当代西方世界主义、印度与伊斯兰文明的世界主义我已审读并令其修改过两稿。于是 2021 年 8 月中旬,我们召开了重大课题第六次工作会议,会议的中心任务非常明确,就是集中课题组全体成员进行统稿,明确存在的问题,确定修改的内容,为完成课题研究、提供尽可能好的多卷本书稿作最后的拼搏。由于已与社科文献出版社达成了出版意向,所以特邀出版社宋浩敏编辑参会,帮助把关。在会议上,我首先对课题的现状和五卷本初稿进行了客观介绍与评价。五卷本的初稿百余万文字,基本实现了我们梳理、概括、分析几大文明板块世界主义思想的初衷,这些成果来之不易,值得庆贺。在课题 5 年进行过程中,我们课题组发表了 29 篇论文,提交了 2 份成果要报、4 份会议简报以及一份中期检查报告,并举行了 5 次大型学术会议。这一切都显示了我们研究工作的成绩与学术影响。五卷本初稿基本上按原有的大纲与框架撰写,当然也有少许调整。书稿的研究深度与分析力度不平衡,文献、资料有欠缺,主要体现为外文资料和第一手资料有待补充,书稿的规范性有待提高。在我总结性发言后,课题组成员针对各卷的问题交流了意见,对一些有交叉的问题也进行了协商、定位,对一些共同性问题则献计献策,总之,都希望通过这次统稿会,能把我们课题研究成果——世界主义思想史整合、修改得更好。

这次统稿会认真而有效率,最后我总结了四条书稿修改原则,作为备忘录要求大家贯彻落实。总体原则就是修订内容,丰富文献,深化分析,加强规范。其一,修订内容。各子课题要认真审读书稿,与世界主义思想的关联度勉强的人物、观点与分析要下决心删除,瘦身。遗漏的人物、观点与分析要加强。总之,要鲜明地突出世界主义思想,这一点对于中华文明的世界主义尤其重要。其二,丰富文献。针对外文文献、第一手资料欠缺的情况,要下决心寻找和增加。这一点对于印度与伊斯兰文明的世界主义尤其重要。其三,深化分析。首先要吃透理解原文中的观点、内容,在此基础上再做深入分析。要体现和挖掘出独特的思考,而不仅是简单地归纳出几点世界主义元素。其四,加强规范。包括书稿写作框架的规范、页下注规范、参考文献的规范。

这次会议还有一个插曲和意外的变化,就是将"导论"单列一卷,从而使原定的五卷本世界主义思想史改为六卷本的世界主义思想史。"导论"原置于第一卷,约6万字。社科文献出版社的宋浩敏编辑基于出版的角度与经验,建议扩充导论的内容并独立成卷。她认为一部多卷本的著作,导论的地位与作用非同一般,通过导论可以使人们了解世界主义思想的要义、发展脉络、主要流派与观点以及对世界和中国的影响,从而有助于引导和加深人们对各卷内容的理解。该建议得到研究团队的赞同。这个意外的变化加重了我的工作量,因为导论的扩充只能由我来完成。导论增加了三部分内容:一是世界主义的复兴在当代的表现及其原因;二是世界主义与当代中国,详细阐述世界主义对中国的改革开放、参与全球治理、构建人类命运共同体的影响;三是本书的总体框架与主要内容,简略介绍各卷的基本线索与内容。这样,加上原来的世界主义概念、发展脉络、主要类型、理论与谱系、本书的特点与主要学术贡献等内容,共同形成了独立的导论卷。所以,世界主义思想史一书最终定格为六卷本。六卷本书稿大约修订了半年,于2022年春节后最终定稿,并呈送社科文献出版社。出版社高度重视,支持该书申报 2022 年国家哲学社会科学成果文库,所以 4 月份又与出版社编辑一起完成成果文库申报的各项准备工作,并于 4 月底报送国家社科办。2022 年 11 月,六卷本《世界主义思想史》入选 2022 年度《国家哲学社会科学成果文库》,意味着这项研究成果得到学术界的认可,我们的努力得到国家和社会的肯定。现在出版社加紧书稿编审工作,预计 2024 年出版。与此同时,《世界主义理论及其当代价值》(北京市重大项目研究成果),已于 2023 年 6 月由天津人民出版社出版。

(三)世界主义思想研究中的五次学术会议

　　重大课题的研究,不仅最终要推出尽可能满意的学术成果,在课题进行过程中能够与学术界同仁对话交流,享受头脑风暴和探讨问题的快乐同样非常重要。这是一种学习的方式,也是提高对相关理论和实践问题认识的难得机会。鉴于此,我们在世界主义思想研究中共举办了五次学术研讨会。

　　第一次是 2016 年 12 月国家重大项目"世界主义思想研究"开题论证会。来自全国高校和研究机构的 30 余名专家、学者与会,其中,开题论证会的五位嘉宾是俞可平、王逸舟、郑启荣、张敏谦、高建,他们都是政治学和国际关系学领域的知名学者,也是我个人多年的老朋友。作为课题负责人,我首先向与会专家学者作了汇报,从世界主义的概念、要义、类别、谱系,我们为什么选择五个板块进行研究,如何体现思想史、学术史研究的特点,力图在哪些问题上进行突破,以及系统全面研究世界主义思想的学术意义,世界主义思想对当代中国的价值等方面做了简要的阐述。与会学者们充分肯定了该课题的学术价值,特别肯定了世界主义研究的世界主义视角和多文明框架,同时提出了一些建设性意见,如要注意思想史的学术研究与现实研究的定位,要处理好世界主义思想中的普世价值问题,要立足于中国,要充分估计印度与伊斯兰文明中的世界主义研究的语言、文献的困难等。这些建议对我们明确研究思路、确定研究大纲,显然有很大的启发作用。

　　第二次学术会议是"世界主义谱系与理论前沿"。这是在开题论证会后紧接着召开的会议。应邀与会的专家学者大都在世界主义研究中已有一些研究成果，或其研究领域与世界主义密切相关。他们的发言为我们展现了当前国际国内学术界关于世界主义研究的多元图景，以及关注的重点问题，从而有助于我们课题组了解世界主义研究的学术前沿，加深对世界主义多层次、多视角的认识。比如张旺教授从本体论、认识论角度阐述了世界主义理论的演变，阎静教授提供了对西方国际关系批判理论的世界主义分析，高奇琦教授论证了社群主义的世界主义，李英桃教授则立足于自身的学术特长，评介了女性主义的世界主义，陈秀娟教授介绍了自己的博士论文《多元视角下的世主义研究》，强调了世界主义的政治观，高景柱教授从观念史上梳理世界主义的三次浪潮，并介绍了自己立足于政治哲学研究世界主义的体会，这些都对我们课题研究有启发和借鉴意义。

第三次会议是 2017 年 9 月召开的"世界主义思想及其当代价值"。这次会议共有 50 余名专家学者与会，一个最明显的特点是多学科交流与对话。除了国际关系领域的学者外，还有政治学理论和西方政治思想史，马克思主义、哲学、文学、传播学等领域的学者。自第三次会议起，在探讨世界主义基本理论的同时，会议的实践色彩逐渐加强。这次会议首先是由六位学者作了主题发言。我着重强调全球化背景下世界主义概念与内涵应作出新的诠释，其类型也可作出新的区分，然后阐述了自己的独特研究成果，即可以把世界主义区分为个体主义的世界主义和全球主义的世界主义。传统的观点强调个体本位，认为个体是道德、价值、权利与责任的终极单元的世界主义只体现为空间的含义，而全球化时代，类主体（人类）正在成为世界主义的分析单位，世界主义不仅意味着空间意义上的个人道德、价值、权利、责任的世界性，更体现为人类整体在道德、价值、权利与责任上的世界性，这一独特区分引起了与会者的关注与讨论。我的这一学术观点，也在 2017 年《世界经济与政治》第 9 期上以《世界主义的新视角：从个体主义走向全球主义》发表。随后，任剑涛教授阐述其对中国天下主义的理解，以及与世界主义的关联，马俊峰教授立足于马克思主义哲学，分析了马克思的世界历史思想对世界主义的意义与影响，王宁教授则从文化、文化学角度分析了世界主义的多元含义,刘建飞教授审视了世界主义对当代国际关系,特别是全球治理的价值,任晓教授评介了中国的天下观。主题发言后,会议又围绕"世界主义与当代世界""世界主义与当代中国""不同文明视角下的世界主义"三个专题进行了热烈讨论,聚焦于世界主义对当代世界与当代中国的影响,比较了中西文明对世界主义的不同理解,分析了印度与伊斯兰文明中的世界主义思想。这次会议学理性、现实性以及比较色彩都很鲜明,效果很好,有力地推动了世界主义思想的研究,扩大了世界主义思想的影响。

2017 年 9 月 23 日,"世界主义思想及其当代价值"学术研讨会在北京湖北大厦召开

　　第四次学术会议是 2018 年 10 月召开的"世界主义与人类命运共同体"。这次会议集中探讨了世界主义与人类命运共同体在理念上的异同,以及它们对当前国际关系的影响,最大的特点可称之为是一次国际性会议,因为英国著名学者赫尔德此时正受邀在我们研究所进行学术交流,所以很自然地参加了这次会议,并作了主题为《僵局中的世界主义》的演讲。赫尔德教授这次专程来我校进行访问,拟建立和发展两校制度化的学术交流与合作。不幸的是他在华访问期间,因其孩子病重返英,而一年后又突然病逝,令人痛心惋惜,一代学术大家就这样离我们而去。会议首先安排了几位教授的主旨发言。我的发言题目是《世界主义与人类命共同体的比较分析》,这个发言稿后来在《国际政治研究》2018 年第 6 期上发表。我的主要观点是,人类命运共同体可以说是世界主义在当代的一种表现形式,也是人类文

明进程中的一种迫切需要。之所以这样讲，是因为两者的理论向度具有很大的关联性。两者的共同性表现为普遍性的理论支柱，以及对人类主体和人类价值的认同。但对两者的差异也要有清醒的认识。这种差异就是，传统的世界主义是个体本位，但在全球化时代，开始呈现从个体主义向全球主义的转变，类主体的色彩增强，所以这里讲的世界主义确切地说就是指全球主义的世界主义。而人类命运共同体的伦理和价值诉求具有两面性，一方面是类主体的整体利益与共同关切，另一方面又是国家间权利、地位平等、公正及利益的共享，体现出社群主义（集体主义）的特征。因此，讲人类命运共同体与世界主义具有共同的价值认同，主要是就第一方面而言。从根本上讲，世界主义带有更多的个体本位的基因，而人类命运共同体又更多反映出社群主义的基因，寻求两者的共同点都是在全球化背景下从相对理想的视角提出和倡导的。从现实的可操作的层次上，可以把人类命运共同体的构建划分为两个阶段，以两步走的方式发展。第一阶段，构建基于主权国家之上的合作共赢、权责共担，以共同利益和责任为导向的人类命运共同体，这是改良型的现实主义意义上的人类命运共同体；第二阶段，构建基于类主体之上的，凸显全球情怀、全球关切、全球意识，以共同利益、责任与价值为导向的人类命运共同体。这是理想型的世界主义意义上的人类命运共同体。我的结论就是，人类命运共同体与世界主义有内在的关联，世界主义有着更浓重的哲学与伦理色彩，而人类命运共同体则更多地体现了人类的社会性、政治性需求。世界主义有更悠久的历史，而人类命运共同体则凸显于当下的全球化时代。构建人类命运共同体离不开世界主义的指导，换言之，世界主义是构建人类命运共同体的理论指南与价值归宿。尽管基于现实的考量，人类命运共同体可划分为两个层次、两种类型，并在实践中可划分为两个阶段，但世界主义的理念与价值始终是人类命运共同体的灵魂。在我看来，只有把人类命运共同体的理念提升到世界主义的高度去理解、诠释，才能避免其落入国家主义、现实主义的泥潭，使其名副其实。

赫尔德教授作了题为《僵局中的世界主义》的主旨演讲，阐述了世界主义在当代面临着复杂的挑战以及超越这些挑战的途径。杨雪冬教授的发言

题目是《人类命运共同体在中国的旅行：从阶级想象到全球想象》，他回顾了
中国三波世界主义的发展历程，并在此基础上提出了中国第四波世界主义
发展的愿景和导向。武心波教授则在《启蒙：世界主义人类命运共同体的实
践路径》的发言中，提出了一种以中国的思想和实力启蒙西方，主动引领世
界的观点。在主旨发言之后，会议又围绕三个专题进行了讨论，即"世界主
义思想的理论渊源与当代研究取向""世界主义思想与人类命运共同体理念
的关系""如何践行世界主义思想和人类命运共同体理念"。这次会议实现
了把世界主义与人类命运共同体理念紧密联系起来、提升人类命运共同体
的学理性，促进世界主义思想指导下的人类命运共同体构建的意愿和初衷。

　　第五次学术会议是 2019 年 11 月召开的"世界主义与当代国际关系"。
这次会议的主题是几年来开展重大课题的研究过程中我一直思考的问题，
在全球化时代，无论是其兴旺还是衰落，世界主义都是无法回避的理论和实
践问题。更需要反思的是，在百年大变局下，我们有必要回顾百年来世界主
义对国际关系的影响。2019 年恰逢国际关系学科诞生 100 年，所以研究这
个问题也是最好的时机。其实在我们研究所决定召开"世界主义与当代国
际关系"学术研讨会之前，我已在中国人民大学年度国际论坛和对外经贸
大学的政治经济论坛上谈及要关注和探讨世界主义对当代国际关系的影
响。所以 2019 年底举办这个会议，可以说是有充分的思想准备，也力图使
学术界特别是国际关系学界更重视世界主义的研究，这个目的应当说是达
到了。我首先在会议上致辞，分析了世界主义对国际关系百年流变产生的
深刻影响，强调世界主义具有内在的持久生命力；世界主义具有不可低估的
当代价值。这种价值不仅体现为助力国际关系理论发展，更有助于回应当
下国家主义、民粹主义、地缘政治的回潮，引领人类文明向前发展；应重视世
界主义在国际关系学科中的地位及其建设，努力改变世界主义在国际关系
学科中长期处于附属性、边缘化的境况，提升其在国际关系学科中的地位。
随后专家学者们对"世界主义对国际关系的影响""国际关系理论下的世界
主义""世界主义与马克思主义、社会主义""世界主义与当代中国对外战略"
四个专题进行了研讨。北京大学王立新教授梳理了百年来三次世界主义思

想传播的高潮,明确把世界主义定位为对民族主义和极权主义的对抗性力量,强调要关注人类共同利益,关注自由、平等、人权等价值观念。刘昌明教授阐述了世界主义对克服全球治理困境的意义,认为世界主义是对当下国家主义的矫正。高奇琦教授在梳理了历史上的几种世界主义模式后,提出要关注人工智能和区块链技术背景下出现的数字世界主义。这是一种全新的世界观,它的发展会切实推进人类命运共同体观念的落实。杨雪冬教授强调要重视观念和理念的作用,重视日益成长的社会性力量,而关注马克思主义的当下意义,用马克思主义与世界主义的理论资源推动观念变革,重新考量自治与自决在政治领域的意义,是十分重要而急迫的工作。这次会议集中梳理和展示了百年国际关系与世界主义之间的关联性,提升了学术界对世界主义的关注度,也间接回应了逆全球化、逆全球治理带来的困境与挑战,具有重要理论与实践意义。

（四）世界主义思想研究的特点与学术贡献

世界主义思想研究是我学术生涯中的重头戏,从某种意义上讲也是我一生重视并执着坚持的人类共同性研究的集大成之作。以六卷本的规模,系统梳理、整合、分析西方文明、中华文明、印度文明、伊斯兰文明以及马克思主义和社会主义五大板块的世界主义思想,这项学术研究工作无论在国内还是国际学术界上都是前所未有的,因此可以自豪地说,我们的工作无疑是前沿的,我们的学术贡献是有目共睹的。从思考和确立选题到课题获批,然后酝酿、修改研究框架与思路,引导和推动课题实施,直到最后反复审读六卷本书稿,提出修改和完善意见,并联系好在社科文献出版社出版事宜,可以说自2014年以来,倾注了我8年的心血和汗水。在这个过程中,培养了世界主义研究领域博士生刘彬、王宏岳,二人研究世界主义的博士论文都很出色,其中王宏岳的《当代西方世界主义研究》还获得了中国政法大学年度评审的优秀博士论文奖。五次高水平的以世界主义为主题的学术会议,不仅倡导和推进了学术界对世界主义的关注与研究,还赢得了学术界的肯定与支持,扩大了我们研究所在学术界的学术影响与地位。这一切都要感谢课题组全体成员的付出和努力,当然我自己也为此感到欣慰与快乐。下面就来概括几点世界主义思想研究六卷本的主要特点与贡献。

本书的主要特点有以下几点。

其一,系统全面研究世界主义思想史,填补学术空白。

至今为止,相较于哲学史,政治法律思想史、政治学说史等而言,有着几千年古老渊源的世界主义,却少有全面、系统的思想史研究著作。以当代西方世界主义思想研究为例,20世纪80年代以来,能称之为系统的世界主义思想史研究的著作仍寥寥无几,法国学者彼得·库尔马斯1995年出版的《世界公民:世界主义的历史》一书算是一本,该书梳理并分析了古希腊至今的世界主义的演变,但对西方文明之外的世界主义思想着墨甚少,对20世纪90年代以来的世界主义也少有关注。赫尔德主编的《世界主义读本》,杰拉德·德兰迪主编的《劳特里奇世界主义研究手册》无疑对世界主义思想史研究有重要启发,但总体上讲还是概论性著作,而非系统性研究世界主义思想史的专著。更多的世界主义研究著作或者是概论性的世界主义论述,或者是专题性的研究,或是历史上特定流派、代表性思想家的研究,如对斯多葛派、犬儒派、康德的世界主义思想的研究等。这些研究对推进世界主义思想研究做出了重要贡献,但从世界主义思想的系统性、全面性、比较性上讲,显然还不尽如人意。

为什么是如此状况,究其原因,一是人类生活的现实还是国家政治和国家主义观念居于绝对主导地位,世界主义的主张与观念得不到更多的理解与认同,这影响和制约了对世界主义的重视与研究;二是对世界主义本身的定位有偏差,它长期被视为理想主义、乌托邦的一种表现,难以成为独立的流派、理论,从而只能作为一种附属性主张,处于一种附属性地位被研究,导致至今为止难以见到从学理上对世界主义的概念、范畴、体系进行系统地梳理、概括和总结的理论著作。世界主义与国际关系、国际事务有更多的关联,然而在国际关系研究领域,我们更多见到的是对现实主义、新现实主义、新自由主义、建构主义乃至批判理论的研究,很少见到对世界主义的研究,更不要说与上述主导性思潮并列,视世界主义为独立流派与理论加以研究的成果。这显然是一种学术缺陷，也是现实理论研究的空白点。因此，尽快弥补这一空白，无疑具有重要的学术与社会价值。

本书无论是从选题、立论还是研究框架与内容上，都立足于世界主义思想研究的系统性、全面性、比较性。这里，系统性是指世界主义思想的哲学基础、人类社会秩序的价值体系以及人类理想社会模式及其实现方式。这三大内容中涉及的关键概念、议题、重要的理论思想和规范原则、代表性的流派与人物都需要进行梳理、辨析。全面性是指世界主义思想的研究不要有偏颇和重大遗漏，比如，世界主义的持续关注和大多数研究成果显然主要体现于西方，从而决定了西方文明的世界主义在世界主义思想中的主导地位，但中华文明、印度文明、伊斯兰文明等非西方文明同样存在世界主义思想，不应忽视。此外，某些视角、领域的研究比较薄弱，如系统的宗教视角的世界主义、马克思主义和社会主义的世界主义，都基于各种缘由或被遗漏，或被忽视，而本书则予以应有的关注。至于比较性，则是要强调世界主义思想的多样性，中华文明、印度文明、伊斯兰文明的世界主义思想，由于其产生于独特的社会环境和文化传统，所以自然具有不同于西方文明的世界主义的特点。通过比较，可以挖掘出不同文明中的世界主义的普遍内容，更理性地认知世界主义的本质。同时，也能更多理解和包容世界主义在不同文明中体现的多样性，促进不同文明的交流互鉴，将世界主义研究推向新阶段。

其二，打破世界主义研究的"西方中心论"，展现非西方文明的世界主义研究成果和独特贡献。

长期以来，学术界关于世界主义思想的研究主要集中于西方思想史上的世界主义研究，而对于非西方文明的世界主义思想重视不够。事实上，世界主义思想孕于人类文明的发展进步过程之中，而人类文明的发生与发展并非遵循单一线索，因此世界上也绝非只有一种世界主义思想，只有一种特定的完美世界秩序目标，只有一种特定的实现这一目标的途径。依据这种观念，本书将中华文明、印度文明和伊斯兰文明这三大代表性文明的世界主义思想作为与西方文明并列的研究内容，着力开展非西方文明的世界主义思想研究，并从中挖掘非西方文明对世界主义思想的贡献。这样，就打破了世界主义研究中的"西方中心论",践行了以世界主义的眼光审视和探寻世界主义的新的尝试。

　　其三,审视和挖掘马克思主义和社会主义的世界主义思想,探究其当代价值。

　　马克思主义和社会主义与世界主义有天然的联系。诞生于 19 世纪中期的马克思主义是经济全球化和殖民体系全球扩张的产物,马克思的"世界历史"观,关于全球化导致全球性经济、政治、社会、文化联系的观点,以及革命的国际主义、人类解放、自由联合共同体的思想都与世界主义息息相关。社会主义从空想到多种形式的实践,尽管充满曲折,但其平等、友爱、自由、民主、公正的理念和倡导人类共同体的主张,也与世界主义思想合拍。在当今的全球化时代,经典的马克思主义、新马克思主义、社会民主主义、生态社会主义、传统社会主义的转型,都需要吸收和借鉴世界主义思想。但是,由于对经典马克思主义的教条式的理解,以及在马克思主义和社会主义实践中出现的扭曲,世界主义思想几乎被遗忘,甚至遭到批判,所以,重新审视和挖掘马克思主义和社会主义的世界主义思想就有着极为重要的理论与实践意义。本书正是基于此,设置了马克思主义和社会主义的世界主义板块,力图在这方面做出努力。

　　本书的主要学术贡献有以下几点。

　　其一,反思世界主义的理论支柱,探寻类主体的世界主义思想。

　　经典的世界主义有两根支柱(或两块基石),即个体主义和普遍主义。个体主义强调个体本位,认为个体是世界的基点、轴心,个人是社会关怀的对象与价值目标,个人的权利和道德地位是平等的。而普遍主义则强调事物和关系的整体性,赋予各种事物与关系在空间上最广泛的适用性和共同性。这两者的结合,就导致这种经典的个人主义的世界主义一直主导着世界主义的研究。这种世界主义对个人权利与道德地位的维护,对个人权利与道德地位在全世界各国、各地的普遍适用性的维护,无疑是值得称赞的,并且在现实中推进、鼓舞了世界人权运动。但是在全球化时代,面对诸多的全球问题和亟待进行全球治理的需要,仅仅关注个体的权利和道德地位及其在世界范围的平等性、公正性，就显得不够了，无论是理论解释力还是现实应对力都明显不足。因此，需要进行反思，也必须进行反思，这就对世界主义研究提出了新的要求，同时也成为新的动力。20世纪70年代以来，随着环境问题的凸显，臭氧层破坏、全球变暖、热带雨林日益减少、生物多样性日渐消失、环境污染和生态退化等全球性问题日趋严峻，世界性风险和危机严重地威胁着整个人类的生存，人类社会产生了"太空舱"理论、"地球村"理论、"核冬天"理论和"我们只有一个地球"的全球人类共同的命运感。全球人类整体的生存面临着威胁，应对这种威胁成为全球人类共同的责任和义务。个体的人、群体、国家乃至国际组织和超国家组织在这种危机面前具有相同性质的责任与义务，个体的人、群体、国家和超国家组织共同结成了一个命运共同体，成为人类共同利益的负责人。人类作为一个整体的价值日益被提升到一个新的高度，成为一个与世界主义思想发展史上的个体价值相并列的价值。于是在世界主义思想史上，产生了两种价值相并列的世界主义思想形态，即个体价值的世界主义和人类整体价值的世界主义。对于立基于人类整体价值的世界主义，我们称之为全球主义的世界主义。全球主义的世界主义为我们思考当今时代的全球化挑战和全球治理困境提供了重要的价值理念和哲学基础，对于我们探索人类在21世纪所面临的系列难题和挑战的出路具有重要意义。

全球主义的世界主义彰显了类主体、类本位、类视角、类诉求，它立足于类意识，把人类作为一个独立主体，去追求全人类的共同利益，实现全人类的共同价值，满足全人类的共同关注，履行全人类的共同责任。这里，从经典的个体主义的世界主义走向当代的全球主义的世界主义，就是我们所说的世界主义理论演进的趋势。这一趋势要经历一个较长的历史过程，今天只是这个进程的开端，还远未成为当代人类社会的主流。但是，这个理论演进趋势值得关注。个体主义的世界主义与全球主义的世界主义的划分，以及前者向后者的演进，"不是简单地用人类本位取代个体本位，而是主张在个体与人类关系中反思个体本位和个体主义的独断地位，增加人类本位和全球主义的权重，使经典的世界主义从个体主义的基点适度转向全球主义，从而实现两者在当代的平衡"。而这种平衡,既从理论上赋予世界主义新的时代内涵,又在实践上适应了文明进化的需要,可以说,全球主义的世界主义的提出,及其与个体主义的世界主义的区分与辨析,是本书在世界主义思想研究中做出的最为突出的学术贡献。

其二,以世界主义的视角认识全球化时代,为全球学的发展提供源自世界主义思想史的观念支撑。

当今世界,全球化、全球相互依赖以及全球性危机的发展,日益将世界上所有的国家和人民联结为一个整体。国际关系已经被拓展为一种包含了个体的人、群体组织、国家乃至各种超国家组织行为体的互动构成的全球关系。同时,伴随着新的全球关系的产生,新的人类认知也被催生和塑造出来,生发出全球意识、全球责任、全球公民、全球伦理、人类共同利益、全球共同体等新的身份与理念。全球学正是基于上述时代背景,基于社会实践和知识增进的双重需要于 20 世纪 90 年代产生的。它是"以全球化为时代和学科背景,以全球化和全球问题所催生的全球现象、全球关系为研究对象,以探寻全球治理为研究归宿,以挖掘、揭示全球性为学术宗旨,探究世界的整体性联系和人类作为一个类主体的发展特点进程与趋势的新兴综合性学科"。

全球学无疑具有全球化时代的特征,但是,全球学所要探究的人类文明发展进程的全球性、整体性仅仅是当今时代才存在的现象、事物与理念吗?能否从人类社会的演进史上找到全球性、整体性的源头和发展轨迹,从学术史、思想史上为全球学找到依据,以便夯实全球学的思想和观念支撑呢? 这正是我们选择并开展世界主义思想研究时,立足于学科角度的考量。世界主义思想中关于在世界范围内思考个体的人与人之间的权利与义务关系,人类社会中的公平与正义原则的普世性,人类共同的理想社会模式的构想,对于全球学的内核有重要理论价值和意义。同时,世界主义思想的理论规范性、跨学科性也符合全球学的学科特点,有助于全球学学科体系的发展与完善。正是在这个意义上不妨说,本书尝试构建全球学学科的世界主义学派,既为全球学学科开辟新的前景,也为世界主义思想注入全球学的思考与活力。

其三，从世界主义思想史中探寻命运共同体理念与价值的演进，提升人类命运共同体的学理性。

世界主义有着悠久的历史、丰富的理论内涵、深厚的哲学底蕴，也是公认的最有持久理论和思想影响力的学说，它在全球化时代正在复兴并焕发出新的活力。比较而言，人类命运共同体理论在时代大潮中呼啸而出，承担着历史使命。显然，这两种思想与理论之间存在共同性，那就是普遍主义的理论支柱以及人类主体和人类价值的认同。普遍主义是内含于世界主义与人类命运的基因，离开了普遍主义就不可能形成世界主义和人类命运共同体。而基于普遍主义的价值认同，则要落实到对区别于个人、社群特别是国家的人类主体认同，对人类共同利益与价值的认同。这里务必注意，由于世界主义和人类命运共同体理论自身都存在内在张力，所以在讲两者存在共同性时，是指世界主义之中的全球主义的世界主义，而不是个体主义的世界主义。同时也是指人类命运共同体中更高层次的伦理与价值追求，即类主体的整体利益与共同关切，而不是更强调国家层次、回避共同价值的人类命运共同体。

显而易见，共同体的理念与价值在几千年的世界主义思想中有着丰富的思想资源。比如关于人类理想社会模式的美好设想，对"平等、正义、公正、个人权利"等价值的追求，以及对于共同体、人类共同体、世界共同体、全球共同体等概念与思想的阐述，这些宝贵的思想资源有助于从学理上深化人类命运共同体理论，提升人类命运共同体的学理性，增强其信服力与认同度。应该懂得，中国近年来提出的人类命运共同体理念是人类优秀思想的继承和发展，中国的特殊贡献在于，大大提高了人类命运共同体在当今的影响和被关注度，使其成为一种理念型国际公共物品发挥着日益重要的作用。从某种意义上讲，世界主义是构建人类命运共同体的理论指南与价值归宿，是人类命运共同体理论的灵魂。加强对世界主义思想的研究，无疑将进一步丰富和完善人类命运共同体的理论，这正是本书的又一个着力点和学术追求。

四、对全球化时代中国与世界关系的审视与思考

中国与世界之关系一直是我关注的重要问题之一。我的学术生涯第一、第二阶段的《中国的全球化选择与对策》《和谐世界与中国对外战略转型》《中国大战略刍议》《探索中的中国模式》《联合国改革的指向与中国的选择》《全球化观念在中国的传播及其影响》《当代中国国际定位的若干思考》等文章，都已涉及中国与世界之关系的思考与分析。第三阶段对该问题的审视与探究更为突出，也更具全面性、深刻性。

（一）把中国与世界的关系上升到特殊与普遍性之关系的哲学分析

中国与世界的关系，不仅是涉及一国对外战略与政策的认知与制定，其本质是一国与人类文明的关系，是哲学中的特殊性与普遍性的关系问题。我的学术生涯的一个突出特点，就是关注和研究人类的共同性及其对各国、各民族的影响，所以只有立足于特殊性与普遍性的高度，才能回答和认清中国与世界的关系。2015年，中国社会科学杂志社与同济大学联合举办了"中国道路的学术表达"学术研讨会。我在会上做了名为《中国道路：普遍性与特殊性之辩》的发言，第一次鲜明阐述了我对中国与世界关系的观点。我认为，当下的主流观点是突出中国道路的特殊性，排除普遍性元素，以彰显中国道路纯粹彻底的特色。这种认知就把中国道路与人类文明发展的普遍性价值与选择割裂开来，很难得到国际社会认同，更不要期待被效仿。实际上，中国道路包含着普遍性与特殊性两部分内容与要素，要坚持普遍性与特殊性的协调与统一。中国道路的普遍性内容是：中国道路是在全球化时代，中国作为一个发展中国家走向现代化，建设现代国家和文明国家的全方位社会发展道路；中国道路是勇于应对全球化挑战，积极参与全球治理，理性推进国家治理的道路；中国道路是倡导人类命运共同体，坚持人类共同利益与国家利益协调共存，多元行为体互利共赢，共同推进人类文明进步的道

路；中国道路是坚持经济、政治、文化、社会、生态"五位一体"协调、可持续发展的道路；中国道路是以人为本，坚持社会正义与公平，尊重社会自主性，切实保障人权，追求人的全面发展和社会活力的道路；中国道路是坚持依法治国、依宪治国，确立人民主体地位，实行广泛民主的道路。中国道路的特殊性内容是：中国道路是体现中国主体，由中国人实践的道路；中国道路是体现中国样式、中国风格、中国传统、中国文化的道路；中国道路是坚持社会主义的道路；中国道路是坚持中国共产党领导的道路。显然，这个道路的普遍性规范内容具有世界意义，这种普遍性具有优先性，应着力挖掘、构建和实践。而这个道路的特殊性内容则意味着它是世界上实现现代化，建设现代国家和文明国家的众多选择与途径之一，它是为实现普遍性服务的。如果我们这样向世人解读中国道路，肯定效果要好得多。

这种观点我在后来的多次学术会议和论文中不断重复，如在提交给2015年北京大学主办的"中华文化复兴论坛"的论文《超越国家主义与特色性思维构建全球化时代的中华文化》中指出，在普遍性与特殊性的关系上，总的倾向是，特殊性讲得多，也比较清楚，而普遍性却讲得少，相对茫然、模糊，分歧也大，甚至存在明确反对普遍性的见解与认识。被意识形态化的特色性、特殊性思维与理念，导致国家主义的膨胀和中国中心主义的复活，从而既在国内助长了对国家的迷信，又在对外关系中造成中国与世界的区隔与疏离。特色性、特殊性思维与理念在国内催生和扩张日益狂热的民族主义、民粹主义；在国际上由于只善于用特色性思维与语言讲中国自己才能懂的故事，从而客观上矮化了中国创造和引领人类文明的能力。这些偏颇、不足与片面性，至今未得到足够的警惕与重视，是极为危险的。

（二）强调中国的发展离不开世界文明的大道

在中国与世界关系的研究中，我尤其强调中国的发展与建设不能偏离人类文明的大道。2016年，华东政法大学政治学研究院举办了"世界文明与比较政治"研讨会，我借这个平台作了题为《中国的发展离不开世界文明的大道》的演讲，认为世界文明是一种整体性的人类共同创造并享有的文明。世界文明的普世性表现在物质层面、制度层面以及文化层面。在物质层面上，不管是原始社会、农业社会还是工业社会、信息社会，其发展进步都具有共同性，那就是技术的支撑和生产力的提高。当今所讲的信息文明、生态文明，都体现着信息化时代的共性。在制度层面上，经济制度、政治制度、社会制度也体现出共同性。经济制度从个体的劳动走向集体的生产，从小农经济走向市场经济，从一国经济走向国际经济，这是人类发展的趋势。政治制度从个人专制制度走向民主共和制，从人治走向法治，从一国政治到全球政治，无不反映了一种共同的发展趋势。社会制度也是如此，譬如，婚姻家庭制度、社会治理制度都在不断地变化。此外，国际制度在逐渐强化，因为单纯的国内制度已不能满足需要，人类日益在国际层面构建制度以协调和管理公共事务。在文化层面上，从迷恋工业文明走向反思工业文明，从追求经济增长走向青睐可持续发展，从国家主义走向全球主义。

世界文明与各个国家之间有何关系呢？我们应该客观地认识理解普遍性与特殊性。人类不可能没有普遍性，不承认普遍性，就否认了人们对于真善美的追求，否认了社会生活的规范、社会生存的价值和意义。反之，特殊性也普遍存在，不承认特殊性，就否认了社会生活的多样性、丰富性，而各个国家的特殊性，正好孕育了人类文明的普遍性。因此，我们应该同时承认普遍性与特殊性。但是，正如拉兹洛所说，只看到差异性或只看到一致性都毫无意义，只有认识到由进化的洞察力揭示出的差异中的一致性，才是可贵的，才体现出真正的辨识力。因此，我们要更强调差异性和一致性的和谐关系，注重在差异中掌握一致性。同样，在各国的不同发展模式中，也能提炼出文明进程的一致性。

2018年在内蒙古自治区社联举办的"内蒙古学"研讨会会上，我作了题为《全球学与地方学的发展离不开人类文明的大道》的主旨演讲，再次重申了中国只有在人类文明大道上前行才能获得真正的发展。我强调，全球学与地方学从本质上讲体现了一种普遍性与特殊性的关系，并且两者都不能偏离世界文明的大道。我们务必明确，其一，必须同时承认普遍性与特殊性的作用与意义。不承认普遍性就否认了人类对真善美的追求，失去了人类的生命价值与意义，失去了社会生活的规范与规则；而不承认特殊性就否认了人类社会生活的多样性与丰富性。正是这种多样性与丰富性才孕育了人类的普遍性，张扬了普遍性的意义与存在价值。其二，要学会并努力揭示特殊性中的普遍性。其三，普遍性、一致性就是世界文明中的大道、大义、大理，而特殊性、差异性则是践行大道、大义、大理的具体的道路、制度与模式，它具有偶然性、不确定性、多样性的特点，受诸种条件（历史的、现实的、群体的、个人的等等）的制约。其四，走向普遍性，不背离大道，不能做目的论的解释，似乎那是一种自然而然的进程与结果。普遍性和世界文明的大道尽管是一种历史趋向，但它最终能否实现，仍然取决于人们的选择与干预，具有概率性，而在这种选择与干预中，树立全球意识、行星意识又格外重要。正如拉兹洛所言："只有变成有进化自觉性的物种，我们才能自觉地进化""进化出行星意识是人类在此行星上生存的基本诫命""进化不是命运而是机遇；未来不是被预见而是被创造。"

（三）理解并认同世界主义和全球学是正确认知和协调中国与世界关系的必由之路

世界主义和全球学对人类整体性共同性的认同与倡导，对包容性和共存共赢性的强调，是正确认知和协调中国与世界之关系的法宝。所以，自《全球学导论》出版和全球学学科建立，自世界主义思想研究两大课题研究深入，立足于世界主义和全球学去阐释、推进中国与世界之关系的研究，就成为2016年以来我的学术活动（包括会议、演讲、论文）的主要内容。除了我们研究所举办的五次关于世界主义研究的学术会议外，我先后参加了2017年中国社会科学杂志社举办的《国际关系理论及其热点问题》研讨会，我着重讲了两个问题，一个是逆全球化与全球化再平衡；另一个就是聚焦中国与世界的关系，全面深化我国的国际关系研究。2018年中国国际关系学会与南开大学联合主办"改革开放四十年与中国国际关系建设"研讨会，我在会议上作了主旨发言《全球学的时代价值及对中国的启示与意义》。我在介绍了全球学的基本内容及研究现状后着重指出，中国必须学会用世界的眼光看问题,确立全球意识;中国必须懂得人类文明是世界各国人民共同创造的,体现了人类的普遍性;中国与世界之关系应该成为当代中国国际关系理论研究的核心议题和主要领域。2019年5月在河北师范大学举办的"百年中国哲学与文化发展的回顾、总结与前瞻"研讨会上,我做了名为《世界主义:中国百年文化思潮中值得关注的思想》的发言,强调对于百年中国的文化思潮,我们的过往主要关注儒家学说(包括新儒学)、经典的社会主义与马克思主义、自由主义以及晚近的新左派与国家主义,遗憾的是世界主义被忽视、被冷落,现在需要我们重视和研究百年中国的世界主义。这是因为世界主义在中国有古老的渊源,即传统文化中的整体性思维与价值观,如天下观、天下主义。五四运动(新文化运动)中,世界主义在中国得到彰显,梁启超、胡适、蔡元培、陈独秀、李大钊都表达了对世界主义的认同。更明显的是改革开放造就了世界主义在当代中国的复兴,世界主义对当代中国有重要的价值与意义。同年5月在中国社会科学杂志社和同济大学举办的第三届中国战略论坛上,我作了名为《中国与世界关系的审视与反思》的演讲。在中国人民大学举办的"国际关系100年:过去与未来"研讨会上,我作了名为《世界政治的新变化与国际关系学科的新挑战》的发言,阐述了世界主义对当代国际关系学科和中国的意义与启示。还是2019年5月,在对外经贸大学举办的"转型时期的世界政治与国际关系"研讨会上,我作了名为《全球大变局中的世界主义》的发言,再次强调世界主义在全球大变局中的特殊地位,以及对国际关系发展演变和中国的影响,倡导加强对世界主义的研究。可以说2019年是我集中倡导和推进世界主义研究,并基于此强化中国与世界之关系研究的一年。

(四)对中国与世界关系的总体性审视与反思

在连续七八年对中国与世界关系的关注和大力呼吁、倡导、推进世界主义研究的基础上,2019年9月,我们和山东大大学联合举办了"第七届全球学与全球治理论坛"。这个会议,把中国与世界之关系列为主题。两个月后,我们研究所又举办了"世界主义与当代国际关系"的研讨会,从而把中

国与世界之关系的议题推向一个显赫地位。而我自己也于2019年第6期
《国际政治研究》上推出一个比较系统、总体性地探究中国与世界之关系的
文章，即《对中国与世界关系的审视与反思》。在这里，我要真心感谢北京大
学主办的《国际政治研究》杂志，该杂志多年来支持我们研究所特别是我本
人的研究，发表了一些被其他刊物视为具有敏感性从而婉言谢绝发表的文
章。《对中国与世界关系的审视与反思》更是一篇在敏感的时期具有敏感性
的文章，但由于王逸舟主编和编辑部庄俊举主任的大力支持与认同，文章除
了几处不得不做的修改，如期发表了。

这篇文章的宗旨就是从哲学意义上的价值与观念视角解读中国与世界
的关系，从而与已有的从政治与经济角度、国际关系与对外战略角度、文化
与文明的角度的解读区别开来。该文要回答的问题是就是个性与共性、特
殊性与普遍性的关系，即中国作为一个国家、一种文明与整体性国际社会、
人类文明的关系。显然，这与几年来我在该问题上所坚守的理念、价值、思
维是一脉相承的。但文章的具体内容和研究框架则具有总体性、宏观性和
更突出的学理性与反思性，论及了如下三个问题。

其一，中国与世界关系的发展的四个阶段。首先，是基于帝国逻辑的中
国中心与等级化的世界整体观（1840年以前）。该阶段表明，中国的文化传
统具有普遍主义的基因，包含了心系天下的世界主义的情怀，但其糟粕也异
常鲜明，那就是自我中心、等级制度与文化；其次，从帝国走向民族国家：天
下主义、世界主义、国家主义的三重变奏（1840年至1949年）。在该阶段，
出现了现代中国历史上的第一次世界主义浪潮。五四运动的领袖和新文化
运动的精英所表达的世界主义情怀和所阐述的世界主义思想，至今仍发人
深省。但是在中华民族百年受屈辱、受侵略，救亡图存、求解放新生的历史
阶段，建立一个有尊严、有地位、富强的民族国家显然更为重要，也更有吸引
力，所以国家主义思维、价值、理念就成为该阶段的主导性价值与理念，它既
冲破了传统的天下主义束缚，也拒斥了理想的世界主义；再次，以意识形态
为中心和阶级分析划线的国际观（1949年至1978年）。中华人民共和国成
立后的头30年，是阶级斗争为纲的思想政治路线全面主导的30年，所以在

中国与世界的关系上,就表现出以意识形态为中心、以阶级分析划线两个特点。前者强调以是否信任和坚守马克思主义社会主义为判断是非、敌友的准绳,后者把阶级成分、阶级归属作为判断是否敌友的标准。最后,国家主义与特色性思维主导,开放性与世界主义伴随(1978年至今)。第四个阶段就是与中国改革开放紧密相关的阶段。

其二,改革开放对认知中国与世界关系的意义。在梳理了历史脉搏的基础上,该文着重阐述了改革开放对中国社会、民众认知中国与世界关系所起到的重要作用。首先,改革开放的实践让中国拥抱世界。开放性既是改革开放的精髓,又是中国与世界关系的症结。正是开放的经济、开放的世界,重塑着当代中国开放的思维与理念,从而有助于中国更理性地认知中国与世界的关系。其次,认同并融入全球化使国人开始懂得从世界看中国。改革开放的时代背景是全球化。所以认同、融入全球化,在全球化大潮中推进改革开放,谋求自身发展,就成为中国与世界关系的另一条主线。显然,自20世纪90年代中期中国政府正式认同全球化以来,对全球化的理性认知和积极参与,使中国成为全球化的最大受益者,并提升了中国在国际社会中的地位和影响力。更可喜的是,对全球化的理性认知与实践,使当代中国在探索中国与世界关系的征途上迈出一大步。全球视野、全球情怀正在成为一代新风,将对中国未来的发展产生难以估量的作用。著名学者周有光先生于106岁的高龄说出的一句至理名言是:"要从世界看国家,不要从国家看世界。"这无疑反映了国人对中国与世界之关系的最新、最理性的认知。再次,改革开放的价值与理念彰显了中国与世界关系的重大转向。这种转向主要表现为:注重整体性。世界的整体性、地球的整体性要求我们学会以整体性理念与思维认识世界,认识地球,以"类"的视野审视和处理人类面临的各种问题与事务。认同共同性。整体性更多的是针对局部性、分隔性,而共同性则更鲜明地对应于个性、特殊性。随着人类整体性的显现与日益增强,共同性无法回避。共同的问题、共同的责任、共同的利益、共同的价值,这些共同性接踵而至,构成全球化与全球治理的新内容,需要各国、各民族予以审视,给予回答。而中国恰恰开始接受并认同了共同性,从而使中国能够更理性、更平和地审视中国与世界的关系；倡导建设性。由于有了整体性和共同性的价值与理念的转向，所以伴随而来的是在处理中国与世界关系时，更强调建设性。具体而言就是力主包容、协调、和谐；坚持合作性。合作性意味着对话、合作，它的反面就是对抗、对立。中国开始抛弃在国际事务中的阶级斗争思维和意识形态统摄的认知，以超越社会制度和意识形态差别的理念指导对外关系与对外战略。最后，在中国与世界关系的认知与实践中，中国提出了人类命运共同体的理念，并将其提升为中国对外战略的指导性理念与原则。这无疑意味着中国政府与社会对中国与世界关系的认知进入到一个更高的层次，同时也进入到一个新的阶段。因为人类命运共同体理念为中国认知和处理中国与世界关系提供了新的理念，即共同体的理念，而共同体的最核心特征就是强调价值、利益、关切、情感、身份的共同性。提供了新的思维与视野，即类主体的思维与视野。从人们习惯的民族国家主体转向人类主体，是一种全新的思维与视角，有助于我们摆脱单一的国家、民族思维与视野，更好地审视变动中的全球化时代，更理性、更有效地处理中国与世界之关系。

其三，对中国与世界关系的反思。当今世界是大变动的世界，当下中国也是大变动的中国。尽管改革开放 40 年使中国对自身与世界关系的认知有了可喜的变化，但世界的复杂性、国际社会发展的不确定性、科技发展的迅猛性、中国崛起的冲击性和社会动荡性，以及当下逆全球化和传统地缘政治的强势回潮，都要求我们在对中国与世界关系的认知上进行更理性的总结，更深刻的反思。主要应注意如下几点。

首先，对世界的整体性、人类社会生活的共同性的认知还不够深刻、坚定，体现为认识的理论性与深刻性有待提升。世界的整体性、共同性的不断显现与加深，源于世界经济相互依赖的加深和科学技术的日新月异。对于这种植根于市场经济的内在本质、科学技术永不枯竭的动力，以及在此基础上人类社会生活方式永无止境的更新，人们的认识还远未到位，视野还远不够宏大，思考还远不够深刻。此外，理念的认同与理念的宣示要区分和辨析。理念的认同是一种发自内心的心理的价值认同，思维的认同，具有基础性、根本性，会影响人们对世界、事物的本质性认识。而理念的宣示是一种表态，向世人和世界表明自己的认识与立场，这种认识和立场往往会有政治上的考量，或昭示某种政策的选择。所以，理念的宣示有时更多地体现为一种工具性、功利性。中国对自身与世界关系的反思，应确认自身对世界整体性和共同性的认知是真正追求并达到了理念的认同，还是仅仅停留于理念的宣示层次、阶段。如果是前者，则意味着在认知和处理中国与世界关系上有了实质性的进步与跨越。如果是后者，则表明在认知和处理中国与世界之关系上还存在着缺陷与问题，本质上还是国家主义的思维与理念，这是必须警惕和着力克服的。

其次，在个性与共性、特殊性与普遍性的关系上，还有待更理性的思考与定位。在该问题上，当下中国的主要问题一是普遍性的认知模糊，并表现出批判性和实用主义景象。总体上讲当下的中国，对特殊性的认知明确、执着，对普遍性的批判、反对声音则很强。在两者的关系上，判断的标准有时出现实用主义倾向。问题之二是特殊性与普遍性的内在关联性被割裂，认识上出现误区，非要把特殊性与普遍性割裂开来，不能理解和包容特殊性与普遍性可以融于一身。比如，中国道路就应该是人类共同创造的普遍性规范与中华民族传统与文化特殊性内容的统一。

再次，警惕和破除"中国中心论"。我们完全有理由为中国在改革开放40年中所取得的历史性进步所鼓舞，但又必须清醒地认识到，这些进步与成就正是理性认知中国与世界之关系所结下的硕果。要警惕"中国中心论"的历史幽灵严重阻碍中国社会的进步，甚至毁掉中国的未来。因为"中国中心论"是糟粕，这种理论不可能为当代人类所接受。同时要明确，全球化时代是个去中心的时代，中心论的理念已失去价值的合理性，也会逐渐丧失实践意义。

最后，要着力调整与克服人类命运共同体的理念与实践之间的张力。人类命运共同体理念已得到国际社会的响应与认同，日益成为处理国际关系的规范性原则，也成为国际社会评判中国对外关系的尺度，这无疑加大了中国对外关系的压力。一方面，中国高扬人类命运共同体的理念；另一方面,在对外关系实践中,我们又往往习惯于回到国家主义、地缘政治的立场,无法让国际社会真正感受到人类命共同体的存在与魅力,从而也就无法相信这一理念的真实性和实践价值。对普遍性理念的批判与抵制,对特殊性的过度偏爱以及意识形态化,都显示了与人类命运共同体理念的不协调,从而降低了这一理念在国际社会的可信度、可接受度。

显然,对上述问题的深刻反思,将直接关系到中国与世界关系的更理性、更合理、更明智的认知与处理。

五、感悟

我的学术生涯的第三个阶段尽管只有 12 年,却具有几个鲜明特点,即研究成果最具代表性和影响力,学术团队被称为国内国际政治领域的法大学派,被公认为全球化与全球治理研究的重镇。这个阶段的主要感悟如下。

其一,学术研究旨趣的执着与自觉。在该阶段,我不仅坚定地遵循第二阶段所确定的学术转向,紧紧扣住人类社会生活共同性的研究,而且更自觉地在第二阶段研究成果的基础上,开始更深入、更学理地探索与整合。除了全球化、全球治理、全球问题、全球性等专题论文的发表,还启动了《全球学导论》《全球治理概论》《世界主义思想史》等专著与教材的撰写,它们都成为学术史上有影响的著作,也是我学术生涯的代表作,为我的学术生涯增添了光彩,画上了圆满的句号。

其二,创建学科和开辟新研究领域的自觉。我的学术生涯的第三阶段,是个总结、综合、提升的阶段,它要完成我一生学术研究的主题与目标,体现我一生学术研究的特点与追求,换言之,就是实现我一生的学术旨趣。正是因为这种学术研究的自觉,所以在该阶段我才着力完成了三件大事。一是创建了中国的全球学学科,实现了我对赵宝煦先生的承诺,实现了自己几十年的愿望。二是主持编写了全球治理概论,推进全球治理课程的教学。在整个社会特别是青年中开展全球治理教育,是打开国人眼界,顺应全球化潮流,理性认识世界的最必要、最合理、最有效的途径。正是基于这种认知与考虑,我竭力推出全球治理教材,倡导在高校开设全球治理课程。实际上,全球治理不仅应成为一种通识教育,还可能形成一个新的二级学科——全球治理学,这是我的又一个学科意义上的追求。三是开展世界主义思想史研究。这是一个更为庞大的学术工程。已经完成并且即将出版的六卷本《世界主义思想史》,尽管已经涉及了西方文明、中华文明、印度文明、伊斯兰文明、马克思主义与社会主义五个板块中的世界主义,但俄罗斯与东欧地区、拉美地区、日本与东亚地区中的世界主义思想仍有待探究。也就是说在我看来,世界主义思想史的研究也具有学科建设的必要性与可能性。长期以来,世界主义思想无论在哲学、伦理学、文化学、政治学、国际关系学等学科中都处于边缘的地位,似乎很难被确认为一门具有学科或领域意义上的独立理论或体系化的思想,但在全球化与全球治理时代,由于人类社会生活中共同性的日益增加和凸显,全球学学科得以问世。而正是全球学学科的出现,促使我产生了学术的联想和学理的追究。那就是,人们对人类社会生活中共同性的理解与认同,并非仅仅产生于全球化时代,在人类文明史上,早已存在探究人类共同性的世界主义思想。应该在几千年的世界主义思想与全球化时代的全球主义思想之间找到相互衔接的链条,唯有如此,才能为当下的全球主义找到更悠久、更深厚的学术支撑,才能为全球学学科打下更坚实的学理基础。全球学学科与世界主义思想研究密不可分,两者都具有独立的学科意义,或成为具有二级学科意义上的研究领域。这种思考和创建学科或独立研究领域的自觉是我的学术特色,也是我的学术优势。

其三,在实践中学习、领悟、反思学术机构和学术团队的管理。在我的学术生涯中,先后担任过南开政治学系副主任、南开大学全球问题研究所所长、中国政法大学政治与公共管理学院院长、中国政法大学全球化与全球问题研究所所长。平心而论,我不喜欢也不太胜任学校中的行政职务,因为这些职务开会频繁,耗力多,大都搞的是形式主义,而我天生是个不喜欢开会、不喜欢形式主义、愿意潜心自由做研究的人。此外一旦行政职务在身,还要处理诸多关系,这方面我更是毫无兴趣,可以说是不谙世事,而理想主义的理念与思维往往在现实中碰得头破血流。正因为如此,所以无论在南开还是法大,在担任行政职务时都碰了壁。特别是被引进法大任政治与公共管理学院院长期间,更是一次莫名其妙的大失败。本人工作非常尽力,教学与科研的指导理念也无可厚非,但就是几个学科间的关系难以摆平,人事关系上磕磕碰碰,结果导致院班子提前调整。2007 年我卸任院长后,学校为我建立了全球化与全球问题研究所,先是挂靠在政治与公共管理学院中,后脱离政治与公共管理学院成为完全独立的名副其实的学校二级教学科研单位。只是在最后这个阶段,即 2007 年至 2019 年任中国政法大学全球化与全球问题研究所所长期间,我才对学校教学科研单位的管理与建设有了信心与好感,并不断总结、提升自己的管理能力,使中国政法大学全球化与全球问题所不仅对法大的科研与学科建设做出公认的贡献,也得到国内学术界的肯定与赞扬。在 2017 年我所十周年庆典会议上,我总结了研究所 10 年发展建设的几点体会。

一是要有明确坚定的发展方向与建设目标。我们研究所的发展方向非常坚定、明确,那就是创建全球学学科,建立系统配套的博士、硕士教育体系,培养全球学人才;深入开展全球学基本理论研究,在《全球学导论》基础上,依据北京和国家重大课题,研究并推出世界主义思想史多卷本,为全球学的发展奠定更坚定的基础;着力于全球治理的理论和对策研究。积极介入有关全球治理的实践问题,服务国家与社会,倡导并践行本科生的全球治理教育,提升大学生的全球意识和人类情怀。显然,这三个方向与目标已落实于我们研究所的实践,并指导着我们的教学科研工作。

二是要有符合自身特色与能力的定位。我们研究所是个规模较小的研究机构,最初编制只有 5 人,逐渐扩大到 10 人。我们研究所的发展方向与建设目标侧重于基础研究,其人员的素质与能力也更适合基础研究。所以,研究所的定位就是基础研究型、学术研究型机构。尽管我们也会承担对策性研究课题,参与内部咨询,但那不是我们擅长的主业。这样,我们的定位就与咨询类研究机构区分开来。咨询类研究机构非常必要,作用日益突出。因为关注和着力于现实问题,咨询类研究机构更容易受到政府、企业、社会的欢迎,也便于得到相应的资助,还由于受到媒体关注会产生更大的影响。

正是因为咨询机构具有上述特点,所以很有诱惑力,当前的智库热就表明这一点。显然,在当下的中国,能够摆脱这种诱惑并非易事,而我们研究所则保持了定力,坚定不移地走基础研究、学术研究之路,力求做出更多学术贡献,因为这符合我们自身的特色与能力。

三是要重视研究者自身素质的提高和品质的塑造。具体而言,就是强调学术执着、学术良心,克服浮躁、急躁情绪,耐住性子做研究。在当下中国社会风气和学术生态扭曲的情势下,做到上述几点并不容易。

四是建设并依托一个和谐的学术团队。一个研究目标明确、共识性强、协调度高的学术团队是开展学术研究的重要保障。我们研究所有意识地培养和建设这样一个团队。这个团队的成员除我所在职教师外,还包括已毕业的部分博士生,他们在高校任教,从事全球化与全球治理教学与研究。《全球学导论》的撰写与出版、正在进行的重大课题《世界主义思想研究》,都以这个团队为中坚和依托。当然,在读博士生广泛参与课题研究,成为我们全球学与全球治理研究团队的有生力量,也是我们建设这个学术团队的特色之一。

我的这些体会显然具有特殊性和局限性,因为我们研究所只是个规模很小的研究所,我们这个全球学团队也基本上是以我的学生为主的学术团队,加之我们的研究方向、主题、特色非常明确,所以学科建设和研究工作的组织、落实、推进,相比较而言就比较顺畅。对于规模大、学科多、又有本科学生的院系来说,平衡好各种关系与制定好各项政策,把管理工作做好绝非易事,这一点我也是深有体会的。

此外对于学术研究到底是单兵作战还是团队合作,我的观点是各有利弊,难有定论。以我学术生涯第三阶段而言,《全球学导论》《全球治理概论》、多卷本《世界主义思想史》都是我主持下的团队合作完成的。这种团队合作的长处在于,研究力量相对充足,便于通过分工组合,发挥每个人的特长,使每个人能着力于一个问题或一个领域开展工作,从而加快研究的进度。但也确有不少弊端,如研究水平的差异,每个成员认真的程度,全部书稿各部分之间内容、观点的协调,都给课题负责人的统稿、修改带来很多困难。上述三部书稿，我至少都要审读、修改三遍，真的感觉很累、很痛苦，甚至无奈。所以就内心而言，我更倾向于单兵作战的个人研究，因为它能更完整、更准确地表达自己的所思所想，确保研究成果的质量。但有时迫于个人精力不足，或研究课题本身过于宏大且有完成时间的限制，就只能采用团队合作方式。

2017 年 5 月 6 日，全球化与全球问题研究所成立十周年庆典
暨国际关系学科建设研讨会在北京举办

学术生涯的使命感与道德守护

　　40 年的学术生涯如白驹过隙,悠忽而逝。在这 40 年中,尽管学术研究经历了三个大的阶段,并且每个阶段都体现了不同的侧重与特点,有着不同的收获与感悟,但贯穿始终的主线和轴心就是探寻人类社会生活的共性。而之所以能坚持这一点,就在于我心灵深处怀有一种使命感,以及对道德律令的信奉与敬畏。正如康德的墓志铭所言:"有两样东西,人们越是经常持久地对之凝神思索,它就越是使内心充满常新而日增的惊奇和敬畏:我头上的星空和我心中的道德律。"康德的名言激励着我在理论探索的道路上前行。

一、学术生涯的使命感

　　1919 年,马克斯·韦伯在德国的慕尼黑大学作了《以学术为业》的著名讲演。他认为学术不能停留于一种职业的认知,而是一种终身的志向与执着为之奋斗的事业。换言之,学术体现了一种理想、一种使命感,只有充满理想和使命感的人才能献身于学术,并在学术研究中作出成绩,获得快乐与满足。这种认知显然与康德的观点一脉相承,也照亮了我 40 年的学术生涯。

　　从我留校任教开始,就把从事学术研究视为一生的事业与生活方式,而并非一种谋生的手段与职业。这就使学术研究获得了持久的来自内心的动力。既然是事业，是追求，是理想，那就要有明确的目的和力求实现的目标，而这些目的与目标的选择与确立则来自使命感。对我而言，这种使命感生发于青年时代，成熟于 40 年的学术生涯。青年时代（包括中学、插队和油田生活），培养了我的理想性、革命性与家国情怀。改革开放时代，则锻造了我的批判性、反思性、学理性，特别是全球主义的理念与价值。这些都直接影响并制约着使命感的实现，反映着时代的烙印与呼唤。

在我看来，学术研究的使命感主要体现为两个方面。

其一，立足于学术，对国家、民族、人类的进步做贡献。我的好友俞可平教授把学问分为"天国的学问"与"尘世的学问"。"天国的学问"即关乎基础理论，从思想、价值、理念、伦理的视角，探究世界和人类自身的生存和发展的知识、规范与规律的学问，而"尘世的学问"则着眼于现实，为当下的治国理政出谋划策，提供政策与方略的学问。"天国的学问"就是通常所理解的学术研究，而"尘世的学问"则是对策研究，很难列入严格的学术研究之列。我的 40 年学术生涯的主导倾向无疑是前者，当然也未完全排斥和拒绝对策研究。

学术研究并非无关现实的抽象理论的自赏。立足于学术研究去服务人类，贡献于人类的例子举不胜举。哥白尼的日心说，牛顿的三大定律，爱因斯坦的相对论、场论，现代物理学的量子学说等都揭示了自然的奥秘，为人类的生存、发展、进步做出了不可磨灭的贡献。人文社会科学中马克思主义、社会主义、资本主义、自由主义、历史主义、人道主义、世界主义、理性主义、非理性主义、民主学说、人权学说、法治学说、现代化学说等等，都从不同角度与层次探究人类社会的生存与发展。这些研究往往超前于人类的现实，不被当时的人们所理解与接受，甚至会遭遇风险与牺牲，但这些形而上的学术研究都体现着对客观世界和人类社会的必然性、规律性的好奇与关注，从根本上提升着人类的认知水平和价值诉求，有助于人类的长远发展和历史性进步。所以，一生致力于学术研究，就意味着一生要有真诚、执着的人类关怀，这就是时代的使命感、人类的使命感。

在我学术人生的历程中，无论是早期的政治学研究还是后来的全球学研究、世界主义研究，最突出的就是关注人类社会生活的共性，以及这种共性与各国、各民族的特殊性、本土性的关系。这里讲的人类社会生活的共性，是指人类生存与发展进程中凝聚的符合规律性，趋向人类自身不断改善和进步的理念、价值、制度、技术，它们是人类文明的结晶与体现。这种人类文明的结晶可能首先产生于某一国家、民族、地区，后为世人所接受，成为全人类的理念、规范与制度。也可能是各国家、民族、地区不同文化、不同规范与制度、不同理念与价值碰撞的结果。长期以来，人文社会科学研究的框架、领域、偏好及相应的价值与理念，更多体现着国家主义，受到方法论国家主义的制约，忽视甚至排斥共同性、普遍性，我的研究旨趣则是更多提倡和凸显共性，把共性与个性、普遍性与特殊性的关系置于整个人类进化史中予以审视、梳理和探究。早期的契约论研究中对人道主义、主权在民、法治等思想的挖掘；政体论研究中对共和制、代议制、选举制的普遍适用性的肯定；中后期全球化、全球问题、全球治理研究中对全球意识、全球价值、全球制度、人类主体的论证与倡导；世界主义思想史研究中对世界各文明板块张扬公平、公正、正义、自由、民主、人权等普遍性价值的揭示；根据全球化时代的特点，提出全球主义的世界主义的新概念，倡导并创建中国的全球学学科，这一切都突出和围绕着人类社会生活的共性这一主线和轴心。40年来，无论受到学术界的、社会的多少质疑，这一主线和轴心始终未动摇，可以被称为执着的全球主义者。我为自己的执着和坚定而自豪。我始终相信，立足于学术，从基本理论和思想文化史上探究人类社会生活共性的形成与发展，探索这种共性所凝聚的人类文明与各国家、民族、地区所构建、维系、习惯、忠诚的本土性、特殊性的文化、价值、制度的互动，对人类的自我完善与进步有最基础的意义。我还相信，在全球化时代，人类社会生活共性的张扬会更加明显。我愿献身于这一学术研究，这就是我选择的使命，也是我愿意接受的一种宿命。

其二，立足于中国与世界的关系，用学术的语言、学理的思考参与和助力中国的改革开放，推进中国体制变革和制度建设，祈盼中国能以世界的眼光和气魄,在人类文明的大道上前行。作为一个中国人,当然会关心祖国的现状、发展与未来,我的学术生涯的 40 年,恰恰处于中国改革开放年代,所以为改革开放摇旗呐喊,竭尽全力去推进改革的深入,关注并回答改革开放进程中面临的理念更新、制度建设、政治发展、对外战略等问题,就成为我的学术使命感的另一个侧面。在这种关注和研究中,我的着眼点不是治国理政中具体的对策性问题,而是希望从学理和理念上,为中国成为一个现代文明国家找到新的突破口,提供新的思考与价值。这个新的突破口就是以平和的心态反思和重构中国与世界的关系,这个新的思考和价值就是努力使我们的政府和人民懂得用世界的眼光审视中国、改造中国,使中国逐渐熟悉、适应全球化时代的变革,接纳并融入国际社会和国际体系,增强自我改革的信心与能力。总之一句话,中国能否实现国家治理的现代化,成为一个能够得到国际社会理解、认同甚至喜爱的现代文明国家,在很大程度上取决于我们能否真正反思和努力变革中央集权的,个人崇拜式的,官本位的,忽视个人权利、忽视民主与法治、忽视社会作用、忽视市场规则,以国家和政府为中心的执政理念、价值与制度。

显然,对中国与世界关系的这种学理式关注与探究,既不同于纯学术研究,也区别于对策研究,而是一种对现实问题保持一定距离,以学理的方式和途径,从深层次提供解决问题的理念、价值和思路的研究。40 年来我所涉及的现实问题研究,如改革开放初期的反僵化思想革命、政府职能的再认识、和谐社会与中国对外战略转型、探索中的中国模式、全球化观念在中国的传播及其影响、中国国际地位的若干思考、中国与世界之关系的反思等等,都反映了我对中国现实问题的关注,体现了要为中华民族的进步和民众的福祉,承担起应有责任的使命感。

当然,如何看待对现实保持一定距离的学理式研究,需要保持清醒的认识。这种方式是当下中国政治与社会现实的产物,由于一些问题涉及中国政治与社会治理理念与制度的内容,而当下中国又不具备马上解决的条件,因此采取了保持距离、暂时搁置的方式。显然,这只是对这种学理式研究合理性的论证与辩护之词。与之相比,与现实问题保持一定距离的学理式研究也应有必要的反思。因此,我时常反思自己的批判勇气,反思自己的使命感。

二、学术生涯的道德守护

康德对其一生的总结与感悟是要敬畏两种东西,即头顶的星空和心中的道德律。对头顶星空的敬畏,使其一生从事探究世界与人类自身生存、发展奥秘的学术研究。而对心中道德律的敬畏,则使其追求自由、诚实、善良、美、尽责、自律,目的是使人成为人。这两种东西也是我40年学术生涯的指南,因此,在阐述了我的学术生涯的使命感后,有必要谈谈我对学术研究的道德守护的理解及作为。

当代中国的学术研究与理论发展不仅需要理念的更新,更需要学者的道德自省与伦理自觉。这是我学术生涯中反复强调的角度与问题,遗憾的是很难得到学术界更多同仁的回应与支持,似乎这样一个老生常谈的问题,不值得列入学术会议的议题,更不值得去讨论。但在我看来,当下中国学术界对研究主体即学者自身的素质与价值取向的忽视、麻木,恰恰是学术界的最大弊端之一,也是面临的最大困境与问题。自由思考、理性批判、把学术视为自己的生命与追求、尊重学术规范、讲究学术道德,这些基本的理念与价值似乎正在远离我们而去。浮躁、重形式、讲套话、唯上、唯项目、潜规则泛滥、对基本学术规范与职业道德的背弃与冷漠,这是我们不得不面对的现实,它实质上反映了学术界令人忧虑的功利主义、物质主义,以及政治与道德的扭曲和缺失。更令人担忧的后果就是敢讲真话、愿讲真话的学者越来越少,而溜须拍马、歌功颂德、假话套话连篇的伪学者则越来越得势。正是在这种背景下,我坚守着一个学者的道德底线和伦理自觉,大声呼唤学者自身应有的主体建设。2014年12月,在清华大学社会科学学院举办的"21世纪中国政治学学术研讨会"上,我指出,"人文社会科学工作者的伦理自觉集中体现为独立人格和独立批判精神。他不盲从和依附于任何个人与机构,也不屈服于任何压力,始终坚持独立的思考和研究;他应自觉地担当起社会批判的重任,以人类的良心为座右铭,真实、客观地反映社会现实,探究那些对人类社会生活有重大影响的问题,并给出自己理性的分析与答案。显然与此相对照,当下中国学者最缺少的就是这种视为生命的独立性,就是对人类的良心之身份和使命的认同"(《理念更新与伦理自觉:中国政治学发展的症结与选择》,载《全球学与全球治理》,北京大学出版社 2018 年版)。"中国政治学者的道德自省与伦理自觉对 21 世纪中国政治学学科建设有重要意义,而反省和警惕现代犬儒主义更是当下中国学术界的重中之重"(同上)。2015 年 7 月,在《全球学导论》首发式上我又一次强调:在从事全球学研究中,我深刻感悟到进行学术研究必须信守两个基本理念,即学术执着与学术良知。学术的执着意味着视学术为自己的生命与追求,不因任何功利的考量和各种困境而动摇、放弃。学术的良知则意味着始终坚持独立人格和独立批判精神,自觉地担负起社会批判的重任(《全球学与全球治理》)。2015 年 12 月,在北京大学中国政治学研究中心成立大会暨推进中国政治学基础研究高端研讨会上,我再次呼吁并强调要加强中国政治学基础研究的主体性建设问题,并提出了四多四少的主张,即多些世界主义,少些国家主义;多些学术视角,少些政治偏好;多些独立人格,少些谋士情结;多些责任意识,少些功利考量,从而更鲜明、更简洁地向学术界表明,我坚决主张全球化背景下学者要有世界主义的视野与思维,自觉抵制和超越国家主义;要坚持客观的学理研究,抛弃政治偏好、意识形态偏好、阴谋论偏好;要坚持独立人格和自由精神,克服丧失自我、一心当谋士的追求;要有对人类、对文明、对人民负责的意识,摆脱和超越功利的诱惑。2017 年 5 月,在全球化与全球问题研究所十年庆典上的致辞中,我总结了四点研究所发展与建设的体会,其中第三点就是,要重视研究者自身素质的提高和品格的塑造。我重申了学术执着、学术良知的重要性,要不唯上、不唯名、不唯利,坚决抵制跟风、献媚、讲假话等歪风邪气。同时还强调要克服浮躁、急躁情绪,耐住性子开展持续深入研究。明确宣示,把"四多四少"作为研究所进行学术研究的原则与规范,保持和发扬下去。

总之,中国学者的道德自省与伦理自觉,对 21 世纪中国学术研究与理论发展有重要意义,而反省和警惕现代犬儒主义更是当下中国学术界的重中之重。因为现代犬儒主义最重要的特征,就是它已经蜕变为一种将道德原则和良心原则抛到一边的虚无主义和无为主义。如果我们不能突破现代犬儒主义的枷锁,那么中国的学术研究与理论发展就是天方夜谭,我们每个学者都有守护学术研究基本道德的责任与义务。

第七章

学术生涯的伴侣与保障

我的学术人生及所取得的成绩有赖于我的妻子,没有她的关心、理解、支撑和帮助,我不可能有那么充足的时间、精力和宁静的心态在学术的天空翱翔。

一、平凡的一生　伟大的女性

我的妻子齐琳是个非常普通的女人,其父(我的岳父)是个睿智、豁达、讲情义、重礼仪、善解人意、关心他人的人。岳父解放前走南闯北,以做小生意、小买卖讨生活,解放后以印字谋生,公私合营后成为一名国家职工。岳母为家庭妇女。齐琳兄妹七人,她行五。由于只有岳父一人挣钱养家,所以齐琳的家境比较贫寒。她有时讲起自己中小学那段生活,不仅没有零花钱,衣服鞋子也很破旧,下雨天没有雨鞋,为了使脚上的鞋子在学校上课时保持干燥,她就光着脚去上学。上中学时,因为从住家地安门到地处新街口的学校有较远的距离,家里就给她够坐车去上学的几分车钱,但她舍不得花,就跑着去上学。尽管生活这么艰难,但是她从不叫苦,并且学习总是名列前茅,是个好学生,所以无论在小学还是中学都担任三道杠的大队委。在家中,她懂事、谦让,能帮妈妈做家务,并且照顾两个妹妹。总之,贫寒的家境培养了她吃苦耐劳的精神,而父亲的仁厚、母亲的勤俭、大家庭的亲情,又使她更早地领会了普通人家的生存之道,懂得了人世间最基本、最可靠、最真挚的手足之情。青少年时代的这些经历、磨难以及家庭生活的熏陶,就成为我和她结婚后的宝贵财富。她把那些刻骨铭心的感悟,用来构建我们的小家庭,给了我和儿子一个温暖的家、一个坚固的港湾。

我的妻子齐琳

1969年齐琳去延安插队,在那里度过了艰苦的三年务农生活。由于从小营养不良,所以她身材瘦小,身体虚弱。但倔强不怕苦的性格使其在插队时处处不服输,不要别人照顾。沉重的庄稼、柴火压在肩上要走数十里的山路背回,这对来插队的城市青年的确是一个挑战,也是一种磨难,她硬是挺过来、熬过来了。艰苦的插队生活让她付出了沉重的代价,1971年她得了肝炎,插队好友送其返京看病。由于囊中羞涩,一路艰辛难言,而返京后的住院治疗和恢复,也因家中经济拮据并不理想,从而落下了身体不好的后患。1972年,在大港油田工作的堂姐把齐琳招入油田设计院,从此开始了14年的油田生活。油田有会战的传统,并采取军营式的管理,生活紧张,纪律严明,但比起延安插队生活毕竟要好多了,所以她很知足。她是一名出色的描图工,一手秀丽的仿宋字就是在这个时期的工作中练就的。我们两人在这里相识相爱直至1977年结婚成家。1978年8月儿子出生,而10月份我就开始了南开大学的求学生活,这样,家庭生活的重担就落在齐琳一人肩上。她身体原本就偏弱,产后又操心劳累,所以身体始终未得到恢复。岳父岳母心疼女儿,把外孙接到北京,这样她的身体才得以缓了两年。但她担心父母过于辛苦劳累,加之思念孩子,所以两年后又把儿子接回油田,送进托儿所。一个人又要工作,又要带孩子,其辛苦是当下的年轻一代无法想象的。而我只能周六下午从学校挤乘 3 小时的公共汽车返回大港,与他们母子相处一天,周日晚上又得返校。1983 年,中央广播电视大学第一次招收经济类学生,为了工转干和增加收入,也为了圆上大学之梦,齐琳报考并被中央电大财会专业录取,开始了三年的学习生活。一边要完成本职工作,一边要学习财会专业课程,没有吃苦耐劳的狠劲儿难以坚持下来。其间,我把儿子接到南开大学幼儿园全托一年,周六带他回家与妈妈团聚,但由于学校幼儿园全托孩子甚少,加之每周末来往大港油田非常辛苦,儿子还晕车,所以孩子入托南开大学幼儿园一年后,齐琳毅然把儿子又接回油田的幼儿园,不忍心再让孩子受罪。1986 年,齐琳获得中央电大财会专业毕业证书,第二年调入南开大学,先后在经济系及马列教学部任会计、办公室主任,直至 2003 年随我调入中国政法大学,回到北京。在南开大学工作期间,正逢高校大办各种课程班、学位班、进修班,用创收来改善教师的待遇和生活,所以她特别忙碌,

祖孙三代在爷爷家的合影

而她始终兢兢业业，一丝不苟。她干的是财会专业，工作既有效率又少有差错，所以得到单位领导、老师和同事的好评。我是个书呆子，只专心于教学科研，所以齐琳调入南开后，尽管已无两地分居的烦恼与辛苦，但家务事主要还是她来承担，工作和家庭生活的重担依然缠绕着她，她也从未理会和关注自己的健康状况，直到一场大病的降临。

1993 年齐琳右腿股骨头坏死，在天津一中心医院、骨科医院就诊后都认为此病别无他法，建议尽快更换金属股骨头。她不肯罢休，也不愿意接受从此瘫痪在床或只能靠更换的金属股骨头勉强行走的结果，于是返京寻医，找到了一个按摩中医，通过按摩经络来治疗。按摩时病痛难忍，她坚持治疗了半个月，收到了一定的效果，从而坚定了信心。回津后，她每天坚持自己按摩大腿经络，同时找到一个老中医，吃了一段时间的汤药，病情逐渐稳定、好转。这是继插队时期得肝炎后又一次病情大考，险些卧床不起。由于坚强不屈的求生意志与能力，她未倒下。尽管已领了残疾人证，但她照常每天骑着自行车上班、去市场、做家务，乐观地生活。如果她不坚持按摩，不坚持活动，恐怕早就成为一个废人。但这一切，都需要不怕苦不怕疼的坚强意志，绝非一般人能做到。

我与妻子、儿子在昌平富泉花园小区的合影

在与股骨头坏死抗争了 10 年后，她随我调入中国政法大学，在人事处工作，至 2007 年退休。返京后，由于生活工作环境的改善，特别是家人的团聚，生活的质量得到提高。

她往返于昌平和北京市区之间，既为了照顾 90 多岁高龄的父亲，也是为了和兄弟姐妹们的相聚。当然由于两地相距约 40 公里，坐公交车往返需要五六个小时，所以路途的辛苦也是不言而喻的。尽管如此，调回北京后近十年的生活，可以算是她一生中生活比较平稳、心情比较愉快的时段。2010年后，新的疾病又找上了门，她得了心脏病——室上速，心跳会突然加快到每分钟 160 到 180 下（心动过速）。得病初期，一年犯几次，后来就变成每个月一两次，最后发展到一周几次甚至一天几次。最开始犯病就去医院打上一针，一小时内恢复正常，后来犯的次数频繁了，就皮实了，不去医院在家扛着。因为去医院很麻烦，特别是有时深夜犯病更为困难。有一年冬天下大雪，积雪很厚，道路被封，根本叫不到出租车，只好叫 120 急救车去医院。这种处理办法显然对心脏病伤害很大，而忍受几小时的心跳过速痛苦又需要何等的意志力。我多次劝说她去动手术，但由于身体过弱，体重过轻，她始终下不了决心，直到 2021 年 11 月才不得已去做了手术，但为时已晚。在与心脏疾病抗争的同时，2018 年她又检查出另一个更严重的疾病——原发性胆汁性肝硬化，吃了几年的熊去氧胆酸胶囊，只能延缓病情而不能根治，所以身体状况日渐恶化。2021 年 4 月出现并发症，肺动脉高压、食管静脉曲张都是疑难病，很难治愈。2022 年 3 月 4 日，她突然大出血被送北京医院抢救，住院仅 2 日，就于 2022 年 3 月 6 日去世，走完了自己生命的历程。

从 1993 年股骨头坏死起，齐琳与多种疾病抗争了近 20 年，特别是人生的最后 5 年，她忍受着常人难以想象和忍受的痛苦，但依旧乐观地生活，从不依赖他人，也不需要他人照顾。她认为，生命的本质就在于个人的意志和个人还能自由、有尊严地生活。如果自己的意志垮掉，事事都希望别人帮助，那就失去了生命的意义。所以直到生命的最后一刻，在她被送进抢救室之前，她始终坚持自己安排自己的生活，自己照顾自己，不借助也不需要家人的特殊照顾。肝硬化、室上速、肺动脉高压，几病并发，导致她行动不便，下肢肿胀,饮食不畅,营养缺乏(不能吃荤食、硬食),血色素低至6克左右,所有这一切她都坦然面对,并一直遵循焕发内在意志力和生命活力的原则。有一次全家在饭馆二楼聚会,因坐电梯人多,要等待,儿子怕她上楼吃力,劝她等电梯,但她认为自己还能爬楼,所以坚持走上二楼。后来儿子说他懂得了妈妈的心思,也佩服妈妈的选择。这是在展示生命的活力,她不肯向疾病、向痛苦屈服!

在顽强与病魔抗争,坦然面对垂危的生命,独立自强,乐观生活的同时,她关心家人,关心亲朋好友,关心同学同事,无私地奉献着自己的爱、自己的友情,从不计较个人得失,总是先想到他人,宁肯自己吃亏,绝不亏欠他人。所以除了我和儿子深切感受到这种无微不至的体贴与关爱外,两个大家庭及其亲戚、她的插队队友和同学、油田的同事、南开大学和中国政法大学的同事,无不对她发自人性的关爱交口称赞。

我这一辈子除了有几次感冒并无大病,身体属于良好之列,但由于长期坐着看书写文章,加之在内蒙古插队时骑马常从马背上跌倒,所以腰椎不好。1997年查出腰椎间盘突出,卧床近3个月,齐琳和我自己都不主张去医院动手术,于是她就托人找到一个半盲人给我来按摩,每周来家中按摩两三次,持续了3个月。这期间,她既要上班完成本职工作,又要做好家务,还要负责安排按摩师的接送,忙得不亦乐乎。而我则利用卧床3个月的时间,阅读了撰写博士论文所需的大量书籍、文献,为病愈后撰写论文打下了基础。

儿子上大学二年级时得了肝炎,齐琳急忙赶往北京物资学院,然后联系地坛医院住院治疗,在医院中陪伴半个月,出院后又带孩子回到天津家中休养,直到康复后返校。儿子于南开大学硕士毕业后,由于我们已来到中国政法大学,所以就着手办理他来京事宜。了解北京市相关政策、办理孩子来京户口,这些事情也都是齐琳亲自完成。她永远是个不怕事、能扛事,又有能力把事情办妥的人。但是要知道,上述几件家中发生的大事都是在她右腿股骨头已坏死,行动不便期间,没有爱心和顽强的意志不可能做到。任何一个大家庭在个别问题上都难免有不同意见,甚至有些磕磕碰碰,特别是在父母逝世后涉及父母遗物和财产时更容易出现问题。齐琳在两个大家庭中都成为楷模,她的原则就是谦让、不争、公平。在她看来,我们返京之前是两家的兄弟姐妹照顾了父母,所以没理由去争,这表明,她根本就没有在父母住房和遗物问题上计较的想法,主动退让,从不挑剔,并且努力协调,提出公平合理、大家都能接受的方案。

右腿股骨头坏死后,她学会了按摩,用来治疗和保健自己的右腿,所以按摩技巧日益提高,手劲儿也见长。于是,按摩不仅成为她自我治疗的手段,也成为给家人、亲朋好友治疗的手段。我是最主要的受益者,1997年腰椎间盘犯病后,虽然经过3个月的半盲人按摩恢复正常,但病根并未消除。所以自那时起至今,20多年来每隔一两年我还是会老病复发,当然程度不及1997年。治疗的方法一是在硬板床上静卧7至10天,二是齐琳的按摩。她按摩的功夫与效果确实不错,家人或朋友聚会时只要有人提出腰、腿、脖子不舒服,她都会主动给予按摩。然而,按摩是要消耗体力的。齐琳体重仅80多斤,又有室上速、肝硬化等疾病,可以想象,给他人按摩时绝不轻松,但关心他人的本能使其将给家人、朋友按摩视为一种义务,并从中获得快乐。她的所作所为都发自本心,所以不求回报,不求表扬,毫无功利的考量。也正因为如此,她总是不显山、不露水,低调生活、处世。无论在家庭、朋友中还是在社交场合,似乎都感觉不到她的存在,她只会用行动表达关爱与善意。然而在她去世后,人们都深切感受到一种难言的悲痛和缺失,发自内心地呼喊"真的好想你"。

齐琳是一位极为普通、平凡的女性。她是一位称职的母亲、称职的妻子、称职的女儿、称职的职工、称职的老师、称职的朋友。她在一生所承担的各种角色中都表现出色。她意志坚强、吃苦耐劳、艰苦朴素、善良仁义、助人为乐、关心他人,处处体现出人性的光辉。她乐观、智慧,有着顽强的生命活力。这样的女性虽然有着极为平凡的一生,但应称之为伟大。伟大常常与伟人、英雄、精英联系在一起,因为他们有突出的贡献和非凡的成就。但是,伟大同样应该赋予那些体现着人性光辉的普通平凡的劳动者,特别是女性劳动者。她们以自己的辛勤劳动创造着财富,支撑着家庭,抚养着后代,以自己的智慧和常规道德协调着纵横交错的社会关系,维系着家庭和社会的平稳。齐琳就属于这样的伟大女性,她的坚强、善良、与人为善、无私奉献,以及乐观、豁达的人生境界,都无愧于伟大的称号。

我的岳父与齐琳五姊妹在昌平家中合影

二、无怨无悔,默默付出;助力科研,功不可没

我与齐琳结为夫妻,相伴45年。南开大学毕业后我选择了做一名教师,以学术研究为终身职业的道路与人生。这条道路和这种人生从某种意义上就意味着清苦、孤独,而非像官员那样风光,像商人、企业家那样富有。这种选择当然是源于我个人的理念、偏好与秉性。我喜欢理论研究,擅长宏观问题的思考和纯学术的探讨。我的性格偏于内向,不善于也不大喜欢一般意义上的社交,对走仕途无兴趣。当年(1986年)在天津市委工作的老同学曾介绍并建议我去天津市团校任副校长,以解决两地分居等现实生活问题,我未同意。去经商赚钱,一窍不通,更难胜任。只有当老师,做学问,是最适合我的人生。齐琳赞同并支持我的选择,并为此付出了一生的精力。

从1978年上大学,到1987年齐琳调入南开大学这10年,我们过着两地分居的生活,所有的家务事基本上都由她一人操心和承担,如接送孩子上托儿所、幼儿园、买菜做饭这些常规事务。困难的是,孩子生病时家中无人帮忙,还有就是 80 年代油田生活的特殊性,一到冬天就要采购家庭储藏的大白菜,一般都要上百斤。虽然设计院统一把菜运到办公大院,但入户却要靠自己,要借小推车运到家中小院,并收拾摆好。在寒冷的冬天,一个女人独自干这件事确实很辛苦。此外,大港油田水质差,后来用水车运来处理好的食用水,但把水运回家同样也是费力气的活儿。总之,这种生活琐事对于正常的双职工家庭不算什么,而对于一个独自支撑家庭生活的女人来说却非易事。她坦然面对,默默承受,从不抱怨,似乎这一切都属正常。这种状况直到她调入南开大学才终结。

家庭的团聚使生活更稳定,但家务活仍然主要由齐琳承担。10 年的家庭生活模式已定格了我和她在家中的角色,她的独立、自强、能干,以及心甘情愿支持我的学术研究,决定了其事无巨细地包揽了家务。而我这个书呆子式的学者则一心扑在学术研究和教学,享受着家庭的温暖和研究的乐趣。齐琳把我惯坏了,我用不着花时间与精力去思考和算计柴米油盐及交纳水电各种费用等琐事,也不关注一些生活细节。有一次搬入新居后屋中突然停电,我甚至找不到电闸在何处,只好打电话问她,才知道电闸不在屋内而在楼梯旁的过道上。我也从来不去银行,不懂也不会有关银行的一切事务。她掌管家庭财权并精明地处理家庭资产,努力使其增值。

还有一件使我感叹又汗颜之事,那就是我家从油田搬至南开大学再到北京,先后搬家 9 次,主力都是齐琳。其中 3 次远距离搬家都是她或找同事帮忙,或找搬家公司搬运的,但家中物品的整理、打包主要靠她自己。这 3 次搬家固然都因为我工作脱不开身不便请假而未参与,其真正的原因是齐琳不愿意耽误我的工作,她认为自己完全可以胜任。收拾东西是个累人的活儿,而捆绑物品特别是书籍更是不易,她竟然都做得很好。她虽然瘦弱,但手劲儿很大,干活利索,爱动脑子,我捆绑书就远不如她,松松垮垮,常被她嘲笑。至于在学校中的几次搬家由于距离近,加之可以请学生帮忙,当然就轻松不少,尽管如此,每搬一次家,就要操不少心,费不少力。而这一切,我这个家中的男主人竟然成了甩手掌柜,全靠女主人张罗、完成。每念及此事我就深感愧疚。

　　齐琳不仅为我创造了温馨的家庭环境,无怨无悔地承担起全部家务,给我提供了充足的学习和研究时间,还直接助力我的科研,抄写打印了40年来我撰写的90%以上的书稿、文章。她早年是描图工,写一手漂亮的仿宋字。所以从1982年我的本科生论文起,凡是提交学校、杂志社、出版社的文章、书稿,大都经她手抄写、打印。20世纪80年代,除了我的本科毕业论文外,《契约论研究》、《西方政治思想史上的政体学说》、译著《古希腊政治学说》这几部书稿都是她抄写好送出版社。之所以如此,当然是因为她的钢笔字比我的要漂亮,更便于出版社审读。90年代初,她在办公室学会使用电脑,后来家中也买了电脑,从此就改为用电脑为我打印稿件。而我之所以不自己打印,是因为打字不过关,太慢。这样几十年来,就形成了固定的模式,我一直用钢笔和圆珠笔在纸上写文章,她则负责在电脑上打字,这不仅减轻了我的劳动强度,还节约了不少时间。她在打字的过程中还会指出我某些文字错误或就某个观点、表述质疑,从而促使我再思考、再斟酌。所以正如那首歌词所写的:军功章上有我的一半也有你的一半。我的学术成果、获奖作品都有她付出的辛劳。我心安理得地接受这种模式,享受这种模式,她再次惯坏了我。直到今天,我在电脑上打字仍然快不起来,只能处理日常的信件往来、修改文章,若要打长篇论文,就觉得腰、脖子都费劲。齐琳去世后,在电脑上写文章我就很不适应,被逼得想各种办法,最后选择了在电脑中用声音录入的方法,先是在纸上写东西,然后读一遍录入,效果还不错。这部有关学术生涯的回忆录,就是用这种方法完成的。如果早几年使用这种方法,就能把齐琳解放出来,不至于为我的书稿在电脑上辛劳那么多时间。

　　斩不断的思念,说不尽的过往。我的妻子已安眠于十三陵景仰园陵园。她的一生是平凡的一生,也是令人尊重和敬仰的一生。对我而言,她是我生命的另一半,是我生活的支撑、学术生涯的保障,也是使我始终能感受到关爱、温暖的源泉。我一生最大的悔恨,是只顾自己的学术而未能在她生前给予她更多的关爱;我一生最大的遗憾,是未能和她做临终告别,很多心里的话未来得及向她倾诉。如今她离我而去,我只能以这部著作表达我的哀思与怀念。正如她对自己的朋友所说：我身体多病，也无所作为，但我对自己的一生并不后悔，还是满意的，因为我成就了蔡拓，他在学术上是有作为的。听及此言，我既感动又自责，感动的是齐琳用她瘦弱的身躯和多病的身体，支撑和保障了我的学术生涯；自责的是我把她的无私奉献和无微不至的关怀视为理所当然，爱她、感谢她只停留于心底，并未变为更多的行动，不懂也未学会从日常生活的细微末节去关心她、呵护她。特别是对她疾病的治疗未能千方百计，竭尽全力。她的坚强、忍耐力和某种程度上对自己信奉的人生原则的固执，使我及家人和朋友们已习惯并接受了她的谦让、无私、吃苦耐劳、与世无争，忽略了对她身体的关注和大力寻求有效措施帮助她保养身体，治疗疾病，导致她年过 72 岁就于虎年本命年去世。

一切已成过往。在人生夕阳的未来日子里，我该怎样生活？迷茫，有些不知所措。人生的老年究竟怎样面对与度过，恐怕是每个人都无法回避的问题。当这本学术人生的总结与回顾完成初稿时，我的心告诉我，还是要遵循 70 岁生日时写下的人生感悟：友谊与家庭是人生的港湾，宁静与孤独是人生的伴侣，理性与豁达是人生的珍宝，独立与自由是人生的追求。家庭的港湾已经破碎，友谊的港湾仍然长存。宁静与孤独的思索与遐想已成为习惯，现在则更加真实。以理性和豁达的目光、胸怀审视和处理世事，依旧是不可动摇的原则。而始终在人类文明的大道上追求独立与自由，则是坚定不移的理念与人生价值。我想，这样度过余生，也是齐琳认同和希望的。

下编

我的学术旨趣

　　我的 40 年学术人生主要涉及政治学和全球学两大学科,而这两大学科又包括诸多研究领域。比如政治学学科,可大致分为政治学理论与方法、中外政治制度、比较政治、国际政治、本国政治(中国政治);全球学作为一门交叉学科,可分为全球政治、全球经济、全球文化、全球伦理、全球问题、全球治理等。我的早期研究主要涉及政治学理论和西方政治思想史,特别是西方政治思想史更为突出。当时我不仅有《契约论研究》《西方政治思想史上的政体学说》两本专著和《古希腊政治学说》一本译著,还从事西方政治思想史的教学。此外,与天津师范大学徐大同先生率领的西方政治思想史团队也有密切学术联系,参与他们的学术活动。在政治学理论方面,则突出改革开放初期所呼唤的思想革命和政治体制改革,以及对传统社会主义模式的批判与反思。但是从 20 世纪 90 年代起,确切讲是在主持了第一个国家社科基金项目《世界大变革中的全球问题》并推出《当代全球问题》专著后,我对西方政治思想史的研究就搁置了,进而转向国际关系,特别是全球问题的关注与研究。这个学术转向确立了我一生的研究主线与轴心,那就是对人类社会生活中共性以及这种共性与各国家、民族、地区的个性、本土性、特殊性的关系的探究。全球化、全球治理,全球性研究乃至学术生涯最后十年对中国全球学学科的创建和世界主义思想史的研究,都是这一主线和轴心的深化、延伸、扩展。

　　但是,围绕这一主线和轴心的研究不能归属于某个单一的学科,它们都具有交叉性,综合性,涉及政治学理论、国际关系理论、全球化与全球治理学说、世界主义思想以及历史学、社会学的相关理论。所以论及我的学术旨趣,就不宜从单一的学科意义上阐述,而需从我感兴趣的研究问题和领域着手。正是基于此,我梳理、提炼出五个问题和领域来阐述我的学术旨趣,即整体政治学、从国家政治向非国家政治的转型、全球学学科、世界主义思想史、中国与世界之关系。这五个问题与领域的选择,实际上体现了我一生学术旨趣的内在追求与指向,那就是在交叉性、边缘性中寻找理论研究的突破点和新领域。比如在政治学研究中,政治学理论、本国政治与国际政治、国际关系泾渭分明,整体政治学少有人提出,更得不到重视;政治学研究中的国家主义理念与方法根深蒂固,重点都是研究传统的国家政治,非国家政治则被忽视,甚至被排斥,处于边缘地位;20 世纪 90 年代全球化与全球治理研究还很难为学术界认可,更谈不上重视。至于建立全球学学科,更是被视为天方夜谭。即便是当下,国家主义和地缘政治为标志的政治学理论和国际政治依然居于主导地位,全球学仍然具有边缘性色彩;同样,世界主义思想至今未能作为一种独立的理论学说得到学术界的理解与认同。中国与世界之关系需要政治学理论和国际关系理论、国家治理与全球治理学说协同研究的认知,也还未为更多学术界同仁接受。总之,这五个问题与领域的交叉性、边缘性、综合性决定了它们在当代中国学术界的非主流地位,但它们却是我的研究关注点,并成为我一生的学术旨趣。在我看来,这五个问题和领域都是学术研究的前沿,关系到全球化时代理论研究的深入与变革,关系到人类对新知识、新理念、新价值的认同,当然更重要的是有助于人类自身的进步,特别是有助于当代中国的深刻社会转型和现代化。

令人欣慰的是,我在这些问题和领域的研究成果有相当部分得到学术界的认同,先后四项获得教育部中国高校人文社会科学优秀成果奖,特别是《全球学导论》还获得了一等奖。更让我感慨的是,《全球学导论》和六卷本《世界主义思想史》分别在 2014 年和 2022 年两次入选当年的国家哲学社会科学成果文库,并获得了评审专家的高度评价。一位评审专家写道:"我个人阅读后的感受是,这是一本十分厚重、富含创新、颇有特色的书稿,是非常难得的作品。首先,从宏观国际角度观察,这些年由于各方面的原因,民粹主义、排外思潮和各种极端思想在世界很多国家与地区泛起,全球化进入相对低迷阶段,对全球主义、世界主义和大同精神的研讨明显不像前些年那样热烈。在这种氛围下,作者(们)不畏压力与逆流,坚持探索人类进步的重要思想基础与各种渊源,对世界主义这种代表发展方向的理论学说及思想内核做出细致、深入、透彻的梳理说明。单是这种探索与求真的态度就值得予以充分肯定。其次,此多卷本稿件花费极大气力,对世界主义的基本内涵、关键命题,以及它在世界各主要地区及国家的源起,做了迄今为止我所见到的最全面归纳梳理,既有中华文明的贡献,也有印度与伊斯兰文明的线索,还有西方古代与现当代的各种相关流派,以及全球左翼谱系的主要学说(马克思主义、空想社会主义、现代社会民主主义和当代世界不同左翼)的重要思想。作者目标宏大且设计精致,推进的层次合理有序,阅读的过程让人不禁对作者(们)的艰苦而富有成效的努力击节赞叹。我相信,此书稿正式问世后,能成为中国学界在全球化研究和世界主义思想探源的一个新里程碑,成为相关领域的任何后来者无法绕过的重要参照。"专家的意见不仅令我十分感动,更使我深受鼓舞,因为我找到了学术知音。吾道不孤,有学术知音的理解、帮助和携手共进,我们一定能迎来中国理论研究的春天。

整体政治学

　　整体政治学是我一生强调、践行的学术理念和学术命题。在我第一本自选集《全球化与政治的转型》(北京大学出版社,2007 年版)的"自序"中,曾强调三个学术命题:其一是整体政治学;其二是从国家政治向非国家政治的转型;其三是全球主义观照下的国家主义。这三个学术命题也是我将阐述的三个学术旨趣,而首要的就是整体政治学,可见它在我学术生涯中的重要地位。

　　整体政治学理念的形成与牢固确立,源于我成长的社会环境、自身的学术旨趣与实践。在中学生活、知青时代和油田岁月,我经历了理想性、革命性的熏陶,并对政治理论有了初步兴趣。四年大学生活,学习和感兴趣的又是哲学和政治学,所以我的学术生涯第一阶段,相对熟悉和更感兴趣的是政治学理论,这也反映在留校任教后,我讲授的课程是西方政治思想史、科学社会主义,而关注和研究的领域及成果则体现出对政治学理论与制度的偏爱,而对国际关系、国际政治、外交战略与政策则缺乏了解与兴趣,因此尚无对整体政治学的认识,更提不出整体政治学的理念。但是,随着在教学中对当代国外社会主义的了解,特别是对苏联改革和戈尔巴乔夫新思维的认识,加之全球化背景下中国改革开放的深入,以及方兴未艾的全球问题及其研究对我思想的撞击,关注全球化、全球问题、全球意识,以全球的视野来审视和分析国内外事务开始进入并占据我的头脑,这意味着政治学的另一部分——国际问题、国际事务及学科意义上的国际关系、国际政治也受到重视。需要说明的是,我对政治学的另一部分——国际关系、国际政治的理解,从一开始就不同于只关注国别政治、大国关系、各国外交战略与对外关系的传统的主流的认识,而是强调用世界的眼光审视国际社会,处理国际事务。正因为如此,在 20 世纪 80 年代末,我才会写出《全球意识——当代社会主义的新思维》的文章。1988 年,接触到全球学与全球问题的相关文献,特别是 1991 年主持《世界大变革中的全球问题》国家社科课基金项目后,我完成了学术转向,即从以关注政治学理论为主转向关注全球化、全球问题、全球治理、全球性为主。这种学术经历和转型,使我成为政治学界的两栖人。所以,自 20 年代 90 年代初起,我同时参加政治学和国际关系两个领域、学科的学术活动。在政治学领域,我有西方政治思想史的著作和关于时政热点的政治学理论的论文;而在国际关系领域,我又不断推出全球化、全球问题、全球治理的代表性著作与论文。有趣的是,两个领域的同仁似乎都认为我不是他们学术圈子的人,关注的问题和研究的领域交叉、模糊,不是两个领域的主流,所以在学术圈内我开始感受到一种被冷漠的孤独感。在我被引进至中国政法大学并任政治与公共管理学院院长期间,为了协调院内政治学理论、国际关系、行政学与公共管理三个学科之间的关系,我也强调整体政治学,但很遗憾,未能得到响应与支持。此时能够拯救自己的就是学术的执着与内心的强大,我渡过了这一关。随着新世纪全球化大潮的涌动,全球化、全球治理已日益成为显学,我的学术影响与地位也由此得到肯定与提升,对于整体政治学的认知也更加成熟、坚定。

整体政治学是相对分割政治学而言的。政治学的割裂是阻碍政治学发展的主要原因之一,特别是从事政治学理论和从事国际关系研究的学者,大都封闭于特定的学术语言、学术范畴和学术团队中,自觉地相互了解、沟通和学术对话甚少,从而形成我所说的分割政治学。而整体政治学则要求打通国内政治与国际政治,打通政治学理论和国际关系理论,打通历史与理论。没有对全球化时代国际事务的深刻洞察,很难会有根本性的政治理论的建树;反之,没有对国内政治现象及理论的精深领悟,也无法在国际关系领域有重大学术突破。因此,自觉地打破学科界限,着力于整体政治学的探索与构建,可能是 21 世纪政治学发展的大方向。在应用整体政治学理念与视角方面,我做出了一些尝试,提供了一些研究成果。

一、关于政治发展

何谓政治发展,至今并无定论。一般说来,它涉及政治制度化、组织化,政治功能的专门化与完备化、政治结构的层次与匹配、政治稳定、政治参与、政治社会化等内容。这些内容既是政治发展的内在要素,同时其达到的状态与显现的程度又成为衡量政治发展的指标。这些要素与指标无疑是重要的,也反映了政治发展的主导方面,但应当说并不全面,其中最严重的缺欠就是忽视了政治发展的国际化。

这里,国际化是指一国对政治全球化的认识及所制定的国际战略与策略。多年来,人们研究政治发展,判断一国政治发展的水平,总是以上述各种指标为标准。但我认为,一国政治发展的程度,除了考察政治制度、政治功能、政治稳定、政治参与等指标外,还与其是否愿意开放本国政治,加强国际交流,自觉与国际通则接轨,从国际社会汲取养料,同时又积极向国际社会展现自己,在世界一体化的历史进程中努力做出独特贡献有关。一个政治不开放,对国际社会抱有疑虑甚至敌意,排斥一切与本国经济、政治、文化传统不同的事物,闭关锁国,自我封闭的国家,绝不能妄言政治发展。

政治的全球化是经济全球化的必然产物。当代的市场经济是名副其实的全球经济,无论是富是贫,是大是小,是发达还是不发达,所有国家都无一例外地被卷入同一个世界市场,并在这个市场中求生存、求发展。经济的全球化根源于经济的内在扩张力和科学技术的日新月异。经济的发展已超出一国的容纳力,比较利益的原则驱使各国在世界范围内进行生产要素组合,而这一切又恰恰得到了科学技术的有力支持,现代化的交通、通讯、信息网络,保障了世界经济有条不紊地运行。在经济全球化潮流的冲击下,政治不得不进行重大调整,从而也显现出全球化趋向。

政治的全球化意味着经济的相互依存,各国的交往日益增多,联系日益紧密,从而要求各国从全球的角度去处理国际关系与国际事务。国际社会的整体环境,特别是政治环境的好坏,将不仅涉及各国的实际经济利益,还会对国际社会的和平与稳定产生直接影响。每一个民族国家,即使是从最狭隘的功利角度考虑,也应积极介入国际事务,努力建立并维护一个良好的国际环境。因为唯有如此,本国的利益才能得到保障。当然,若把视野进一步扩大,势必会对经济全球化造成的全球政治结构的变化进行更深刻的思索,并作出适当的反应。无论从哪个层次讲,政治的全球化都要求各国的决策者具有全球意识和世界眼光,把握住国际社会发展的大趋势,努力创造有利于整个人类健康发展的大环境。

有了全球的视野和推进全球化的决心,还必须把这种认识贯彻到国家的对外战略。显而易见,一个对政治全球化表示认同的对外战略,必将是开放的战略,寻求合作与互补的战略,倡导相互尊重、求同存异的战略,同时也必定是坚定维护主权和民族尊严的战略。若是缺乏这样的战略,在处理国际事务与国际关系时顾虑重重,畏首畏尾,甚至总表现得与他国格格不入,那么,这样一个在国际社会无所作为的国家,其政治发展就应当说是不成熟的。这种国家即便在一个时期内保持了国内政治的平衡和稳步发展,最终也难以经受住国际化的冲击。也就是说,在相互依存的时代,在经济、政治全球化的大趋势面前,只有开放的政治,与国际社会同呼吸、共命运的政治,才能使本国的发展获得真正的活力。而一切自我封闭、孤芳自赏的政治,不仅其社会经济、政治的进步较为有限,而且程度不同地具有某种虚假性。

政治发展的国际化是一个无可争辩的事实,无论人们是否愿意公开承认,调整本国国际战略的工作都在悄悄地进行。当然,由于政治的全球化与维护国家主权的关系异常敏感,加之削弱国家主权,建立世界政府的主张也颇有市场,所以政治发展的国际化容易遭到误解,即被认为要取消主权国家。这的确是一种可以澄清的误解,其实,政治发展的国际化对一国的要求仅仅是承认政治全球化的事实,并据此调整自己的国际战略,制定出处理国际事务与国际关系的开放性政策,以便从这种战略与政策中受益,促进本国的政治发展和国际社会的进步。至于政治的全球化最终会走向何方,导致什么结局,是赞同国家主权过时论,还是力主国家主权与日益勃兴的全球性、地区性一体化权力长期共存,这是角度不同的问题,观察与思考的余地还很大,不必匆忙下结论。

政治发展是衡量社会的基本尺度之一。虽然政治发展受制于经济发展,但反过来,政治发展又能动地影响着经济发展的进程。许多国家经济发展之所以困难重重,与政治的不成熟乃至动荡有极大关系。正因为如此,政治发展研究才被提出,并受到广泛关注。的确,最初的政治发展研究主要是西方学者对发展中国家在现代化进程中出现的问题的研究。在他们看来,政治发展问题实质上是与经济现代化相伴生的政治现代化问题,而政治现代化则突出表现为政治体系的完备化、政治民主化、政治秩序的稳定以及公民政治参与的广泛与深入。一个国家一旦实现了经济现代化与政治现代化,就意味着社会全面进步的时代已经到来。

事实证明,这一结论未免过于乐观了。经济的现代化无疑是社会全面进步的根基,政治的现代化也使人们的政治行为与政治生活更为有序、规范。但从社会全面进步的角度看,光有经济的增长与政治发展还远远不够,社会发展、文化发展、精神发展同样是人类不可或缺的基本需求。

这一点至少从 20 世纪 60 年代开始已受到一些学者的注意。当时,西方一批学者正热衷于发展中国家的政治发展研究,而以罗马俱乐部为代表的另外一些学者却对人类面临的困境表示了深深的忧虑。他们对狂热经济增长的批判,对环境、资源、人口、全球贫困、世界经济旧秩序、人的异化和唯物质主义倾向等等问题的审视,把社会的综合发展、协调发展提到重要位置。被人们不恰当地称为悲观主义学派的罗马俱乐部,的确给人类的自信与乐观泼了冷水,但平心而论,他们的忧虑是深刻而积极的。他们不是让人们在困境面前坐以待毙,而是呼吁国际社会正视现实,果断地采取措施,去创造人类更美好的明天。恰恰是从这时起,各国在积极推进经济与政治发展的同时,开始用很大的精力解决各种社会问题,以促进社会的全面进步。

几十年后的今天,对于社会进步的理解,国际社会已从经济发展、政治发展演进到社会综合发展。人们的视野早已突破经济、物质的增长和政治民主化,开始对社会公平、贫富差距、资源短缺、生态环境压力、人口与妇女问题等诸多社会领域予以更多的关注,从而提出了协调发展、综合发展、可持续发展等等新概念。这些概念虽然内容有别,但共同点很鲜明,那就是提出了衡量社会进步的新尺度,逐步明确了人类追求自身发展的新目标、新任务。

现在看来,社会的全面进步至今应包括以下几个方面:

第一,市场经济体制与机制已全面确立,并沿着健康的道路日益走向完善。日渐成熟的市场经济促进着经济的迅速发展,从而为人们的全部社会活动提供了坚实的物质基础。

第二,政治活动规范有序,政治体制日臻完备,政治民主化程度较高,开放度较大。人们习惯于法治,其政治行为也更加理性化,从而保障了社会的稳定。

第三,可持续发展已成为国家经济、社会发展战略的核心内容。这是三十年来,人类对社会全面进步的认识不断深化的集中体现。可持续发展首先意味着人类的活动必须保持一个维系自身正常生存的生态环境系统。换言之,人类的活动要受到资源的可利用量、环境对污染的吸收能力以及地球的人口容量等条件的制约。如果无视这些条件的限制,支持人类生存的系统就会遭到严重破坏乃至崩溃,人类的命运自然岌岌可危。长期以来,人们盲目地追求经济的增长,对人口的膨胀和环境污染掉以轻心,结果今天开始受到惩罚。事实证明,在这个资源有限的星球上,经济增长不是无限的,人口的数量也有限度。我们只能在不断改进生活质量的意义上实现可持续发展,而不是一味地靠消耗资源去追求经济增长,否则不仅难以实现社会进步,还会自毁人类。其次,可持续发展要求人类关注和解决代际公平问题,代际公平指的是当代人与后代人在资源利用和生态环境状况方面对权利、义务与利益的合理确定与分配。当代人的社会活动在相当大程度上影响后代人的生活。可持续发展所倡导的新的伦理准则是:当代人在追求自身的利益与幸福时,不能以损害后代人的利益与幸福为代价。从这一准则出发,当代人在资源开发与利用、生态环境保护等方面,就必须充分考虑可能产生的后果。显然,资源的过度消耗、不负责任的环境污染、对生态失衡的漠不关心,所有这些时下司空见惯的行为都应予以纠正。当代人绝非苦行僧,有权追求自身幸福,但为了子孙后代,有时又不得不作出牺牲。这种新的代际公平的观念,已成为衡量社会进步的重要尺度。

第四,强化社会公正,积极有效地解决本国和世界范围内诸多社会问题,以便使整个人类能够过上正常、安定、体面、符合人的尊严的生活。无论从一国还是从整个国际社会来讲,经济的增长与政治民主化的推进都不能完全解决社会不公正问题。由于贫困、战乱、外债、生态环境恶化、超载的人口压力,世界上还有相当多的人不能过上正常的生活。他们或者忍受着饥饿与歧视,或者沦为战争难民、环境难民四处漂泊。至于妇女与儿童,还会由于社会的种种成见与愚昧,承受着更大的痛苦与牺牲。一个伸张正义、坚持进步的社会,绝不能对上述现象熟视无睹。其应该首先下决心制定出解决本国问题的切实可行的战略与措施,并运用政府的权威付诸实施。与此同时,其应积极倡导并推进全球性对话与合作,以促进国际经济政治新秩序的建立和全球社会问题的解决。

第五,倡导精神追求,注重人类自身素质与境界的提高。社会的全面进步是与人的全面发展密切相关的。如果人类仅仅满足于物质生活水平的日益提高,忽视精神追求,如果人类只知道向自然界索取而不懂得尊重与爱护自然,如果人类津津乐道于个人和家庭的安乐,对他人、社会及后代的苦难、痛苦置若罔闻,不屑一顾,那么可以断言,这是被异化的人类。而异化的人类绝不是我们的追求,因为人类的异化不能给自身带来欢乐与进步,只能导致精神的残缺与道德的沦丧。人类正处于一个新的转折点,它要求对自身的生活价值进行反省,对人与自然的关系进行历史性调整,只有不断提高自身的素质、境界与能力,人类才能驾驭住历史的航船,并在创造性的历史活动中丰富和完善自己,实现人与社会的全面发展与进步。

总之,随着市场经济的发展,政治发展的历史任务已提到议事日程。但从一开始我们就必须明确,政治发展不仅自身要加强国际化的视野与内涵,还必须懂得,政治发展不能取代社会综合发展,特别是社会的可持续发展。政治发展离不开整体政治学,人类社会的综合发展也离不开整体政治学。在推进中国现代化的历史进程中,经济发展、政治发展、社会发展、精神文化发展、可持续发展必须统筹兼顾。历史已展现出更多的丰富性,从而要求我们以多维的视野、整体的战略、配套的措施,系统地把握人类的全部社会活动。唯有如此,才能在推进人与社会的全面发展与进步的事业中获得引以自豪的成就。(参见《经济社会体制比较》1996年第3期)

二、关于全球化给政治学带来的冲击与挑战

在我国的政治学一级学科设置中,政治学理论与方法、中外政治制度、比较政治制度、中国政治居于绝对主导地位,而国际政治、国际关系的分量与地位则偏弱。更有趣的是,由此形成了约定俗成的见解与分类,即政治学分为国内政治与国际政治两大领域。研究国内政治的学者不关心,也不主动去了解全球化、全球问题、相互依存对政治学理论、比较政治与中国政治的影响,局限于在国内政治的框架内研究政治学理论,在中国的框架内研究中国政治。而研究国际政治的学者又不注重提升自身的政治学理论水平与素养,不注重思考和挖掘国际问题和中国外交的国内根源与制约因素,习惯于就事论事,擅长评论国际热点问题和各国外交政策,但缺乏学理性深度思考。这一切,就导致当下政治学研究总体上讲学术视野狭窄,学术思想肤浅,学术影响力有限,并形成了两个相互割裂、很少往来互动的学术圈。

政治学的学科割裂诱发出一种很奇怪的见解,即认为全球化仅仅是国际政治关心和研究的领域与议题,与国内政治研究无关。于是国内政治研究依旧围绕传统政治学研究的主题与范围,秉承着国家主义的理念与思维。在全球化、全球问题、全球治理时代,人类社会生活的相互依存,已经把全球现象、全球关系、全球价值、全球制度等等新元素融入世界历史,人类已不可能再局限于领土国家之内应对生存挑战,推动社会进步,实现可持续发展。

因此,我主张 21 世纪的中国政治学要倡导整体政治学,重视对全球化、全球性的研究。必须从学理上懂得,全球化关乎政治学的全部基础理论与学说,它已经并将继续对政治学产生重大甚至颠覆性影响。

（一）政治内涵的深化

众所周知,中外学者对政治有过诸多界定,它们分别立足或强调政治权力、管理、决策、关系、利益、体系等不同层面与特征,因而始终难以统一。尽管如此,我们认为迄今为止对政治的主导性见解仍表现出如下共识:其一,政治是一种社会关系和社会活动,它只存在于政治共同体中,体现出公共性。其二,国家是最基本的政治共同体,所以,政治往往自觉不自觉地被视为国家政治。于是,与国家相关的系列概念与范畴（如权力、管理、体系、决策）就构成政治的内核。其三,政治涉及价值的分配,换言之,关涉经济利益、政治地位、社会正义。显然,这些共识较为客观地反映了现实政治的总体风貌,而其中最为显著的又当属国家政治的特征。

但与此同时,我们又应看到,上述见解并未关闭不断深化理解政治的大门。恰恰相反,它实际上保留了重新解释政治或拓展政治的空间。政治是共同体的行为,国家只是最基本的共同体,但并不是唯一的共同体。政治关涉价值的权威性分配,但价值并非只是经济价值,还有政治、社会、文化价值。正是由于存在这种弹性空间,所以当人们开始关注国家以外共同体的政治行为,并发现生态、种族、性别、人权、反核、地方与文化自治等因素正日益以独特的方式进入政治议题,影响政治进程时,国家政治的唯一性被打破了。所谓"生活政治"（life politics）、"认同政治"（politics of identity）、"差异政治"（politics of difference）、"新政治"等新说法出现了,这些说法的严谨性虽大可推敲,却反映了一个基本事实,即流行的国家政治的概念已无法全面解释和指导现实政治,需要探究传统政治框架外的政治现象与政治行为。

（二）政治范围的扩展

政治既然被理解为国家的政治,所以政治的范围在很大程度上被限定为国内政治。政治关系、政治行为、政治体系、政治文化、政治发展无不体现国内视角，这一点在我国政治学界表现格外突出。尽管我国的政治学教科书中大都列有国际政治一章，但由于缺乏国际政治与国内政治的内在联系，总有一种牵强甚至另类之感。说到底，人们还是认为政治是国内政治，国际政治或是被简单地视为国家对外政策，或是将其置于与国内政治完全不同的学科。

这种或者漠视国际政治，或者分割国内政治与国际政治之内在联系的见解，当然要受到全球化的冲击。现实政治的确超越了国内政治的框架，不少政治现象与政治行为表现出跨国界性、超领土性。权力、权利、利益、政治参与、政治文化、政治体系、政治管理、政治发展，几乎在政治的各主要环节与机制中，我们都难以找到纯粹的国内政治或国际政治，两者的界限已如此模糊。可以说，作为一个整体的政治正在凸显，其范围将是世界、全球，而不仅仅是国内，这势必呼唤一种世界政治学、全球政治学。

（三）政治主体的多元并存

"主体"一词有两个基本用法：其一是与客体相区别的主体；其二是与从属相对应的主导意义上的主体。对于当下的主流政治学来讲，政治主体虽然有时也在第一个用法上指国家、政党、社群和个人，但更主要的是指国家处于无可争议的主导地位，因此，参与政治活动的主体虽是多元的，但起主导作用的主体却是一元的。政党的政治活动固然重要，但就其目的而言，是为了取得统治和管理国家的支配权，所以与国家的活动是统一的。由此不难发现，与政治是国家政治和国内政治一脉相传，真正的政治主体只能是国家，这从另一个层面揭示了当下政治学是国家政治学的缘由。

今天，情况已有所不同。由于政治内涵和范围的变化，政治主体的国家一元性正在受到挑战。那些以新社会运动形式表现出来的新政治，其主体是以环保、人权、性别与种族要求、文化诉求、地方自治、和平等目标而聚集起来的社团，这些新型社团正在政治社会中扮演重要的角色。值得注意的是，这些社团并不是传统的公民社会中的社团，它们更具政治性，更关注对人类生存具有普遍意义的公共事务,于是其组织形式又表现出跨国性。这样一来,在当代政治生活中,我们见到的就不仅是国家主体,还有日益活跃的非国家政治主体(包括跨国政治主体、国内政治社团甚至个人)。

(四)政治统治与政治管理的民间化

原本意义上的政治统治与政治管理是国家行为、政府行为。换言之,只有国家、政府才能凭借权力(包括暴力),按照既定的目的去维护特定的社会秩序。尽管政治管理的外延很宽泛,其主体也涉及政党和社团,但在本质上都是按照统治阶级的意愿行事,因此仍然属于政府行为。不言而喻,对于国家的政治统治与政治管理而言,国家、政府的绝对权威是毋庸置疑的,这个管理系统是科层制的金字塔权力结构,其权力向度是自上而下的、等级制的且具有强制性。

20世纪80年代末至90年代初以来,人们熟悉的政治统治与政治管理的概念与模式受到治理理论与实践的冲击。这是一种新的公共生活管理理论与模式。它同政治统治与政治管理一样,强调公共生活管理的权威性、合法性及法制原则。其区别是,首先,在政治统治与政治管理中,权威性与合法性只属于国家、政府,而在治理中,享有权威与合法性的却不只是国家与政府,还可以是公民社会的社团与机构。其次,在政治统治与政治管理中,权力的向度是自上而下一元的,而在治理中,权力的向度是互动多元的。再次,正因为社会生活管理的主体及其权力是互动多元的,所以主体间的关系呈现出平等性、协商性、合作性。显然,治理的这些特征表明,政治统治与政治管理已开始民间化。

(五)政治关系的基础——利益的人类化

利益是政治关系与政治行为的基础。利益有个体利益与群体利益之分,而群体利益又包括集体、民族、国家、社会利益。正是利益的差异和不同利益要求的矛盾,导致了错综复杂的政治关系与政治行为。当下政治学之所以具有明显的国家政治学特征,很重要的一点是把利益限定于国家之内,关注和研究的是国家利益及国家之内的个人、集体、阶层、阶级、民族的利益。尽管社会共同利益也被提及，但由于把社会视作国家范围内的社会，所以社会共同利益与国家利益是重合的。换言之，超国家的社会共同利益在现阶段是不存在的，它只存在于遥远的共产主义社会。

当代人类社会的现实显然与上述理论结论不尽相符。以生态、环境、资源、人口、贫困、毒品、艾滋病、反核、人权等为内容的全球性问题，日益凸显着人类的共同利益。在防止生态失衡、环境恶化、资源短缺、人口膨胀、毒品泛滥和艾滋病流行，维护和平与人权，消除贫困与推进可持续发展等领域，人类的共同利益已导致一些新的政治团体、政治机制、政治议程和政治管理的问世。同时，人类的普遍共同利益与相对特殊的国家利益、群体利益、个人利益，也会因时间、条件和关注点不同而发生矛盾，从而增强了政治关系与活动的复杂性。由此可见，利益的人类化要求对政治关系和政治行为的基础作出更全面的解释。

总之，全球化给政治学带来了全面的冲击与挑战，任何回避、拒斥或不加分析地盲目批判的做法，都无助于政治学的发展。

从国家政治向非国家政治的转型

　　从国家政治向非国家政治转型,是我的第二个学术旨趣。不言而喻,无论从现实还是理论层面上讲,国家政治都是主流的政治,并且在相当长时间内也是主流政治。但是,非国家政治的确在兴起,这种兴起不以人们的意愿为转移,我们应该有这种理论的敏锐性,对非国家政治进行前瞻性探索。非国家政治兴起的突出表现是国内非政府组织(NGO)和全球公民社会的日益崛起,并广泛参与公共事务的管理。对此,自 20 世纪 90 年代中期起我就开始关注,随后相继推出《市场经济与市民社会》等论文,而在《全球化与中国的政治发展》(中国政法大学出版社 2008 年版)一书中,则用两章来分析中国公民社会的成长和在公共事务管理中的影响与作用。21 世纪头 10 年,我先后主持了两个福特基金项目,其项目研究成果分别于 2004 年和 2011 年由天津人民出版社出版。通过这两个项目的调研,我更深刻地了解了国内 NGO 和全球公民社会对公共事务管理的参与,加深了对非国家政治的认识。

一、两个研究报告得出的结论与启示

　　21 世纪头 10 年,我先后主持了两个福特基金项目,一个是《全球治理与中国公共事务管理的变革》,另一个是《中国准政府组织发展状况研究》,共调研了 19 个案例。研究的基本结论与启示是:

其一，中国的 NGO 在数量、资金、能力、观念方面都有了显著变化，表现为数量和资金明显增长，自身能力提高，以及对新观念、新价值的吸纳与认同。

其二，中国 NGO 的官民双重性有其产生与存在的特殊背景与条件（包括现实的制度、观念及传统文化），而这些背景与条件不是 NGO 本身就可以完全改变的。所以为了生存与发展，它不得不适应这些背景与条件。就此而言，这种官民双重性有其现实合理性。在考虑和研究中国 NGO 时，必须充分认识这一点，这也正是中国 NGO 大都是准政府组织的原因，影响大的 NGO 尤其如此。

其三，在承认中国 NGO 官民双重性具有现实合理性的同时，能够清醒地认识官民双重性的弊端，关注并有意识地保持组织的独立性，坚守 NGO 的底线与特质，这在中国 NGO 中占有一定比例。这种意识与自觉，是中国 NGO 健康发展的基础、条件与希望。不管与政府的关系多么和谐，或能获得来自政府的足够资金与政策支持，但 NGO 就是 NGO，其独立性不能含糊。在我们的调研中，这种坚持 NGO 独立性的自觉意识有不同程度的表现，有的组织定位与发展目标明确，有的拒绝承认准政府组织的称谓，强调自身 NGO 的特质。然而也必须看到，由于整体政治、文化、社会环境的影响，以及现实的生存压力，在中国坚守 NGO 的独立性特质，并不是一件很容易的事情，所以对这种意识与自觉在中国 NGO 中的比例不能估计过高。

其四，中国 NGO 生存与发展的复杂性决定了认识与研究 NGO 的多维度、多层次性。中国 NGO 受多种因素、多种力量、多种观念的交叉作用，所以其形态、功能、类型很难规范，任何一种称谓都有其不周延之处，即便是中国准政府组织这一特殊称谓也不能完全概括。必须打破任何既有的框架与概念，从实际出发去研究中国 NGO。

其五，中国 NGO 的国际作为与全球意识已有一定程度的发展，不少组织都有国际合作项目，或以会议、交流等形式开展国际活动，这是改革开放带来的变化。这种国际作为，为中国 NGO 提供了资金与新的观念，在推动中国 NGO 发展方面起到了重要作用。但是从总体上讲,中国 NGO 的国际作为与全球意识还远远不能适应全球化与全球治理的要求,国际化进程还比较滞后,视野有待进一步开阔,活动舞台仍有待进一步拓展。中国的 NGO 应有更强烈的全球意识和更全面的活动能力,才能在全球公共事务管理舞台上大显身手。

其六,政府采购 NGO 提供的公共服务为中国 NGO 发展提供了新的活动空间与舞台,也有益于政府与 NGO 的良性互动。在这方面,有很多文章可做,有很大的空间值得去开拓(《全球治理与中国公共事务管理的变革》天津人民出版社 2005 年版,《中国准政府组织发展状况研究》天津人民出版社 2011 年版)。

二、关于国家政治向非国家政治转型的理论阐发

早在 2002 年我就发表了《政治学发展的全球化思考》(载《马克思主义与现实》2002 年第 4 期) 一文,阐述了全球化时代国家政治向非国家政治转型的问题。2005 年 11 月应邀参加中山大学法政学科 100 周年庆典,在"院长论坛"上又作了题为《从国家政治到非国家政治》的讲演。在该问题上,我的基本观点是:

(一) 国家政治的要义

众所周知,中外学者对政治有过诸多的界定。《布莱克维尔政治学百科全书》指出:"政治是在共同体中并为共同体的利益而作出决策和将其付诸实践的活动。"它的要义是:

首先,政治的范围被限定为一国之内。换言之,政治行为、政治关系、政治权力、政治体系、政治文化、政治发展无不限于国内视角,受到领土的制约。

其次,政治权威由国家和政府体现、运用。换言之,只有国家和政府才能凭借权力(包括暴力),按照既定的目的去管理国家,维护秩序。

再次,国家与社会的管理系统是金字塔式权力结构,其权力向度是自上而下的、等级制的,且具有强制性。

最后,国家利益是最大利益,也是最重要的利益。社会共同利益被忽视,人类共同利益更无从谈起。

毋庸讳言,国家政治赋予国家特殊的地位、特殊的权威、特殊的功能。作为一种制度和体制,现代国家政治经过几百年的锤炼已非常成熟,可以说在 20 世纪达到其最辉煌时期;作为一种观念和文化,国家政治深入人心,融入人们的血液,表现为强烈的国家主义情结。这既是历史也是现实,国家政治至今仍是主导性政治。

(二)国家政治面临的挑战

尽管国家政治至今仍然是主导性政治,但在其达到鼎盛时期的同时,也面临着日益明显而尖锐的挑战。表现为:

首先,政治的超国家、超领土性开始显现。由于全球化进程的深入和全球问题的突出,很多政治现象、政治问题已具有跨国界甚至全球性特征,从而导致政治的议题、程序以及相应的组织、制度、结构的全球性。

其次,政治权威与政治管理出现多元化趋向。尽管国家与政府仍在公共事务管理中扮演最重要的角色,但非国家行为体日益参与、介入公共事务的管理,与政府分享权力与权威。这种权力下移的走向,为公民社会、NGO 提供了活动舞台。

再次,治理与全球治理的兴起,打破了传统的等级制和强制性的权力结构,改变着人们熟悉的政治管理的观念与模式。多元管理主体间显现出平等性、协商性、合作性关系。

最后,政治关系的基础——利益也日益多样化。国家利益固然仍是核心利益,但多种多样的社团利益、地区利益乃至人类共同利益都得到显现,并制约着政治行为。

上述变化表明,单一的国家政治的视角已无法解释、回应现实生活。国家政治面临着转型,也需要转型。

（三）非国家政治的兴起

非国家政治是区别于国家政治的另一种新型政治，它指涉三个基本方面，即政治主体、政治议题、政治范围的非国家性。

首先，政治的主体不再是国家。向下，政治的主体为自愿形成的种种社群、团体（如社区自治组织、农村自治组织以及各种议题为轴心的 NGO）；向上，政治的主体为国际组织（特别是非政府组织）、跨国公司以及为应对和治理各种全球问题而形成的开放的、混合型的组织与团体。

其次，政治的议题突出问题领域和非规范政治。传统的国家政治主要关注的是与国家基本政治生活、政治制度相关的内容、领域，如代议民主制、选举制、政府改革、公务员制度、国家宣传与监察制度等等。而非国家政治则突破制度政治、规范政治的视界，关注如何尊重和保护各种特殊群体的独特利益与价值追求，如何实现地区的、群体的、民众的自治，如何应对环境与网络带来的政治冲击。

最后，政治的范围凸显跨国性。传统的国家政治将政治局限于国内政治，即便是国际政治，也定位于国家与国家之间的政治，按照国内政治的逻辑与思维进行处理，实际上把国际政治看作是国内政治的延伸。而非国家政治则突出跨国界、超国家的政治现象与政治行为，关注诸多非国家行为体的跨国交往活动，以及国内政治力量和集团与国际事务间的相互介入、影响。

如果把主体、议题、范围三个方面的变化综合起来，我们又可以说非国家政治主要体现为两种形式，即团体政治与全球政治。

团体政治，指以地方、社团、社区为基本载体，以议题政治为中心内容开展的各种政治活动，以及所呈现出的政治现象与行为。团体政治从微观层面挑战着国家政治，深化着政治的内涵，开辟着政治的新领域，反映着民众的参与意识、维权意识、民主要求以及渴望社会公正和人的全面发展的追求。

全球政治，指以人类整体论和共同利益论为轴心，以全球为舞台，以全球价值为依归,体现全球维度的新质与特点的政治活动与政治现象。其突出特征就是政治的全球性。这种全球性绝非仅指范围的全球性,而且包含着政治的整体性、共同性以及利益和价值的人类中心主义导向。而这种人类中心主义导向无疑是区别于国家政治所坚守的国家中心主义导向的。

显而易见,无论是团体政治还是全球政治,都要求人们的视野从仅仅关注国家转向同时关注社会,挖掘社会的功能,发挥社会的作用,让社会在政治生活与政治进程中扮演更重要的角色。这正是非国家政治的底蕴,也是当代公民社会崛起的原因。

(四)寻求国家政治与非国家政治的有机整合

国家政治与非国家政治是当代政治的两种基本形式。两者的共同之点在于通过政治共同体来参与公共事务的管理,但两者的差异也是显而易见的。所以,寻求两者的有机整合,对政治发展有极为重要的意义。在这方面,我们应该明确的是:

第一,国家政治至今仍是人类政治生活的主导性框架与制度,而且在相当长时期内也不会改变,忘记或忽视这一点就会犯极大的错误。但是,非国家政治的出现毕竟是事实,它不仅有独特的性质与意义,而且改变和制约着传统政治议题、政治关系、政治行为的表现方式、运作程序、作用程度。换言之,国家政治中的一整套规则、规范、制度、体系并未简单地、神奇般地消失,而是需要作出新的解释,赋予新的功能,作出符合时代的调适。

第二,非国家政治是一种新型政治,在价值和理念上与国家政治所坚持的国家中心、国家本位、国家主义显然是相悖的。但是,价值的相悖并不意味着可以简单地按照对立的思维去审视和处理两种政治在实践中的关系。也就是说,价值相悖的国家政治与非国家政治,在实践中有时会在互动或多重因素的合力作用下,表现出相互妥协、接纳、整合的一面。这就是政治实践的艺术。我们应该学习并掌握这种政治进程中的艺术,并给予理论的说明。

（五）中国与非国家政治

中国正在经历着历史上最深刻的社会变迁。这一变迁不仅表现为要建立社会主义市场经济和法治国家，也同时表现为对非国家政治的认同与开放态度，以及由此而带动的非国家政治的兴起。改革开放前，我国对社会领域实行严格的控制，从某种意义上讲，社会只是国家的附属品，少有独立性。改革开放后，社会领域逐步开放，但对社会领域的自主政治行为仍颇有戒心。随着改革开放的深入和社会的发展，村民自治、社区自治、公众参与以及 NGO 的活跃已是一个基本趋向。正是在这种背景下，和谐社会理论应运而生。这一理论从战略上提出了社会的功能及其定位，以及社会与国家之关系问题。而社会地位的提升，无疑为非国家政治的发展提供了最好的条件与环境。对当代中国而言，在国内我们要构建和谐社会，在国际要构建和谐世界，而这两个和谐的实现都要求非国家行为体更多、更自觉地参与国内与国际公共事务的管理。显然，这一指向的政治学意义恰恰是非国家政治的兴起。因此，我们应当关注全球化时代的非国家政治，对政治的转型和新走向给予更富学理、更具前瞻性的研究，这是当代中国政治学的历史使命。

（六）转型政治的研究

中国正处于空前深刻的社会转型中，这是从传统向现代、从计划经济向市场经济的转型。所以，中国的政治学必须注意研究转型过程中出现的许多特殊政治问题。这是转型政治研究的第一层含义。

当代人类社会也处于深刻的转型之中，即从工业文明转向新的更高层次的文明。尽管新文明的称谓众说纷纭（如后现代文明、生态文明、信息文明、可持续发展文明），但反思、超越工业文明则是一种历史大趋势。众所周知，工业文明的核心因素是工业化（经济增长）、市场经济、以民族国家为轴心的政治体系与政治管理、国家政治框架中的公民权利、法治原则等。这些因素造就并显示了现代化的历史性成就，其历史地位与作用是毋庸置疑的。但同时也应看到,经济增长的狂热和市场经济的效率最大化导致了生态环境的恶化和资源的短缺;国家权力的集中与异化、国家利益的片面强化、领土政治与代议民主的局限,这一切又难以满足多元的、自治的、平等的价值追求。生态运动、环境保护、女权主义、种族主义、地方自治、全球民主与治理等正是对现代化弊病的回应。所以,转型政治的第二层含义就是从现代政治向后现代政治的转型。这种转型在更大、更广、更深刻的背景中影响着当代政治生活,从而要求我们给予关注与研究。

总之,全球化及其文明的转型是一个客观事实与趋势,它导致了新的政治现象与政治关系,并影响和制约着全部政治生活。因此,21世纪政治学的建设与发展,必须自觉关注全球化背景与主题,否则就脱离了时代。从国家政治扩展到非国家政治,是21世纪政治学研究的基本思路与核心议题。全球政治、公民社会、人类共同利益、治理等新议题都具有一定的政治敏感性,对于中国现实政治而言,还不妨说有些超前性。然而,这并不足以成为我们拒绝研究它们的理由。这是因为,政治学研究不仅要有极具针对性的对策和应用研究,以服务于现实政治,而且要有真正精深的、学理的基础研究,以指导更长远的政治实践。上述议题显然关系到政治学基本理论,我们不能因其敏感而回避。对它们的研究,直接关系到政治学的科学性,而尊重科学是政治学研究的第一准则。全球政治和人类共同利益的强化均是一个过程。是过程就有起点,就有发展阶段,就有事物性质和地位的转换。当前的全球化和新政治现象就处于新过程的起点,它远未改变我们所熟悉的政治制度、规则、价值和行为方式,也未从根本上动摇传统的政治关系。但显而易见,全球化和新政治现象的出现会改变传统政治存在和运行的环境、条件,增加政治的复杂性、不确定性和变动性。我们所应关注和研究的就是这些新变化,至于全球化和新政治现象能否成为制约人类政治生活的主流、何时成为主流,那完全是另一个问题,要取决于诸多因素的综合作用。所以,我们要以起点论和过程论的眼光对待全球化和新政治现象,这完全符合马克思主义的辩证思维方式。同样道理,我们一方面必须对西方某些政治家和学者大做全球化和新政治现象的文章,宣扬主权过时论、国家过时论、历史终结论抱有高度警惕,并给予应有的批判。但另一方面,我们又要理直气壮、实事求是地认同全球化和新政治现象的客观性,并作出深刻的理论回应,这也是坚持马克思主义的辩证思维方式问题。因此,遵循和发扬马克思主义的辩证思维方式,对 21 世纪政治学的建设与发展有非常重要而急迫的意义。

第十章

全球学研究

　　全球学是我一生的学术旨趣与追求,为了使全球学在中国获得传播和发展,以及创建中国的全球学学科,我为之奋斗了 30 年。从 1994 年《当代全球问题》出版,到 2014 年《全球学导论》入选国家哲学社会科学成果文库,并于 2015 年由北京大学出版社出版,以及自 2012 年以来从事全球学博士、硕士的教学体会与经验,我深知全球学学科在中国才刚刚起步,还有很多理论问题需要深入探究。我们与国际学术界同仁的交流、对话还很欠缺,因此还需要放眼世界,加强学习,付出更大努力,去实现该学科的新发展。

　　当然,对于全球学学科建设,对于全球化、全球性、全球治理等重大理论问题的研究,我也有自己的独特思考,提供了一些新的见解。比如在把全球学作为一个独立的新学科建设方面,我构建了一个相对系统、全面并从理论上予以论证的学科体系,而国际学术界的全球学尚没有一个纯理论体系,更多体现为对全球学涉及的广泛领域、问题的研究,与实证性研究的关系更为密切;对全球化理论流派划分的新分析;强调务必严格区分历史上的全球化与当代全球化,充分理解并认清当代全球化的本质;对全球学的轴心——全球性的理论界定与阐释;提出全球主义观照下的国家主义的新理论、新命题;等等。这些新的见解与分析都是我对全球学的独特贡献。

一、全球学的内涵与界定

全球学（Global Studies）又称全球研究，是一个正在兴起的研究领域，一门正在构建的新学科。全球学起源于 20 世纪 70 年代的全球问题研究，罗马俱乐部的系列研究报告，特别是早期的《增长的极限》和《人类处于转折点》两个报告，体现了鲜明的全球视角、全球意识和全球关怀，奠定了全球学的基本向度。随着全球化进程的深入，全球问题的影响不断增强，20 世纪 90 年代，全球学迎来了自己的勃兴时期。全球学本科、硕士、博士专业相继开设，全球学学术组织纷纷成立，学术刊物也陆续问世。正是在这一过程中，全球学的概念、内涵得以诠释，并不断明晰。当然，由于全球学尚是一个构建中的新兴学科，又具有综合的、交叉的特征，所以，迄今为止，学术界尚未取得一个共识性很强的全球学定义。大体上，国际学术界对全球学的理解和概念界定表现出如下两种基本倾向。

一种倾向是把全球学视为一个独立的新学科。如亚洲全球学学会认为："全球学作为一个新的研究领域的兴起，要归因于我们囿于传统的学术学科边界在理解当今世界上的许多紧迫性问题时所面临的困难。其主要目标是提供一种对世界总体的社会、政治、经济和文化现象进行综合的、跨学科的以及批判性的理解。"美国西佐治亚大学提出一个较完整的定义："全球学使我们能够超越已有经验，来理解人类相互联系的整体性本质。它运用广泛的知识学科以拓宽我们对于我们的世界和我们居于其间的地方的认识。全球学的核心，是你作为一个个体和全球公民的身份，是你对你居于其中的世界的认同、感受和影响。作为一门学科，全球学准备让你更好地塑造和改善你的世界。"另一种倾向是把全球学视为一个新的研究领域、研究方向。俄罗斯学者科斯京就明确指出："既然全球学是一门跨学科的研究方向，那么像经济学、哲学或政治学那样对其概念化或研究其范畴是不行的。"

尽管存在上述不同见解,但我们依旧可以看到,在理解全球学内涵或给全球学下定义时,人们主要关注和强调了如下一些要素和特征:

其一,全球学以全球化和全球问题为产生前提,同时又主要以全球化和全球问题为研究对象,探讨全球化时代出现的全球现象、全球关系与全球价值。

其二,全球学强调人类日益紧密的相互依赖所形成的世界的整体性,个体、国家、民族及我们所熟悉的现象、结构、关系、制度、价值在这种整体性中需要重新定位。整体性世界的本质及其运作是全球学关注的核心,作为类主体的人类的活动和关系,以及由此导致的诸多跨国性新问题是全球学研究的重点。

其三,全球学是一门新兴的、综合性的学科,传统人文社会科学学科内任何一个学科的边界都难以涵盖其内涵,所以,全球学的显著特征之一是跨学科性,包括研究内容和研究方法。

鉴于上述分析,我对全球学作出如下界定:"全球学是以全球化为时代和学科背景,以全球化和全球问题所催生的全球现象、全球关系为研究对象,以探寻全球治理为研究归宿,以挖掘、揭示全球性为学术宗旨,探究世界的整体性联系和人类作为一个类主体的发展特点、进程与趋势的新兴综合性学科。"

作为一门正在生成中的具有交叉、综合特点的学科,全球学需要审慎定位,即逐渐理清其与相关学科的关系,在比较中明确自己独特的研究领域、对象,独特的范畴和话语体系,独特的研究方法,以及自身对相关学科的借鉴与倚重。在这种比较中,与全球学最为密切的学科有国际关系学、社会学、人类学、未来学。我的基本结论是,首先,全球学是一个独立的、新兴的综合性学科。全球学不依附于任何学科,也不是已有学科的大杂烩、大拼盘,而是有其独特的学科内涵与边界。全球学不是政治学、经济学、法律学那样的单学科性的学科,具有明显的综合性。

其次,全球学与国际关系学内在联系最为密切,与社会学相互联系与依托,可以说这三个学科有学科上的渊源与血脉。所以,在构建全球学过程中,必须很好地审视与借鉴国际关系学与社会学,从中获得足够的学科支撑。

再次,全球学与人类学、未来学的关系必须澄清。全球学与人类学、未来学的关系不同于全球学与国际关系学、社会学。后者有内在的学科渊源与关联,而前者的联系则缺乏内在的学科共识,甚至包含着误解。全球学所关注的人类与人类学所关注的人类,不能望文生义地加以等同,其研究角度与内容差异甚大;同样,全球学与未来学也因立足点不同难属同一学科,把全球学视为未来学、预测学中的一个悲观主义分支的观点是难以成立的。

最后,由于全球学以全球化和全球问题为该学科的前提、基础和逻辑起点,以治理全球化、全球问题为研究宗旨,坚持问题导向、治理导向,所以在这个意义上我们可以说,全球学是全球问题学和全球治理学的综合。当我们强调问题向度时,全球学就可以理解为全球问题学;当我们关注治理向度时,全球学又可以理解为全球治理学。而无论是全球问题学还是全球治理学,都是对全球化时代全球性现象、关系、价值、制度的思考与回应,都要探究人类作为一个主体的整体性发展的特点、进程与趋势。

由此可见,在对全球学的理解和定位上,我的学术观点是,首先着力于从学科角度建设全球学,力图构建一个相对系统、全面的全球学学科体系,这一点已通过《全球学导论》予以实现。这样就与迄今为止国际学术界更多视全球学为一个新的研究领域、方向区别开来。《全球学导论》之所以被劳特里奇出版社选中出版了英译本,就是看中了这一点。其次,我梳理并强调了全球学的两大发展阶段,即从20世纪70年代最初的全球问题学走向20世纪90年代的全球治理学。这两大阶段的界限还是很鲜明的,也正因为如此,学术界才会出现视全球学为全球问题学,或视全球学为全球治理学的认知。但单独这样讲都具有片面性,严格意义上的全球学是全球问题学与全球治理学的结合。

《全球学导论》是国内第一本规范意义上的全球学理论著作。该书入选
2014年度《国家哲学社会科学成果文库》，2015年由北京大学出版社出
版，2020年获教育部第八届高等学校科学研究成果一等奖。2020年，英
国著名的劳特里奇出版社分上下两册出版了《全球学导论》的英文版

二、全球学兴起的原因

  任何一个学科的产生，都有其特定的背景与条件，可称之为时代的产
物。这些背景与条件，一方面表现为社会实践的需要，即时代产生了新的问
题，这些问题影响到人类的生存与发展，亟待解决；另一方面表现为知识增
进的需要，即已有的知识或者不能回答社会生活提出的新问题，或者不能满
足人类在知识领域的探究，从而把开拓新的研究领域、提出新的理论与观点
的任务提上日程。全球学学科的构建正是基于上述两种需要，它是时代的
呼唤。

　　首先来看看社会实践的需要。当代人类社会正处于前所未有的大变革、大转型时期。全球化成为时代的主题,全球问题与全球治理全面挑战人类已有的制度、观念、价值、生活方式。相互依赖把人类联结成一个紧密的命运共同体,日益增多的非领土性、跨国性问题、事务要求人们突破国家的视域与领土的边界,从整体上予以回应和处理。但现实是,人们所熟悉、认同,并且至今居于主导地位的国家中心主义的制度、价值、观念制约着人们的认识与行动。人类社会第一次在全球范围与层面上出现了认识的困惑、行动的迷茫。国际金融危机、全球气候变暖、国际恐怖主义的猖獗、责任主权的定位、人权国际保护与新干涉主义的评判,这一系列问题都凸显了全球化时代社会转型的复杂性、严峻性,并急迫地要求给出理论上的答案和政策上的回应。全球学正是以全球化、全球问题、全球治理为研究背景和对象,探究跨国性、超国家性、全球性的现象与影响的学科,因此它的构建无疑符合时代的需要,具有重大实践意义。

　　其次是知识增进的需要。如前所述,全球学研究急时代之所急,突出人类生存与发展面临的新问题与新挑战,在这个意义上,它是一个实践性很强、极有针对性的研究领域。但从知识增进的角度看,全球学所要探究和回答的问题是人类未曾遇到过的问题,已有的知识已难以作出解释,甚至无所适从。所以伴随对全球化、全球问题、全球治理的认知与回应,必然有新知识的产生,包括新的理论、新的观念、新的价值等等。毫无疑义,这些新知识的第一功能与作用,是服务于人类生存与发展的现实需要,推动现实问题的解决。而第二个功能与作用,则是扩大人类的认识领域,丰富人类的知识宝库,提升人类的认知能力。由此可见,在知识增进方面,全球学也有独特的、不可代替的作用。

　　这里,最重要的是强调全球学是知识增进的需要,而不仅仅是解决社会实际问题的需要。如果仅关注后一点,那就可能对构建全球学学科无兴趣,仅视其为一个研究领域或问题即可。只有看到已有知识的局限,认识到全球化时代需要新的知识及其体系去审视和分析全球化面临的新问题,才可能有创建全球学学科的理论自觉和动力。

三、全球化主要理论流派的划分

在全球学中,全球化是最核心的范畴、概念之一。学术界的主流观点是把全球化研究分为三大流派,即极端全球主义者、怀疑论者、变革论者(或赞同全球化论者、反全球化论者和怀疑全球化论者、变革论者)。我认为当前学术界关于全球化理论流派的划分过于粗糙和简单,赞同全球化和反对全球化这种习惯性的两分法的片面之处在于,赞同者和反对者都可以做进一步划分,而把怀疑论者归结为反对派阵营也有武断之嫌。这里,尤其要考虑到政治与学术视角对细化全球化理论流派的意义。鉴于此,我主张将全球化理论流派划分为以下五种:

推崇论者。全球化的推崇论者是赞同全球化队伍中的极端派,在他们看来,全球化意味着全球经济、全球文明、全球秩序的诞生。经济的全球化打破了原有的经济、政治、社会生活的框架、体制与行为准则,为人类形成统一的符合新自由主义的理念价值与制度安排提供了可能,世界正在走向光明的未来。推崇论者的核心理论主张有三。一是市场万能,市场文明将缔造人类新的生活方式。二是国家过时,经济的"无国界化"必然导致整个社会生活管理的去国家化,民族国家的消亡指日可待。三是典型的西方中心论。全球化源于西方,市场经济源于西方,历史将终结于西方价值与文明的胜利。显而易见,全球化的推崇论者一般都是正宗的新自由主义的信奉者,他们对全球化(主要是经济全球化)充满信心,夸大市场的作用和自由民主的价值,忽视全球化进程中的种种弊端、不公正性和不确定性,表现出明显的意识形态特征。

反对论者。如果说全球化的推崇者代表赞同全球化队伍中的极端,那么,全球化的反对论者则代表不赞同全球化队伍中的另一个极端,视全球化的本质为全球资本主义或新帝国主义。阿兰·佰努瓦指出:"全球化只是正在扩展而遍及整个地球的西方市场的帝国主义化过程,这是一种由全球化的受害者使之内在化的帝国主义。"法国学者布迪厄则认为:"说到底就是用经济宿命论来为美国的帝国主义行径装点门面。"正因为如此,全球化的反对论者认为今日全球化表面上不同于 19 世纪的武力侵略、领土霸占,而是以市场和资本为杠杆,但实际上比 19 世纪的武力征服更可怕,因为丧失市场、丧失文化、丧失自我,这就是全球化给发展中国家带来的悲惨后果。这种与帝国主义者的令人炫目的修辞诡计共谋的全球化,是极其危险的,必须加以反对。由此可见,由于反对论者把全球化理解为资本在全球的扩展,是资本主义的全球形式和最新形式,完全服务于资本主义和帝国主义,所以他们反对全球化本身,而不仅仅是反对全球化进程中的弊端。这既是一种理论观点,更体现了一种政治立场。持这种观点的大都属于传统马克思主义者、新左派或民族主义者,他们所持的立场具有激进性、革命性的特征。

　　怀疑论者。全球化的怀疑论者之所以常常被归属为反对论者,是因为他们质疑和批评全球化的观点更有针对性,也更富理论说服力,从而能够成为整个反全球化阵营的理论武器。怀疑论者针对推崇论者的核心主张指出,首先,当前的世界经济在现象上远不是全球化而是国际化,在本质上远不是全球经济而是国际经济。其次,无论是日益增多的经济区域化还是跨国公司的活跃,世界经济行为始终未能摆脱国家的调控,去国家化和国家过时论等观点是荒谬的。最后,当前的全球化不仅在程度上和范围上被夸大,而且在作用上被神化和理想化。事实上,今天的全球化还未达到第一次世界大战前的水平,而新自由主义者对市场的推崇和人类超越民族国家走向全球文明的欢呼,则被现实证明是一种虚幻和一厢情愿。残酷的现实是全球化进程中南北差距的加大,以及种种不公正、不合理现象的存在。毫无疑问,怀疑论者的观点是深刻而发人警醒的,他们对经济区域化和国家作用的肯定,对经济全球化进程中发展中国家可能受到损害和被边缘化的担忧,以及对当代全球化被过度贩卖的警示,的确赢得了广泛的影响。正因为如此,反对论者视怀疑论者为同一战壕里的战友,而为了简化起见,甚至像赫尔德、吉登斯这些著名学者也把怀疑论者划归为反全球化的阵营。但严格地讲,怀疑论者与反对论者是有明显区别的。最重要之点是,怀疑论者的立论基点是学术,从而体现了自身观点的理论严密性和态度的客观性,而反对论者的基点是政治,理论深度和实证论据上有所欠缺。所以,把怀疑论者和反对论者作严格区分,是非常必要的。怀疑论者在保守的自由主义、国际关系的现实主义以及新马克思主义中有较大市场。

批评论者。全球化的批评论者似乎是一个更模糊的概念,因为无论是反对论者还是怀疑论者都批评全球化,所以也可称为批评论者。我们刻意要把批评论者与反对论者和怀疑论者相区别,是基于如下考虑:全球化的反对论者从根本上反对全球化,其特点是政治立场强于学术批判;全球化的怀疑论者认为当代人类社会还未进入全球化,仅仅是国际化、区域化,其特点是学术分析强于政治批判,对全球化保留了承认的可能与空间;全球化的批评论者承认全球化现象的客观性,但对于全球化进程中种种不公正、不平等、不完善,以及服务于西方发达国家特别是美国利益持严厉批评的立场与态度。美国著名经济学家同时又受任克林顿政府经济委员会主席及世界银行副行长的约瑟夫·E.斯蒂格利茨就是其最典型的代表。他在颇具争议的《全球化及其不满》一书中列举了全球化给世界带来的好处,承认全球化是一个无可置疑的事实,但他更多地指出了当前全球化的弊端,首先是利益分配的不公正,"由'华盛顿共识'所制定的政策之净效应时常以多数的代价给少数人带来利益,以穷人的代价给富人带来利益。在很多情况下,商业利益和价值已经取代了对于环境、民主、人权和社会公正的关注"。其次是管理的不善,他特别批评了国际货币基金组织、世界银行、世界贸易组织的意识形态偏见和精英管理的陋习,认为"全球化可以重塑,当他被重塑时,当他恰当、公正地运行时,当所有国家在影响他们的政策上都有发言权时,就有可能创造一种崭新的全球经济"。西方发达国家的共产党人也属于批评论者,他们大都认为全球化源于国际经济发展的客观趋势,具有历史的必然性,但又侧重于批判主导当前经济全球化的新自由主义。换言之,他们试图把全球化的客观性与当前全球化的实际表现形式是资本主义的全球化区分开来,肯定前者而批判后者,认为当前的全球化是金钱崇拜至上,是资本家追逐基本利润造成的,是20世纪以帝国主义为特征的所有矛盾在全球的发展和激化。由此可见,批评论者与反对论者和怀疑论者的最大区别在于是否承认全球化的客观性。而对于当前全球化的批评,批评论者和反对论者更接近,大都持严厉而鲜明的政治立场,怀疑论者的政治立场则要淡化得多。

变革论者。变革论者是全球化理论研究中最有影响、最有学术实力的流派,其代表人物几乎都是国际学术界的大家,如英国社会理论大师、"第三条道路"的倡导者吉登斯,世界主义民主的倡导者赫尔德,美国著名国际关系学者、"没有政府的治理"的提出者罗西瑙,德国著名社会学家贝克。基欧汉、约瑟夫·奈、罗兰·罗伯森虽在观点上更为慎重,但也属变革派之列。变革论者的明显特点是观点的中庸、理论的深刻、方法的多样、立场的平和。中庸表现为能够吸纳和平衡以上四个流派的观点,深刻则表现为学术的底蕴与创新性思考,多样与平和则是指倡导多视角、多层次、多领域的全球化研究,并在理论与现实之间持冷静、理性的态度。变革论者的观点最有助于全球化研究的深入,也最有利于认识和指导全球化理论与实践。变革论的基本观点归纳如下:

第一,全球化是一个客观的现象与历史进程,它意味着人类组织规模的变革或转变,使得遥远的共同体相互联系,并在全世界扩大权力关系的影响力。尽管现实的全球化被西方大国所主导,但支撑和推动全球化的技术的、经济的因素与力量,以及表现于经济、政治、文化、环境等诸多领域与层面的现象,都是西方大国不能随意左右的,它们也受制于这些因素与力量。

第二,全球化已有久远的历史,但只是到了20世纪末和21世纪初才真正成为时代主题,成为推动人类社会变革的中心力量。全球化的当代进程是前所未有的,但它仍将是一个长期的历史进程,其间充满了变动与矛盾,所以,必须以动态的、开放的眼光审视和应对全球化。

第三,全球化塑造着全球社会、全球文明,表现出一定程度上的超国家倾向,因此,在核心理论、价值、方法上都开始反思并超越国家中心主义。但是,当代的全球化不能也不应否认国家的合理性与必要性。全球化的真谛是重新审视、调控国家的权力、功能与权威,与新的多元的行为体共享对人类公共事务的管理。换言之,国家与非国家行为体、"主权体制"与非领土的诸多新经济政治组织形式及其体制是并存共生的,绝非一方取代另一方的关系。

第四,全球化必然要求并导致全球治理。由于越来越多的公共事务超越了领土的界限和主权国家能够独自解决、掌控的范围,由于非国家行为体和相应体制的不断增多,由于全球问题的挑战日益加强,原有的国家治理甚至仅仅国家间合作的国际治理都不能适应和满足人类的现实需要,所以多主体、多层次、网络状的平等协商的全球治理应运而生。当然,今天的全球治理远未成熟,在民主参与、制度规范、运行效率、责任、监督、可持续性等诸多方面都亟待改进与完善。

第五,全球化的确加大了世界的贫富差距,深化了全球不平等,怀疑论者和反全球化论者对这一问题的分析与批评是正确的,必须给予充分的重视。但是,正视和解决这一问题的途径不是拒斥全球化,而是要在全球、地区和国家层面,制定出更好的制度和发展战略,推进全球化朝着互利共赢、共同繁荣的方向发展。只有在贫困、气候变暖、国际贸易与金融等等迫切而现实的问题上切实向发展中国家作出政策、技术、资金的倾斜与援助,才能使全球化更人性化,从而有利于化解国家间和文明间的冲突。

第六,全球化导致了人类社会生活和世界秩序的复杂图景。主体的多元化、权力的交织与重叠、管理体制与机制的交错与并存、个人身份与价值的多样性,总之,人们所熟悉的制度、体制、规范、价值以及建立其上的各种关系,都在不同程度上面临着挑战。人们不熟悉甚至还难以接受的新的制度、体制、规范、价值,以及建立其上的各种新关系方兴未艾,冲击并影响着国际社会。在这一大背景下,人们必须学会理性地反思与应对,充分认识当代人类社会生活的复杂性,克服非此即彼的习惯性思维,在悖论与挑战中探寻、顺应并努力推进世界的转型和文明的进步。

这种划分的最大特点,就是把反对全球化论者进一步细分为反对论者、怀疑论者、批评论者,从而能够更准确地理解和认知全球化研究中的不同观点,为审视和处理全球化中的相关问题提供新的思考与工具。

四、历史上的全球化与当代全球化的区分及其重要性

全球化认知中的一个重要问题涉及全球化的当代性,即当代全球化的特点。遗憾的是,至今为止该问题的重要性还远未被学术界所认识,因此也得不到重视。究其原因,大概率还是认为全球化就是资本主义的全球化,至少从近代资本主义产生以来,全球化就刻上了资本主义的属性,所以从本质上区分历史上的全球化与当代全球化毫无意义。我坚决反对这种见解与认识,所以着力论证当代全球化的新特点及类主体和共同利益的凸显。我希望自己的论证和分析能得到更多学界同仁的理解。

要认识全球化的当代性,首先必须梳理历史上的全球化及其特点,这势必要弄清什么是历史上的全球化。对此,学术界研究得并不多,与其相关并受到关注的倒是全球化的起点问题,即全球化始于何时。现在看来大体有五种观点:一种认为全球化有久远的历史,这一总过程至少像所谓的世界宗教于两千多年前兴起一样悠久。中国甚至有人提出了"五次全球化高潮论",而第一次全球化浪潮可追溯至人类从非洲散布到世界各地。另一种观点则认为:"所谓的全球化,乃是90年代最新的全球性趋势。"显然,上述两种看法都比较极端。第三种观点认为全球化始于地理大发现,以早期资本主义的对外扩张为标志。这种观点的认同者较多,因为它可以把资本主义生产方式的扩张、工业化进程以及民族国家的崛起包容进去。第四种观点则认为真正的全球化(确切地讲是经济全球化)出现于19世纪中后期。理由是,在此之前,商品的交易是非竞争性的,交易的商品是非大众化的,基本不存在商品生命周期,没有出现价值趋同化趋势。持这种观点的人有的甚至提出,至今为止的全球化,其鼎盛时期不是20世纪末,而是20世纪初(即第一次世界大战前),所以完全没有必要夸大当今全球化的地位与作用。第五种观点强调,当代人类关注、争论的全球化乃是"二战"后,更确切些讲是20世纪六七十年代的社会现象。"二战"后的30年是世界经济高速发展的黄金时代,也是高科技更深刻影响人类生活的时代。世界相互依存的加深,

全球性问题的凸显,跨国公司的爆炸性增长,信息化、网络化的冲击,这一切就构成 20 世纪最后 30 年的社会景观。特别是 80 年代中期以来,鉴于全球化对现实生活的全面而重大影响,全球化作为一个正式概念步入学术殿堂,成为当代社会科学的主流概念与时髦术语。这种观点的赞同者也较多,而且往往与第三种观点融为一体。也就是说,一批学者在审视全球化时,一方面看到了其历史根源;另一方面则将关注点定位于当代,罗兰·罗伯森就是其中最典型的代表。

以上五种观点反映了学术界对全球化起点的不同认识,其着眼点是全球化的时续性和过程,并未自觉区分历史上的全球化与当代全球化,从而也就不曾涉及两者的时间划线问题。这就是说,上述五种观点只回答了历史上的全球化的起点而未涉及终点问题。我们认为,就全球化的内涵,特别是与人类社会生活的相关性而言,把 15 世纪地理大发现作为历史上的全球化的起点更为合理,而其终点则以 20 世纪六七十年代为宜。换言之,历史上的全球化是指 15 世纪地理大发现至 20 世纪六七十年代的全球化。在这近五百年的时间里,全球化的形式、内容、强度、速度等无疑会有变化,从而表现出阶段性。但总体上讲,历史上的全球化表现出以下几个主要特点。

其一,全球化就其形式而言表现为人类交往活动在地域上的拓展,即从国内到国外,从周边地区到跨大洋、大洲,遍及世界各地,打破了人类长时间彼此隔离的社会状态。其二,全球化就其内容而言表现为市场经济在全球的扩张。商品、资本的输出,市场的控制,原材料的争夺,都反映出生产要素在世界范围内的流动与配置,在这个意义上,全球化就是经济的全球化,就是市场化。其三,始于近代市场经济的全球扩张是与资本主义生产方式联系在一起的,在这个特定时期,两者融为一体,市场经济的全球化就是资本主义生产方式的全球化。换言之,以资本主义生产方式为载体的全球化是意识形态色彩很强的全球化,所以它自然是以资本主义为中心的。其四,既然历史上的全球化是以资本主义为中心的,而资本主义大都植根于西方国家,因此,这个时期的全球化当然会表现出"西方中心论"的倾向。其五,历史上的全球化所表现出的"资本主义中心论"和"西方中心论",本质上是阶级中心论、国家中心论。全球化仅仅是其形式、过程，它所追求的目的与价值恰恰是反全球、反人类的，而这才是其真谛。

与历史上的全球化相区别，当代全球化是指 20 世纪六七十年代后至今的全球化，它也表现出自己的特点。首先，凭借现代科技提供的通讯与交往手段，人类交往的时空约束真正被打破，全球化不再是模糊的推理，而是普通人可以感知的现实。在形式上，全球化已拓展到极限，它揭开了人类历史上新的一页——地球村史。其次，全球化内容更加丰富。虽然经济全球化仍不失为主题，但政治、文化、一般社会生活的全球化同样引人注目。再次，全球化呈现出明显的反"资本主义中心论"、反"西方中心论"的倾向。这种倾向一方面表现为发达国家左翼学者和有识政治家对世界文明进程的审视，特别是对资本主义的反省与批判；另一方面则表现为发展中国家普遍存在着的对资本主义及西方文明的批判与抵制。最后，全球化发生了立足点的根本变化，即从阶级中心论、国家中心论，转向全球论、人类整体论。换言之，把人类社会生活作为一个整体加以考虑的整体思维方式——全球意识开始传播，人类的共同利益得到认同。

显而易见，从时空的压缩，相互关联的领域不断扩展与加强，以及至今为止全球化仍由西方发达国家主导等维度看，当代全球化无疑是历史上全球化的继续与拓展。这种延续性表明了两者的共同之点，而正是这种共同点，构成前文提及的五种观点的框架。换言之，五种观点都没有超越历史上的全球化的视界，从而难以揭示当代全球化的新质，而这种新质恰恰是全球化的本质。

我认为，全球化的本质有两条。其一，把人类作为一个整体来审视、分析，处理人类面临的各种问题。这是一种思维方式的根本转变。其二，承认存在着确实的超民族、超国家的人类共同利益。这是一种价值观的重大调整，它把人们从追求纯粹、单一的阶级利益、国家利益提升到自觉关注人类的共同利益。以这样的标准来审视历史上的全球化，只能称其为形式上的全球化，因为伴随资本主义生产方式向世界扩张的全球化，是以西方的利益观、价值观、生活方式、思维方式为中心的，它认为西方文明具有普适性，是世界发展的模本。这种狭隘的、意识形态化的思维定式恰恰是与全球化的本质相悖的。我们今天讲的全球化固然在很多方面还延续着历史上全球化的基本特征,但必须看到,它的立足点已开始发生根本性变化。这种人类整体论和人类共同利益论的全球化,是一种内在全球化,它在扬弃外在全球化的基础上,着眼于人类社会生活的共性,凸显人类的共同价值与共同利益。

不言而喻,全球化的新质提出了认识和把握当代全球化的新尺度和要求,从而也增强了迎接全球化挑战的难度。如果我们看不到这种变化,就可能把全球化关注始终局限于社会生活的表层,而忽略了全球化对迄今为止人们所熟悉与认同的主流文化、价值、制度、生产方式、生活方式、社会规范的挑战。这种挑战是对人类整体的挑战,无论在现实的全球化进程中居于主导地位、赢得更多既得利益的西方发达国家,还是在同一进程中处于被动、弱势地位,有时甚至受到损害的广大发展中国家,都不能幸免。这是因为,全球化对民族国家中心的社会结构和国家主义的思维方式与价值观念产生了根本性震撼。这种震撼的现实效果虽然还是初步的、有限的,但其意义却是划时代的。正是对此,当前的全球化研究还缺乏足够的认识。

总之,对当代全球化特点和本质的认识,就是对全球化当代性的认识。明确了全球化的当代性,我们就可以说,历史上的全球化的确是资本主义的全球化,但当代的全球化不能简单地认定为资本主义全球化,要把当代的全球化由西方主导,与当代全球化仍是资本主义全球化严格区分开来。这样,我们才能以更开阔的视野审视和应对全球化。一则要对西方主导全球化议题与进程这种不公正、不合理状况予以有理、有力的抗争,逐渐改变全球化的不平衡和非人性化方面;二则要在解决全球性问题,维护人类整体利益方面作出积极的回应,努力协调好国家利益与人类整体利益的关系,从而为推动人类从国家主义向全球主义的转型做出贡献。

五、对于全球化被误解的五点分析

自 2008 年国际金融危机起,批评、抵制全球化的声音就日益增多、增强,到 2016 年,逆全球化、反全球化或甚嚣尘上的全球化终结论、死亡论,已成为评判全球化的主旋律。对此我始终持反对、批评的意见。我认为全球化悲观论源于在理论和认知上全球化被误解,而被误解的全球化主要表现如下:

第一,全球化被仅仅或主要理解为一种经济现象与过程。国际货币基金组织认为:"全球化是指跨国商品与服务交易及国际资本流通规模和形式的增加,以及技术的广泛迅速传播使世界各国经济的相互依赖性加强。"这种见解曾遭到罗兰·罗伯森的批评。他指出,"全球化讨论在公共领域已经形成了我打算称之为经济主义的形态",这是很不幸。遗憾的是,20 多年后,罗伯森所批评的对全球化的经济主义的误解,依旧主导着当前对全球化的认知。关于全球化的种种悲观言论,基本上都以全球贸易和投资的萎缩以及贸易保护主义的兴起为依据。而对于全球化如何从经济、政治、文化诸领域冲击并改变着传统的组织模式、治理结构、价值观念,却视而不见。

第二,混淆了全球化的本质与现象。全球化的本质在于,它是一种打破和超越领土、国别、民族、领域等各种界限与边界,展示人类日益相互依存,并作为一个类主体求生存、谋发展,逐渐形成一种新的整体性文明的客观历史进程与趋势。这意味着,全球化之精髓与要义是冲击和打破人们所熟悉并依赖的社会生活的组织结构、治理模式、权力运行方式,以及国家主义的价值观和思维方式,将人类文明的发展纳入马克思早在 170 多年前所说的"世界历史"的轨道。而当前的反全球化、逆全球化思潮大都停留于一种现象分析,聚焦于全球化政策所带来的负面性以及全球治理的困境,回避或未涉及对全球化本质的评判。由此导致把全球化不当的政策带来的负面性和诸多挑战归罪于全球化本身,从而得出全球化即将死亡的悲观结论。但事实是,全球化本身的进程并未终止,被终结的应该是全球化的不当政策和意识形态化的全球化观念。

第三,忽视了全球化的过程性与阶段性。全球化是一个漫长的历史过程,其间必然体现出不同的发展阶段。对此,中外学者都进行过研究。我认为全球化可分为四个大的历史时期,15 世纪之前的全球化渊源与萌芽期,

15 至 19 世纪 70 年代的全球化成长期,19 世纪 70 年代至 20 世纪 70 年代的全球化成型与反复期,以及 20 世纪 70 年代以来的全球化提升与变革期,而每个大的历史时期又可划分为若干个阶段。不讲过程,不分阶段,简单、笼统地讲全球化已经逆转并即将死亡,这是一种非历史观点。20 世纪 70 年代以来的全球化,是全球化历史进程中最新的一轮全球化,也是与当代人类生活关系最为密切的全球化,可称之为当代全球化。作为当代全球化的第一个阶段,它经历了启动、高潮、下行三个时段,20 世纪 70 年代至 80 年代为启动期,20 世纪 90 年代至 2008 年国际金融危机是高潮期,而 2008 年至今则可视为下行期。因此,当我们讲当代全球化的第一阶段正处于下行、退潮时段,这是客观的、毫无争议的。但如果缺乏明确的过程和阶段意识,笼统地讲全球化正在下行并走向终结,那就丧失了科学性与客观性。事实上,在全球化的历史进程中,20 世纪 70 年代至今的全球化是成绩最辉煌、影响最深刻的一个阶段,也印证了几百年来全球化历史性前行的趋势。它在当下的退潮与下行,并不能抹杀其在历史上的重要地位。

第四,全球化在相当程度上被误解为资本主义全球化。这也是一种很有市场的见解,遍及国内外,也广泛存在于平民与精英之中。由于被定位为资本主义全球化,所以它在某种意义上就成为被批判的对象,要承担全球化的负面性和种种罪名,而批判者们则由此获得了合法性和历史性批判权利。但这种见解是片面的,经不住学理的分析。具体而言,一是未区分资本的全球化与资本主义的全球化。资本是生产的要素之一,而且是最重要、最活跃的要素。资本的全球化是全球化的内在要求,特别是市场经济向全球扩展的内在要求。在 20 世纪 70 年代以来的这一轮全球化进程中,资本的全球化最突出、最抢眼。它推动了全球经济的快速发展,但也导致了经济发展的泡沫和国际金融危机,其功过是非,评价不一。但其作为最重要生产要素的客观性,是毋庸置疑的。也正因为如此,包括中国在内的新兴经济体也在加大对外投资,重视资本的全球化。而资本主义全球化则附着了政治制度、意识形态的鲜明色彩,具有强烈的政治与价值导向,是不可与资本全球化同日而语的;二是未区分历史上的全球化与当代全球化。历史上的全球化是指

20世纪70年代之前的全球化,它体现为西方中心,阶级中心,国家中心,并伴随着资本主义制度向全球的扩张。而当代全球化则开始超越西方中心、阶级中心、国家中心,张扬和凸显人类的整体性和利益的共同性。如果说20世纪70年代以前的全球化可以称之为资本主义全球化,那么20世纪70年代后的全球化则不宜称为资本主义全球化,尽管西方国家还在全球化中起主导作用。弄清这两者的区别,对于我们理性审视全球化十分必要。

　　第五,全球化的价值导向与内在理念被理解为自由主义。毫无疑问,自由主义的确是全球化最基本的理念与价值。这表现为,自由主义坚持经济、政治、社会、文化的开放性;重视国际机制、国际合作;倡导自由,权利、民主、公正等普遍价值。这一切的确指导着全球化的理论与实践。但是,由于自由主义本身已多元化并充满歧义,特别是宣扬市场万能的新自由主义和美国力推的"华盛顿共识",更是难以得到世人认同,所以,把全球化的价值与理念归结为自由主义,容易使全球化背负污名。不言而喻,当下的全球化下行论、终结论正是从这种误解中找到了一定的依据。化解这种误解的关键在于,明确全球化更核心、更基本的价值指向是全球主义(或世界主义),即对个人权利与利益的尊重,特别是对由个人组成的人类整体性的强调与关怀。显然,全球化的这种价值指向是与其本质密切相关的,全球主义(或世界主义)是全球化理念与价值之根,自由主义要服务于全球主义,而且由于自由主义的歧义性,最好慎用。

　　以上分析都是为了指出当下似被视为定论的全球化下行说、终结论,其依据与论证并不充分,大都建立在被误解的全球化基础之上,或者仅局限于全球化的现象。而客观的全球化、本质意义上的全球化,其进程与趋势并未逆转。这是因为,其一,全球化的两大动力不仅客观存在,而且继续强化。这是指生产诸要素的全球性流动与组合方兴未艾,技术的不断进步支撑并推动着各个领域的全球性交往。其二,相互依赖已成为人类的内在生活方式,全球相互依赖加深的进程仍在继续。其三,共同的问题、共同的利益、共同的价值,当代人类社会的这三大共同,不断打破种种区隔与边界,开辟着人类作为类文明的新前景,凝聚着人类命运共同体。因此,我们没有理由对全球化进程与趋势持悲观态度,而是需要更理性地认知全球化本质,认清它对传统社会结构、治理模式、权力运行方式的影响。简言之,认清立足于国家主义的一整套体制、机制、秩序、规则的不足及其与现实国内外事务间的张力,积极促进国内治理与全球治理的变革,治理全球化进程中不当政策和意识形态化观念造成的诸多问题,推动人类文明在曲折中前行。

六、全球性内涵与概念的辨析

全球学的灵魂与归宿是全球性,但是至今为止,学术界关于全球性的内涵及其概念界定的研究成果还很欠缺,表现出松散、模糊、不规范的特点。因此,我的学术着力点就在于努力清晰全球性的内涵,并给予明确的界定。为此,我梳理并比较了全球性与现代性、全球性与国家性、全球性与公共性的异同,从主体的全球性、空间的全球性、制度的全球性、价值的全球性四个维度阐述了全球性的表现与内容。它们就是我奉献给学术界的独特思考与见解。

(一)全球性(globality)与现代性(modernity)的关系

全球性是全球化理论的核心,也是全球化现象与本质的集中体现。而现代社会已主导了人类几个世纪,全球化时代的特点与新质都是以现代社会的特点、本质为参照系,相比较而呈现的。其中全球性与现代性的比较,又最具代表性和根本性。全球性与现代性的主要区别表现为两点。

其一,全球性立足于空间,而现代性立足于时间。

全球性的基础是空间,它把世界看作一个整体,一个单一的场所,人类的诸多关系以及各种事物与信息的流动,存在和发生于整个世界之内,要求以全球的、世界的眼光、视野、意识予以审视。因此,从全球性的角度看,凡是局限于一定疆域或领土之内的事物与现象,就不能称之为全球性的,从而是与全球性格格不入的。罗伯森反复强调全球性概念的这一基点,他认为,全球性"是指广泛存在认为世界——包括人类的物种方面——是一个整体的意识这种状况"。贝克也认为："全球性指，我们早就生活在世界社会里，也就是说相互封闭的领土认识越来越模糊。"由于全球性立足于空间，是一个更关注空间作用的概念，所以它并不认为全球性仅属于当代，古代、中世纪、近代都出现过反映全球性的现象，如丝绸之路、移民迁徙、传染病的跨大洲传播等。换言之，由于全球性关注空间，所以反而摆脱了时间的约束，哪里有全球化的进程，哪里就有相应的全球性表现。当然，不同时代和时期的全球性会有表现程度的差别，人们之所以更重视 20 世纪 70 年代后的全球化，是因为只有到了此时，全球性才有了更具规模、更有影响也更为制度化的表现。

现代性的基点是时间，它强调现世的、当前的、当今的事物与现象所具有的某些共同特征。这些特征是前现代时期所不具备的，代表了某种新的价值与精神。由此不难发现，现代性是在刻意凸显自身的特殊性，而这种特殊性又首先体现为时间的限定，所以时间的向度更具根本性，而新的价值与精神即价值向度则被限定在时间向度所规定的范围内，相对来讲表现出一定的从属性。

一个立足于空间，一个立足于时间。立足于空间的全球性由于回避了时间问题，从而为自己赢得了时间上的弹性。尽管有人认为全球化与全球性是 20 世纪 90 年代的现象，但更多的人看来更愿意接受全球化与全球性有久远的历史与发展过程这种观点。摆脱了时间的限定，突出全球的空间视角，使得全球性概念更为鲜明，而立足于时间的现代性不仅被时间捆住了手脚，而且还由于其内生的国家性、领土性，被束缚于有限的空间范围之内，这正是我们即将论述的第二个区别。

其二，全球性要超越民族国家，而现代性则与民族国家共生。

全球性立足于全球、立足于世界、立足于整个人类，而这个立足点的基本参照物与对象就是民族国家，无论从理论还是实践上讲都是如此。现代性则与国家不可分离。在前文所提及的众多现代性表现与特征中，与全球性关联度最大的就是民族国家的制度、价值、理念。其中领土性是最明显的空间特征，而民主制度、官僚制度、公民身份、民族主义、效忠国家的观念等等都附着于领土性,是领土国家的产物。全球性要超越民族国家,就意味着要在超越领土的前提下重构民主制度、公民身份和一系列新的价值与观念,由此才会出现当今人们开始关注的全球政治、全球民主、全球伦理、全球价值、全球公民身份等等新议题。

在明确了全球性与现代性最主要的区别之后,还需要讨论、澄清一个相关问题,即全球化、全球性与现代化、现代性之间的关联性问题。一种观点认为,全球化是现代化的最新阶段与表现,全球性是现代性向全球扩张的结果。比如贝克就把全球化视为第二次现代化,由于第二次现代化凸显全球性,从而与张扬现代性的第一次全球化区别开来。吉登斯把现代化区分为简单现代化与反思的现代化。反思的现代化的重要推动力量是全球化的冲击,它导致后传统社会的出现。他认为现代化所追求的现代性虽然起始于西方,但已经或正在扩展到世界,"在某种意义上,现代性所导致的社会活动的全球化,就是真正的世界性联系的发展过程"。由此可见,吉登斯赞同现代性的全球化,而且他赋予现代性特殊的内涵,即四种制度性维度:工业主义、资本主义、监控系统、军事力量。其具体化表现就是国际劳动分工体系、世界资本主义经济、世界民族国家体系、世界军事秩序。问题在于,现代性的全球扩张或现代性的全球化,是否等同于全球性。这里出现了一个有趣的悖论。从现象上看,现代性的确从西方走向世界,形成了现代性全球化的假象。但本质上,现代性并未冲破领土国家的牢笼,每一个被现代性所扩展的国家,都在坚守国家主义,而且后现代化的国家往往立场更坚定。这意味着,现代性的全球化反对全球性。那么,何以得出全球化(或全球性)是现代化(或现代性)发展的必然结果的结论呢?换言之,全球性与现代化、现代性之间并不存在内在的逻辑关系。

另一种观点认为,全球化、全球性与现代化、现代性之间具有内在的张力,两者的关系本质上是断裂的,而非连续的、因果的。阿尔布劳是这一观点的典型代表。他认为:"全球化远不是人类以往希冀和追求的一种结局,而是人类以往自认为当然无疑的那种现代生活组织方式的终结。全球性的转型是一种变革而不是一种终结。"根据这一观点,他主张用"全球时代"取

代 "现代时代"，用全球性取代现代性。而 "全球时代" 意味着我们抛弃了三个世纪以来有关历史的方向的假设，不再把 "全球化看作只是现代性的另一个阶段"，不再把全球化看作源于现代性之中的种种变化之发展的顶点与结果，转而把全球化看作一种准备状态，即为全球化的事物成为生活的构成部分做准备，为全球性成为任何局部或任何领域、任何制度中的一种基本要素做准备。阿尔布劳的态度非常鲜明，他强调全球化、全球性在历史进程中的偶然性，而这种偶然性在很大程度上同人们认识到地球是一个整体、地球这个物质性实体存在有限性相关。罗伯森的观点比较中庸，他一方面反对现代性直接导致全球化、全球性，另一方面又不否认现代性的某些方面极大地放大了全球化过程。他所明确坚持的是 "不管我们用现代性时可能指的是什么，但远在它之前，当代类型的全球化就已经起动"。这样，他就立足于全球化是一个有悠久历史的过程的观点，间接表达了全球化、全球性与现代化、现代性之间的非因果、非逻辑关系的见解。

综上所述，可得出如下几点结论：

其一，全球性与现代性之间存在着本质差别。全球性立足于空间，立足于全球，超越民族国家是其内在的要求与逻辑；现代性立足于时间，立足于民族国家，与民族国家共生共存是其宿命。

其二，全球性与现代性不存在因果性意义上的逻辑关系，两者各自存在自身特有的发展与扩散过程。从过程的角度看，展现全球性的全球化历史更悠久，地域更多样，而展现现代性的现代化则始于近代欧洲。

其三，尽管全球性与现代性在本质上表现出断裂性，但在其具体发展过程中，种种历史和现实因素的介入又难免造成两者的互动与影响。因此，正像不能把现代与传统完全割裂、对立一样，对于全球性与现代性的关联性一面也应保持开放的、探索的态度。

（二）全球性与国家性（national）的关系

全球性与国家性的关系则相对清晰，因此比较起来也就更简明、直接。

其一，全球性的灵魂是全球，国家性的灵魂是国家。

全球性绝非只是个空间概念,而是个综合性概念,是对全球性事物的抽象,涉及主体、空间、制度、价值,它的灵魂在物质表征上是全球,在意义和观念表征上是全球主义(globalism)。地球是个物质性实体,在茫茫宇宙中不过是沧海一粟。但传统上人类对于地球这个整体,却缺乏了解和认同,人们所熟悉和认同的是被领土分割的国界,是被制度、习俗、文化所塑造的政治和文化共同体,是强烈的国家主义、民族主义、地方主义、本土主义。全球性强调地球这个整体以及基于整体的地球意识、全球意识。宇航员在太空俯视地球的感受是真实的,苏联宇航员维·伊·谢瓦斯季诺夫说:"我们地球上的许多问题从那里看起来是不一样的,要知道在太空中是看不到国界的。产生了被称为全球性思维的东西,并且使你意识到什么是个人的责任。人类以前没有这种看法和这种感觉。一些优秀的、最有远见的思想家对此曾经有过抽象的结论,但是对人类命运的共同性没有广泛的理解。"美国宇航员埃杰·米切尔表达了类似的观点,他指出,当宇航员体验到地球意识时,他返回地面后就不再是一个美国居民,而是一个地球居民了。学者们则从理论上进行了概括。阿尔布劳指出:"凡是在人们把世界作为一个整体看待并承担起对世界责任的地方,凡是在人们信奉'把地球当做自身的环境或参照点来对待'这么一种价值观的地方,我们就可以谈论全球主义。"罗兰·罗伯森则强调,"在本人的概念中,关于全球性的东西的概念指的是从其完整意义上说的世界"。乌尔里希·贝克说:"全球性表明,从现在起,我们地球上所发生的任何事情不再受地域的限制,所有的发明、胜利以及灾难都关系到整个世界,并必须沿着'地方—全球'坐标对我们的生活和行动、组织和制度重新定向、重新安排。"由此可以发现,无论是来自经验层面的实际感受和领悟,还是来自理论层面的思考与提炼,"全球",即全球主体(实体)、全球空间(整个地球)、全球制度、全球意识与价值,的确成为全球性的灵魂与核心。离开了全球、全球性事物以及全球主义的视野与思维,全球性就毫无意义。

国家性也是个综合性概念,它是对立足于国家基点的各种事物的抽象,同样涉及主体、空间、制度和价值。与全球性相对应,它的灵魂在物质实体表征上是国家,在意义和观念表征上是国家主义(statism)。突出国家的国家性,可以有两个参照系,一个是个人,即在个人与国家的关系中坚持国家本位;另一个是全球(人类),即在国家与全球(人类)的关系中坚持国家中心。我们这里探讨的国家性显然是后者,因而它是与全球性相对应的。国家性渗透到国家和社会生活的各个领域、各个层次、各个环节,它把人类公共事务完全限定于领土性国家范围之内,国家是行使公共权力、管理公共事务的唯一主体,围绕国家所设计的种种制度是不可替代的制度,而效忠于国家、听命于国家、服务于国家则是公民必须信奉和遵循的伦理、价值和观念。一位国家中心主义的信奉者写道:"国家已经满足了人类组织和秩序的至高要求,再建立超出国家体制以外的任何等级权力结构将是代价深重的,归根结底是违背自然的。"这种对国家的崇拜、执迷,以及对国家本位、中心的坚守,正是被当今热议的"方法论民族主义"(methodologicalnationalism)。

　　显而易见,全球性与国家性的区别是不容置疑的。正因为如此,用国家的传统理论框架与思维定式来理解全球化、全球性,根本行不通。所以不少学者呼吁"社会科学的全球转向","我们需要一个社会分析范式的转向,以便全球性出现的条件,即世界作为一个共享社会空间意识的增强,能够在各个方面被解释和理解"。

　　其二,全球性与国家性是两个独立的系统,不会产生因果性关系的争论与误解。

　　如前所述,全球性与现代性的关系存在着两者是否具有因果性的争论与误解。认为全球性源于现代性,或全球性是现代性的最新表现的观点具有一定市场,但是全球性与国家性之间则不存在这类争论和误解。因为两者的本质决定了国家性不可能发展成为全球性,全球性也不可能是国家性的集合或演变结果。全球性所表征的全球性事物和内生的全球主义,与国家性所表征的国家性事物和所内生的国家主义,属于两个独立的、无法相交的系统。所以,尽管全球性与国家性都有发展过程,并在这一过程中呈现出"强"与"弱"、"厚"与"薄"的程度之别,但不会给人们提供两者具有因果性关系的想象空间。这恐怕也是辨析全球性与国家性时应该明确的。

（三）全球性与公共性（publicness）的关系

对公共性有多元化的理解，但基本点都是强调"公共""共同"。公共性是一个涵盖面更广、影响面更大的概念，不同的学科都对其进行了特定的解读。公共行政学、公共管理学所理解的公共性，是公共权力的运用要以人民利益而不是个人利益为出发点，应具有民主、公正、公平、合法的公共精神。政治学所关注的公共性，越来越聚焦于哈贝马斯的公共领域，强调区别于国家和政府权力的以公民身份表达其意志的社会空间所体现的公共性。经济学视野中的公共性，关注经济活动与经济现象的公益性、共同性，比如关于公共物品的产生与管理。更令人瞩目的是公共哲学的兴起，力图从哲学的高度整合各学科研究的成果，以一种总体性视野解释公共性的普遍问题，揭示公共性的本质。其基本主张是：全球化的公共空间已形成，公共哲学是对公共生活智慧的追求，对公共性价值与意义的探讨与揭示。哲学需要进行"公共性转向"，即"由个人的主体性，发展到主体间性，再到公共性或者共同主体性，总的趋向是形成具有更多更好的公共性的社会"。这里，公共性被视作人在实践活动中表现出的一种社会属性，即人类生存的共存性和人与人之间的相互依赖性。

尽管对公共性的理解有如此多的差异，但其基本点都是强调"公共""共同"，换言之，是在以"私"为参照系，与私相比较而获得自己的原初规定性的。公共需要、公共物品、公共事务、公共领域等都是公共性得以实现的载体、途径或外部条件，而公共意识、公共理性、公共理念、公共伦理、公共文化，一言以蔽之公共精神，则是公共性的内核，体现着公共性的价值与意义。

"公"与"私"的划分，使公共性获得了自身原初的规定性，但公与私的具体内涵又不尽相同，不能把"公"简单地理解为民族国家，也不能把"私"简单地理解为个人。在民族国家的范围内，公共性的确表现为区别于个人的社会的要求与意识，换言之，是我们传统上所理解、所认同的公共性。即便是哈贝马斯刻意区分出的公共领域（区别于国家和政府公权力的公共领域），其所指对象也是个人——具有公民身份的个人。然而一旦超越民族国家,那么无论是在国家之间,还是在跨越国界的个人之间,"公"就有了新的内涵,变成全球、人类,而国家或转换成"私",代表"私人性"(在国家与国家之间寻找公共性的情况下),或失去了对象的意义,既不是"公"也不是"私"(在跨越国界的个体之间寻找公共性的情况下)。这表明,对公共性的理解仅限于传统的国家内部已远不足以认识现实,在全球化时代,公共性的视域已超越国家扩展到全球,于是,全球性与公共性的关系问题也就随之产生了。

其一,全球性是公共性的一个维度。

公共性原本是一国之内的公共性,体现于群体、地区直至国家中人们所形成的不同层次的社会关系,以及对这些层次内公共价值的向往和实践。换言之,国家是公共性的最大边界,国家性是公共性的一个基本维度。但是今天,人们的社会关系越来越面向全球、全人类,个人首先是人类的一员,其次才是某个国家或民族的成员。这意味着,由于社会关系的全球拓展,公共性也有了全球性维度。英吉·考尔在研究全球公共物品时明确指出:"全球性可被视为公共性的一个维度。它超越了国家的边界。因此,全球公共物品的公共性表现为两个方面:是公有的,不是私有的;是公共的,不是国家的。"显然,这里公共性的两个维度,一个是与私有相对应的公有,一个是与国家相对应的全球。前者凸显了公共性的"公有""共有"含义,强调了公共性的价值尺度;后者凸显了公共性的全球性含义,强调了公共性的空间尺度。英吉·考尔的观点虽是针对全球公共物品而言,但适用于各种公共事务和公共领域内的公共性。

其二,公共性是全球性的一种追求。

公共性从国家范围扩展到全球范围,具有了全球性维度,这仅仅是一种空间的拓展吗? 当然不是。从国家维度的公共性走向全球维度的公共性,意味着人们对公平、公正、公开、合法、公益等价值的追求,也突破国界走向全球,从而更鲜明地表明了人们生活的社会性特征、"类"的特征,而这些特征和价值正是公共性的人文底蕴。所以说,公共性的价值实际上是全球性的一种追求。换言之,在习惯于认识全球性的空间意义的同时,必须同时关注全球性的价值意涵。

（四）全球性的概念和四个维度

通过以上对全球性与现代性、国家性和公共性的辨析,现在我们对全球性作出如下界定:全球性是当代人类社会活动超越现代性、民族性、国家性、区域性,以人类为主体,以全球为舞台,以人类共同利益与价值为依归所体现出的人类作为一个类主体所具有的整体性、共同性、公共性新质与特征。

这个定义所强调的是,其一,全球性是全球化时代人类社会生活的新质与新特征。其"新"之所在,就是突出人类作为类主体所具有的整体性、共同性、公共性。把人类作为一个独立的、单一的主体对待,这是该定义的核心,否则整体性、共同性、公共性就毫无意义,因为这些特性在民族国家内早已存在。其二,全球性在本质上是与现代性、民族性、国家性、区域性相区别的,它的历史使命就是超越它们,走向全球。当然,这是就根本性质而言的。至于具体的、历史的关联性,则应予以实事求是的考察与辨析,不可简单化、绝对化。

尽管全球性在全球化、全球学中居于轴心地位,但它的具体内容到底是什么,从哪些维度进行学理的概括和提炼,使其能成为一个规范性范畴和理论,这是我在研究中遇到的一个难题。经过反复思考、斟酌,最后,我提出了从四个维度认知全球性的学术主张。

其一,主体的全球性。

全球性的第一个维度是主体的全球性,它要回答的问题是谁承载全球性,或者说谁是全球性的主体。众所周知,人类社会生活的细胞是个人,以个人为基体,形成了家庭、部落、民族、国家以及阶级、社团等形式众多的群体,人类社会生活的社会性通过这些群体的活动得以体现。而所有这些群体在不同的领域、不同的层次、不同的事务中就成为不同的主体,承载着相应的功能、价值与意义。显而易见,在人类社会生活的诸多群体中,对人类影响最大的是民族与国家,所以至今为止,人类社会生活的主体在很大程度上仍然是民族国家。正因为确立了民族与国家的主体地位,所以社会生活的设计与管理,各种制度的安排、规范、伦理、价值的指涉对象,大都以国家为中心,以领土为边界,体现了国家主义的鲜明特征。

今天,随着经济、政治、文化、社会、环境、信息等各种事务跨国界流动的日益增多、增强,人类生活的社会性已突破国家,走向全球。仅仅局限于国界之内,以国家为主体思考和管理社会生活和公共事务已远不足以满足现实的需要,社会关系和公共事务的全球化和与日俱增的全球性,要求审视和确立新的主体,这个新主体就是作为类主体凸显出来的人类。从民族与国家主体转向人类主体,从人类的整体性角度观察和处理种种社会生活与公共事务,这正是主体的全球性的内涵。

主体的全球性从根本上改变了人们认识和处理社会生活与公共事务的坐标,从而把人类的社会关系提升到全人类的层面,彰显了人的类本质特征。这一转换绝不仅仅是主体类型的转换,而是涉及整个社会关系与社会生活的结构性调整,包括空间、制度与价值。因此,主体的全球性在全球性的四个维度中处于基础性地位。

其二,空间的全球性。

全球性的第二个维度是空间的全球性。空间的全球性是相对空间的地域性、领土性而言的。众所周知,以往的社会生活不仅在主体上表现出局限性,在空间与范围上也具有狭窄性。这是因为部落以地域为依托,国家以领土为边界,即便是区域共同体也被限定在特定的区域。民族或许有一定特殊性,其文化性胜于地域性,所以存在一个民族散居于世界各地的现象。但一个基本的事实是,大多数民族仍有其传统的生活聚居地。全球性则要突破这种空间与范围的局限,以整个地球村为舞台,关注和处理全球范围内事关人类生存与发展的事务。显然,空间的全球性是对主体的全球性的回应,当社会生活和社会关系的主体提升为类主体,开始关注整个人类而不是某个民族和国家的生存与发展时,那么,传统的地域性和领土性束缚必然要被打破、超越,代之而起的是全球的尺度、世界的考量,即进入马克思所说的"世界历史"时期。"每个文明国家以及这些国家中的每一个人的需要的满足都依赖于整个世界","地域性的个人为世界历史性的、经验上普遍的个人所代替"。

空间的全球性虽然主要表现为人类社会交往的范围跨越国界、区域扩展到全球，但另外一种现象也值得关注，那就是现代交通、通讯所支撑的流动性导致了去地域化，并进而产生了区别于传统场所的"非场所"。这里，去地域化是指"地方特殊性对我们文化控制衰减的问题，我们生活中遥远的地方、进程和事件具有越来越重要的意义"。"非场所"则指超级市场、购物商场、飞机场、加油站、多厅影院、有着自动提款机的银行门厅等，这些新的场所的地方性更为模糊、淡化，它体现着流动性。而正是这种流动性及它所造成的流动的空间，把空间延伸到全球。人们在这些流动的空间——"非场所"中感受到社会交往的全球性。由此可见，汤姆林森用来分析全球化的文化视角，在解读空间的全球性时也是有借鉴意义的。

其三，制度的全球性。

全球性的第三个维度是制度的全球性。人类的社会生活需要通过制度加以规范和管理，从这个意义上讲，制度（包括规则、规范和相应的机构）是社会生活的保障，是社会体制的基本要素。有的学者将人类社会生活的规则划分为四个规则系列，即技术规则、国际体系规则、国家规则和自由规则。技术规则指导人们如何与自然世界相联系，这是最广泛的规则层面；国际体系规则涵盖国际关系中行为者之间的关系，其基本原则为主权国家的平等；国家规则包括国内机构和国家结构，国家是现代占主导地位的政治单元；自由规则把个人奉为人类社会的基本单元和最终价值。四个规则系列统辖国际社会的基本关系范畴，即国与国、国与个人、个人与个人以及人类与自然世界之间的关系。显而易见，这里的规则系统就是我们所讲的制度，并且渗透和涵盖了人类的各种社会关系。从制度演进的历史来看，由于传统上人们的生活大都局限于国家范围之内，所以制度的设计与安排就表现出明显的国家性，这也是为什么迄今为止，人们所熟悉、认同的制度大都为国内制度的原因。即便是处理国际问题与国际事务，其立足点也是国家，所以传统的国际关系准确地讲只是国家间关系，而威斯特伐利亚体系所确定的国际规则与制度，从根本上讲不过是国内制度在国际上的延伸和变异。全球性所要求和体现的制度意味着突破国家的视野、领土的边界、国家间关系的框架,确切些说就是突破主权国家制度和威斯特伐利亚体系,着眼于人类的整体性、共同性,指向人类面临的全球性问题,追求利益的全球整合与共享。上文提到的全球化背景下个人与个人的关系与相应规则、人类与自然的关系与相应规则,都是制度全球性所指涉的内容与范围。今天,维护普遍人权的国际人权法和国际人道主义法、维护和管理人类共同资源与遗产的国际环境法,都集中体现制度的全球性。这些法律都明确限制了主权国家的权力与利益,大大提升了个人的法律地位与权利,强调了全球共同体的地位与作用。国际刑事法院的设立、国际责任的强化、《南极条约》《和平利用外层空间的宣言》《联合国海洋法公约》的签署等等,使我们有理由相信,制度的全球化正在一步步扩展。总之,全球性的交往与全球性的社会关系要求全球性的制度安排与管理,当主体和空间已经指向全球,制度必然相伴而随,从国家性走向全球性。

其四,价值的全球性。

全球性的第四个维度是价值的全球性。价值的全球性承载着全球性的意义,它要回答的问题是,全球化时代所凸显的全球性到底要追求什么,其价值的定位和伦理的本质何在。显然,相对于主体、空间和制度的全球性而言,价值的全球性是全球性的真谛,也是最集中,最鲜明地反映全球化时代人类社会生活本质性变化与指向的新要素、新特质,是区别于传统人类生活的标尺。价值的全球性表现为共同的理念与意识、共同的伦理、共同的利益、共同的秩序与文明。超越民族意识、本土文化、种族偏见,阶级视野的全球意识、人权观念,强调地球伦理、普世伦理的全球伦理观,立足于全球而非民族与国家的全球利益观,以及超越国际体系、国际秩序构架的全球体系和全球秩序观,都是当代价值全球性的具体体现。这种新的全球性价值,极大地彰显了人类的类本质,使人们既对全球共同体的意义有更清晰的认识,又对个人的全球身份、权利、责任与自由有更深刻的把握。显然,以往的民族价值、国家价值以及单纯的个体价值无法容纳全球化时代对全球性交往的需要,也无法容纳人类的类本质的价值追求,只有把全球共同体价值和个体价值整合起来的全球性价值才能做到。总之,价值的全球性是主体、空间和制度全球性的逻辑结果,而主体、空间和制度的全球性又是价值全球性的必然要求。价值的全球性赋予了人类的社会关系与社会生活以全新的意义,从而也使全球性充满了人文的底蕴。

七、全球主义观照下的国家主义

全球主义观照下的国家主义是我 90 年代初开始主持国家课题《世界大变革中的全球问题》,以及随后进行的全球问题、全球化、全球治理研究过程中,不断思考、探索提出的理念与命题,最早发表于 2000 年第 3 期的《中国社会科学》。该文发表后,受到学术界的广泛关注与讨论,所以也不断促使我进行新的思考,直到 2020 年在《世界经济与政治》上发表《全球主义观照下的国家主义——全球化时代的理论与价值选择》一文,再度诠释了这一命题和理念。也就是说,在我学术生涯的后 30 年中,全球主义观照下的国家主义始终是我关注、探究的核心命题、理念,并指导着我完成《全球学导论》《世界主义思想史》等代表性理论著作。它以另一种形式和理念,回应着我一生关注和探究的人类社会生活的共性与个性、普遍性与特殊性的主题。

当然,作为一个新的理念与政治哲学,全球主义观照下的国家主义也是对当代国际关系、国际事务中,地缘政治和现实主义不断制造冲突,引发危机的一种回应。全球化时代所张扬的人类共同意愿、利益与各国家、民族追求的独自意愿、利益产生诸多矛盾,它们之间的张力如何协调,能否找到一个平衡点来规范国际关系,减少并避免重大国际冲突,创建一个相对和平的国际环境,这正是全球主义观照下的国家主义的现实关怀。

(一)全球主义观照下的国家主义的理论解读

首先,全球主义的观照与驱动。

顾名思义,全球主义观照下的国家主义是全球主义与国家主义两种理念、两类政治哲学的组合与协调,必然反映两者的理论精髓,体现两者在这种新组合中的位置与作用。基于此,本书首先要强调全球主义在该理论中的"观照"和"驱动"作用。

"观照"不同于"关照",从佛教用语来看具有以智慧照见事理,审视地思考、比较之意;更宽泛的含义是,体现着一种对世界万物的大爱和自我认知。在全球主义观照下的国家主义这个命题与理论中,全球主义的观照作用源于其本身的全球视野与情怀,也就是说,要始终以全球的维度和高度审视人类的公共事务和发展进程,以人类的共同利益、追求去塑造各个民族、国家、共同体的关系,以尊重每个人的平等道德地位与权利去构建各个层次、各个领域的制度、机制、规范,从而在全球范围内实现人类的整体性和谐与进步,并为每个人获得真实的幸福感和基于个性的自由发展创造条件。由此可见,全球主义的观照作用体现为其追求的理念、价值、规范意蕴深、站位高,有历史的大尺度和人文精神的内涵,反映出人之为人的文化本质与境界。人是文化的人,具有超越性追求。全球主义的观照作用,就在于能够以这种人的本质所要求的超越性、人文性、伦理性去护持人类文明的进程,使其不迷失方向,不犯颠覆性错误。

"驱动"意味着一种动力,也是一种引领。全球主义的驱动与引领作用在于,人类公共事务的审视与管理要首先立于全球主义的制高点,在全球主义的理念、价值、规范的引领下制定相应的社会发展战略与规划。换言之,全球主义是动力源,从这里发力、指导,以使人类公共事务的管理更理性、更顺畅,人类文明的进程更扎实、更健康。全球主义的驱动引领作用与其观照作用一样,是源于全球主义自身的学理深度与伦理境界,这种理论、理念的魅力吸引并规范着人们的社会行为与活动。

在全球化时代,全球主义的观照与驱动,就意味着要始终站在全球主义的制高点上,清醒地认同人类发展的大趋势,懂得相互依存已成为人类的内在生活方式,不管全球化进程还会出现多少反复,遭遇多少挫折,但历史的车轮将沿着更紧密的相互依存、更鲜明的人类整体性的方向前行,这种客观性是不会逆转的。全球主义的观照与驱动作用,也决定了全球主义在全球主义观照下的国家主义理论中的轴心地位,偏离或矮化了全球主义的观照与驱动,全球主义观照下的国家主义理论就只能走向片面的国家主义,失去其独特的理论内质与作用。

其次,国家主义的基点与归宿。

无论是在国内还是在国际层面,国家主义的核心就是强调并坚守国家在人类公共事务中的优先性、首要性、权威性,体现为国家利益的首要、优先,国家权力的至上、权威,国家制度的神圣、威严,国家安全的不可侵犯等等。而与之相比,个人的权利与要求要服从于国家,国际社会的共同利益、安全以及和平与发展的需要取决于国家基于本国利益与安全的考量。国家主义的这些理念与原则,归根结底就是强调国家主体、国家中心,而个体与人类则要以国家的意志、利益为准则、为宗旨、为目的。显然,这种意义和程度上的国家主义已失去了理性的约束,成为片面的、非理性的国家主义,甚至会走向更极端的国家专制主义。

但是,国家主义作为一种理论、政治哲学,也可以有理性的思考与定位,从而形成理性的国家主义。理性国家主义的要义是:其一,国家主体为主导,但不排斥非国家主体的地位与作用;其二,国家利益优先,但并不唯一,也不以追求国家利益最大化为不可动摇的目标;其三,国家权力的合法性与权威性必须坚守,但承认国家权力向下、向上和横向地扩散,愿意与这些新的权力与权威对话、协商、合作。这种理性的国家主义就是全球主义观照下的国家主义的政治哲学所认同的国家主义。

基于对理性国家主义的认同,那么我们就可以说,在全球主义观照下的国家主义的政治哲学中,国家主义是审视和处理人类公共事务的基点与归宿。这里,基点就是依据、基础,而归宿则是目标、宗旨。为什么讲国家主义是审视和处理人类公共事务的基点与归宿呢? 这是因为,迄今为止,国家依旧是人类公共事务最基本、最主要的承担者。表现为在国内,国家依旧是社会资源与价值的主要分配者,是社会生产与生活的主要管理者,是社会秩序的主要保障者,因而也就是最基本的政治单元。此外,在国际事务中,国家依旧是国际关系的主角和最基本的行为体。因此,尽管人类社会的结构与功能正在发生着历史性变迁,但这一变迁并未从根本上改变国家在国内和国际事务中的主体地位。所以,在审视和处理全球化背景下的诸多问题与事务时,我们不仅需要全球视野与情怀的指引,同样需要对国家所面临问题的清醒认识,对国家意愿和利益的理性评估,对国家在国际社会中的地位与作用的客观定位,如果脱离了国家这个主体、主角,国内治理与全球治理的战略、国家与社会发展的规划都将失去现实的依托,沦为空谈。正是在这个意义上我们说,国家主义是审视和处理人类公共事务的基点与归宿,也是全球主义观照下的国家主义这个政治哲学的另一根支柱。

当然,这里必须再次强调,我们所说的国家主义是理性的国家主义,而不是非理性的国家主义。非理性的国家主义只能走向片面、极端,夸大国家的绝对主体地位与绝对主宰作用,因而也就不会承认全球主义的观照和驱动作用,拒绝个体、类主体在全球化时代参与人类公共事务管理的必然性和合法权利,从而使全球主义与国家主义处于水火不容的状态。而理性的国家主义则告诫人们不可偏离人类社会生活的现实与基础,这个现实与基础就是国家在相当长时期内的特殊历史地位与作用,即国家是人类社会生活中的主导性主体,也是行为能力最强的国内外事务的主角。

再次,历史主义的尺度与过程。

作为两种理念、价值与政治哲学,全球主义与国家主义存在本质上的差异,对此无须否认,因为两者思考问题的角度、对象不同,价值的偏好与倾向也不同。但是,当全球主义和国家主义被纳入全球主义观照下的国家主义这个整合性理论框架后,两者的关系就不再是简单、直接的理念、价值的对立关系,而有了中庸的色彩和历史主义的意蕴。换言之,不能用抽象的、绝对的思维、话语去解读全球主义、国家主义,而需要用历史主义的视野、尺度去分析、阐释两者存在的条件、互动的过程,以及变动中的新形态与新关系。

历史主义在广义上是研究社会现象的一种新的视角与方法,具有久远的历史,可以追溯到古希腊时期希罗多德的历史著作中的历史意识,后经基督教神学历史观、18世纪初期意大利历史学家维柯初步倡导的历史是人类社会及其生存制度发生和发展的历史思想,直到18世纪末19世纪初才在欧洲真正兴起。浪漫主义、黑格尔的历史哲学、德国历史法学派以及进化论、马克思的历史唯物主义,都从不同角度与层次反映出历史主义的影响。历史主义在狭义上被视为 20 世纪 50 年代末产生的一种科学哲学思潮,与遵循逻辑经验主义的传统科学哲学相区别。

本文所说的历史主义,显然是广义上的历史主义。这种历史主义的要义包括以下几点。其一,重视自然与社会现象、事物发展的条件与环境,认为任何自然与社会现象、事物的生成与发展都需要特定的条件与环境。这意味着,缺少特定的条件与环境,就不可能产生人们主观上所希望出现的现象与事物。条件与环境一旦发生变化,相应的现象与事物也会发生不同程度的变化。这就是历史主义的条件论、环境论。其二,重视自然与社会现象、事物发展的过程,认为任何自然与社会现象、事物的生成或消失都不可能一蹴而就,而是一个变化的过程。为了更准确、全面地认知一种现象、事物,就需要重视过程研究,观察和了解现象、事物变化过程中的影响因素,这就是历史主义的过程论。其三,重视自然与社会现象、事物的发展性、变动性,认为世上不存在永恒不变的事物,普世主义的理念与思维容易走向抽象、静止,难以解释变动不居的自然与社会。这就是历史主义的发展论。显然,历史主义的上述理念与原则具有很多合理性与启示价值,完全可以为我们所借鉴。当然也要指出,历史主义对普世主义的批判、对变动不居性的过度赞扬,也会走向抹杀事物本质规定性的相对主义,这也是需要警惕的。

那么,历史主义的尺度与过程在全球主义观照下的国家主义的理论、政治哲学中如何体现呢? 尺度就是标准、规范、原则,历史主义的尺度就是其倡导的审视和处理人类社会生活的条件论、过程论、发展论三原则。我们之所以认同全球主义,并主张全球主义对国家主义的观照与驱动,是因为我们的时代已进入全球相互依存的新时代,这是人类文明发展进程的产物,我们应认清这个新的时代条件,顺应新的历史趋势。全球主义的理念与价值是这个时代的标示性理念与价值,反映并代表着全球化时代的新质,因此,以时代的新质去规范和指引我们的思考与行动,就具有历史的合理性。但是必须看到,就全球化、全球性、全球主义这些新事物、新现象而言,它们仅仅处于自身生成的初级阶段,还有一个很长的发展过程。在这个过程中,我们一方面会看到全球主义的不断呈现与成长；另一方面，更会遭遇来自国家主义的不解、抵制甚至反抗。所以过程论的原则与思维，就是告诫人们要研究、重视、应对这个过程。首先，必须明确，全球主义所标示的全球化时代尚处于该时代发展的起点，远未成为主流、主导，它对国家主义的观照、指引作用，只能在体现时代的新质占据了理念与价值的制高点的意义上去理解与定位，不能想当然地认为全球主义已被大多数人所认同，已成为社会政策与行为的共识。这里要关注的正是起点论与过程论的协调。其次，过程的呈现是多样的、丰富的，由于各个民族、国家、地区所处的发展阶段、历史传统、制度弹性、民众心理不尽相同，所以全球主义与国家主义的博弈也必定千姿百态。这就要求我们在平衡、协调全球主义与国家主义关系时，注意这种多样性，并进而采取不同的形式与路径，不可拘泥于千篇一律的统一性。最后，过程论视角与思维，实际上体现并要求更多的包容性。在全球主义观照下的国家主义的理论中，重视过程，就是明确肯定在很长的历史时期，国家主义的理念与价值存在的合理性，承认国家主义理念与价值的主导地位。也就是说，要防止片面地从伦理道德的高位阶上去评判全球主义与国家主义。只有更包容、更实事求是地回应国家主义的疑虑与要求，做好两者的平等对话与沟通，才能在全球主义观照下的国家主义的理论框架下发挥两者的合力，体现两者整合后的优势。

最后，理想主义的关怀与追求。

全球主义观照下的国家主义无疑具有理想主义的特质，对此无须否认与顾忌。理想主义的大众化理解，是指基于理念、价值或信仰的一种追求。这种追求相对于现实社会而言可能有些超前，相对于大多数个体而言可能标准偏高，往往难于在现实中实现，至少碰壁甚多，显得与现实格格不入。理想主义常常被等同于乌托邦，并被指责为空想、臆造、不切实际，这其实是一种误解，至少是片面的。这里最重要的是必须区别理想主义所追求的价值、理念与实现理想主义追求的途径、道路与方法。理想主义追求社会的公平、正义、平等，建立理想的社会制度，实现人性之善，都具有合理性、启发性，理应予以肯定。但由于缺乏对社会现实的深刻认知与把握，所以一进入实践的环节,往往就表现得无能为力,败下阵来。所以,对于理想主义也要有理性的认知。

全球主义观照下的国家主义之所以需要理想主义,也体现出理想主义,是因为全球主义所倡导的全球思维、理念、价值、情怀,是超越当下居主导地位的国家主义思维、理念、价值与情怀的。国家在现实中的主导地位,决定了无论是主体、空间、制度还是价值,都有鲜明的国家性特征。在这样的大背景下去倡导、推进全球主义,当然具有理想性、超越性。但是,这种理想性和超越性并非完全脱离现实,而是捕捉住时代发展的新质,顺应了时代的潮流,它代表着人类文明前行的趋势,也是人类特有的不断超越现实去追求更美好未来的文化性的体现。如果人们的理念、视野、价值、制度与社会建设,被束缚或迷恋于国家主义,无视全球相互依存对全球主体、全球空间、全球制度、全球价值与日俱增、日益强烈的需求与呼唤,那就无法摆脱诸多超越国家的全球性问题带来的困惑与困境,难以推动国家治理和全球治理的健康运行,从而最终阻碍人类文明进程。正是在这个意义上我们不妨说,在全球主义观照下的国家主义的理论中,理想主义为该理论注入了精神之魂、人文之魂。

鉴于上述四个向度对全球主义观照下的国家主义内涵的分析,可以从总体上对该理论做出如下概括:

理论要素。任何一个政治理论、政治哲学都有自己独特的核心理念与要素,但又往往借鉴、吸收了其他政治理论与政治哲学的合理成分与要素,全球主义观照下的国家主义也不例外。不言而喻,全球主义与国家主义是该理论的核心理念与要素,除此之外,尚有自由主义、理性主义、理想主义、历史主义、马克思主义。自由主义是内涵更为丰富、影响更广泛的政治哲学。自由主义的普世性思维与情怀显然与全球主义能够产生共鸣,而其对个人权利的尊重,也与全球主义注重个体与类主体,以及强调个体道德权利、地位在全球的普遍性合拍。同样,理想主义的理想性、超越性与全球主义倡导的全球性密切相关,而理性主义更是为文艺复兴特别是启蒙运动以来诸多政治理论、政治哲学提供了理论支撑,这种支撑集中体现为理性、进步、普遍主义等理念的传播与影响。从大的类别上考察,历史主义可归于非理性主义,所以与重视理性、思辨的普遍主义不同,它更重视情感、直觉、环境、文化、语言等作用,强调条件、过程、特殊性。当然,历史主义仅仅是非理性主义的一个分支,很难说是典型的非理性主义。但是它所倡导的条件论、过程论、发展论,的确开辟了一种新的研究路径和思维方式,正是这种独特性对于我们理解全球主义与国家主义在全球化时代的价值与地位很有启示意义。马克思主义的历史唯物主义无疑借鉴、吸收了历史主义的合理元素,但又对历史主义作了根本性的修正,即从人的社会实践活动特别是生产方式上认知历史及其过程,从而建立了更为辩证、系统、全面的历史观。马克思主义的历史唯物主义与历史主义一起,成为全球主义观照下的国家主义的理论要素。

　　总之,全球主义观照下的国家主义,在一定意义上可视为一个理论群,吸纳了多种理论要素,对此我们应有明确的认识。

　　理论特征。既然全球主义观照下的国家主义可视为一个理论群,势必产生多种理论的协调、定位的问题。从理论特征上不难发现,全球主义观照下的国家主义具有中庸、综合、改良的色彩。中庸既是指一种道德标准,又是指一种哲学思维、思想。而无论前者还是后者,都是主张为人处世要不偏不倚、执中而行,追求中和之道。理论上的中庸,意味着能够有意识地兼顾各种理论要素的平衡,保留发扬各个理论要素的精髓与要义。全球主义观照下的国家主义就体现了全球主义与国家主义这两个核心理论要素的平衡,避免过于理想的全球主义和过于极端的国家主义。综合是指对多事物、多要素的整合。在这种整合中,各个事物、要素的地位与作用并非平列的,它们的权重、角色要服从于全局的、整体的架构与本质的需要。全球主义观照下的国家主义包含了全球主义、国家主义、自由主义、理性主义、理想主义、历史主义、马克思主义的历史唯物主义多种理论,而该理论的整合,则要以全球主义、国家主义为轴心、主线,其余的理论则只能起辅助作用,从不同的角度补充、完善全球主义与国家主义,增强全球主义观照下的国家主义的理论解释力,实现了这一目的,就达到了理论综合的要求。改良的基本含义是在不触动事物根基的前提下,加以改进,或进行灵活的调整。改进主要是针对已存在、已明确的缺点与不足,而灵活调整则可能意味着对事物本质、基础做局部、有限的修正,使之更适合现实的需要。全球主义观照下的国家主义的改良特征,体现为降低全球主义和国家主义两种理念、价值相互对立的声调,赋予两者更理性的意涵与色彩。这一点通过历史主义的条件、过程、发展以及语言表述等各个环节的运用予以实现。

理论逻辑。理论的逻辑是否鲜明、清晰、有力,直接决定着理论的说服力、吸引力。全球主义观照下的国家主义的理论逻辑简单地讲就是起点——过程——归宿。

起点是指全球主义的起点。全球主义观照下的国家主义,要鲜明地凸显出全球主义理论的制高点。如果该理论未能首先在理论上凸显并阐释清楚全球主义的历史地位,以及在全球化时代选择它的必然性,那么这个理论就缺乏了灵魂,缺乏了轴心。倡导和坚守全球主义无疑是这个理论的特色,也是其根本支柱。

过程是指全球主义与国家主义互动、协调、磨合的过程。这个过程既借助又体现的理论工具是理性主义、历史主义、改良主义。全球主义与国家主义之间的关系(包括理论构建与实践活动)要在过程中进行、展现。而为了避免在理论本质上全球主义与国家主义的对立所导致的紧张关系,就需要在过程中缓和两者的对立,寻求相互克制的平衡之点。此时,理性主义的理性分析,历史主义的条件、过程、发展的观点,改良主义的灵活性与平和性,就发挥了应有的作用,体现了不可或缺的价值。

归宿是指国家主义。由于国家在当代人类生活中的基础性作用,所以国家主义自然居于主导地位,并广泛影响着社会实践。理论来源于现实,更要服务于现实。国家和国家主义在相当长历史时期内的特殊重要地位,决定了全球主义观照下的国家主义必然以国家主义为归宿。只是不要忘记,这里的国家主义已经是改良后的国家主义、理性化的国家主义,也是有限的国家主义,是能够与全球主义保持共存、协调的国家主义,实现这个目标,走向这种归宿,正是全球主义观照下的国家主义的精髓与宗旨。

（二）全球主义观照下的国家主义对当代国际关系的实践价值

作为一种新的政治理论、政治哲学，全球主义观照下的国家主义当然不能停留于空谈与思辨，而应在实践中得到验证，在实践中发挥指导作用。

第一，理性评价 20 世纪 70 年代以来的全球化。当代人所经历的全球化始于 20 世纪 70 年代，该轮全球化正在从鼎盛走向下行与退潮，从社会主流的拥护、赞美转向更多的批评与反对，原因何在？显然，这正是全球主义观照下的国家主义必须首先回答的问题。

概括地讲，20 世纪 70 年代至今的全球化的失误、偏颇与弊端主要表现为如下几个方面。首先，全球化被片面地夸大，去国家化走向极端。20 世纪 70 年代至今的全球化凸显了全球相互依存，全球性的问题、事务、制度层出不穷，国家在应对这些全球性现象与事务中的能力缺失与不足充分暴露，于是国家的功能、作用与地位受到明显质疑与冲击。正是在这种背景下，社会中心论、去国家化的呼声与认知与日俱增，甚至出现国家过时、国家消亡、以社会组织与管理取代国家政府的极端主张。这种理论上认知的偏颇，导致全球化的实践产生了严重后果。其次，强势的金融全球化塑造了扭曲的全球经济与政治生态链，赋予了资本更多的流动性与权力。金融全球化是这轮全球化的突出特征，表现为直接投资大幅度增加，资本的全球流动性大大加强，进而促进了全球生产、全球贸易以及跨国公司的迅速增长和在世界各国各地的生产与贸易布局。这个特征导致的三个后果是，突破了"二战"后所确立的国家有效管控金融的共识与制度，造成国际金融的失控与危机；资本的高度流动性所带来的权力，不仅削弱、损害了劳动者的权益，而且造成发达国家与发展中国家的更大裂痕；确立了金融资本对工业资本的优势，加剧了两者的矛盾；助长了虚拟经济，制约甚至压制了实体经济。这些后果干扰了全球经济的正常发展，破坏了全球经济政治生态，并酝酿着深刻的全球经济与政治危机。再次，全球化的弊端，引起国际社会和广大民众的不满、愤慨与反抗。全球化的弊端突出表现为全球贫富差距的加大，这种贫富差距在国内表现为穷人与富人的差距，在世界则表现为发达国家与广大发展中国家的人均收入、社会福利、健康状况、人均寿命等基本生存状况的差距。这种差距较之 20 世纪 80 年代之前呈现明显扩大之势,是与人类文明进步相违的非人性化表现。除此之外,全球化的不平衡发展还引发或加重了各国、各民族、各个社会阶层与集团间的新矛盾,导致人类社会的动荡。全球环境恶化和气候升温,也与全球化带来的相互依存以及跨国公司更多基于利益考量而造成的环境污染有关。最后,全球化未能摆脱权力争夺的魔掌与阴影。全球化本身是一个客观的历史现象与进程,但这个进程中出现的各种经济、政治、社会、环境、军事事务与关系,以及相应的制度、法规、决议的制定与实施则充满了政治集团、国家、地区之间的博弈,特别是大国之间争夺国际事务领导权的博弈,如美国与欧盟、中美、美俄、中日的博弈,而近两年最令人瞩目的是中美贸易战及可能升级为全面冷战的走向。大国冲突与权力争夺无疑恶化了国际环境,冲击了现有的国际秩序,造成了国际社会的空前震荡。

20 世纪 70 年代至今的全球化的失误、偏颇与弊端,绝不意味着全球化客观性的终结与合法性的丧失。立足于全球主义观照下的国家主义,我们知道,全球化的客观性与合法性根源于市场经济的全球扩张和科学技术的不断进步所带来的全球相互依存。凭借通讯网络技术和交通工具的革命性变革,以全球产业链、供应链、价值链为纽带,辅之以相应的组织、规范、制度、机制的全球社会正日益发展,这个大的历史走向不以人的意志为转移。尽管每个时期的全球化都会经历启动、上行、高潮、下行的阶段(或者用全球化不断变化与升级的另一种表述方法,就是全球化 1.0、2.0、3.0……N.0 版本),但全球化总的历史进程是不断提升、深入的,几千年的文明史,特别是地理大发现以来的全球化发展史都证明了这一点。所以,这一轮全球化的下行、危机,尤其是新冠病毒疫情带来的空前困境,都不能使我们得出全球化终结的结论。坚守全球化的历史客观性与合法性是全球主义观照下的国家主义的理论之魂,只有认同、坚守全球化的大方向,在此前提下,认真反思全球化进程中的失误、偏颇、弊端,并下大力气采取果断措施去纠正、克服,才能摆脱当下全球化的艰难困境,开辟全球化发展的新前景。

第二，促进全球治理原则与体系的反思与重建。

全球治理是全球化的伴生物，也是 30 年来人类管理公共事务、协调国际关系的一次重大变革。这一变革体现为治理的主体、对象、方式与价值追求，既不同于传统的国家治理，也不简单等同于人们所知的国际治理。治理的主体从国家扩展到非国家行为体，呈现出多元化的形式。治理的对象从仅仅是国家或国家间的事务，扩展到关涉人类整体的全球性问题；治理的方式从国家熟悉的统治、市场的规则，转向多元行为体平等对话、协调的治理；治理的价值追求从单一明确的国家利益追求，转向同时追求人类共同利益、整体利益。显而易见，从全球主义观照下的国家主义来看，人类公共事务和国际关系管控的重大变革，正是全球化的要求与产物，也是同全球主义的观照与指引作用相吻合的。30 年来，全球治理在治理人类面临的诸多紧迫的全球问题方面，通过协调对话，建章立制，取得了历史性成绩，如应对气候变暖、国际金融危机、国际恐怖主义、推进可持续发展、消除贫困、防治非传统安全、制止战争、维护和平等等。但是，随着逆全球化浪潮的兴起、地缘政治和国家主义的回归，全球治理也出现空前的困境。这种困境就是，全球治理像全球化一样，本身遭到质疑，认为实践已宣告全球治理的终结，国家主义和国家治理得以回归；全球治理机制遭受巨大冲击，甚至面临解体的危险。如世贸组织、世卫组织、二十国集团等都面临着严峻挑战，全球治理机制的碎片化、重叠化导致其效率低下和内耗增多。全球治理领导权之争，影响到全球治理机制的权威与运行。

面对这种困境，全球主义观照下的国家主义应当作出的回应是，首先，高举全球治理的旗帜，进一步明确并坚守全球治理的理论本质与要义。全球治理与全球化相伴而生，全球化的历史客观性与走向，决定了全球治理的历史客观性与走向。因此，尽管当下全球治理面临困境，处于低谷，但伴随反思后全球化的新进程，全球治理也会在不断反思与变革中走向新的发展阶段，人类的公共事务离不开全球治理。这里要注意，对全球治理的坚守需要国际社会有更多的理论共识，这个共识就是明确并认同全球治理的两个理论支撑。一是行为体的多元性，只有国家的治理和传统的国际治理，不能称之为全球治理。全球治理的主体中必须给予非国家行为体应有的承认与尊重。二是全球主义的价值,多元行为体参与的全球治理当然要维护国家合理、正当的权益,但更本质的追求是人类共同利益、共同意愿与权利。偏离全球主义价值的治理不是真正的全球治理。

其次,全球治理的共治特点,要求在理念、组织构建、机制运行等各个方面平衡国家与非国家行为体的关系,并承认国家在全球治理中更基础的地位。理念上要同时破除国家中心和社会中心,坚持国家与非国家行为体的平等地位。组织构建和机制运行方面,要考量国家的经济实力和国际影响力现状,以及不同地区、国家集团间的平衡,并及时进行动态的调整。比如中国的崛起已为国际社会所公认,所以其在国际组织与机制方面的权重就应适当增加。同样,新兴经济体整体性的发展也需要在国际组织与机制方面拥有更多发言权。通过"9·11事件"、国际金融危机以及新冠疫情,我们看到国家在应对这些危机时毋庸置疑的主导性作用,而极端的国家过时论、社会中心论则显得幼稚。所以,认同国家在全球治理中的基础性地位和主导性作用,的确是反思和重建全球治理体系与原则的重要环节。

再次,根据国际关系的新现实,调整、改革、完善全球治理体系与机制,提高其权威与效率。全球治理的体系在很大程度上依赖于"二战"后确立的主要国际组织和国际法规,所以总体上表现出西方发达国家主导的倾向。随着新兴经济体的群体性崛起,这个体系的调整、改革已尖锐提上日程。但由于西方发达国家特别是美国对此缺乏理性的认识,所以体系变革的程度与速度远不尽如人意,这就需要加大改革力度。全球治理的碎片化一方面带来了机制的重叠,一方面体现出不同地区、国家集团在具体治理问题上的博弈,这些可通过整合已有机制,重新审视和商讨机制的制度安排与规则,以达成新的共识加以解决。比如关于全球气候治理的安排、世界贸易组织的改革,这些全球治理的焦点,都有赖于对机制本身进行调整与完善。

最后,全球治理的领导权之争是一个客观存在。全球治理的领导权体现为全球治理中哪个国家发言权、影响力最大。这种领导权来源于或依托于硬实力(主要是经济、科技和军事实力),在国际组织中的发言权、软实力

（即良好的国内治理,公认的制度和价值的吸引力、号召力）。显然,就"二战"后国际社会的现实而言,在西方发达国家和广大发展中国家两大国家集团之间,西方发达国家拥有更多领导权,美苏则扮演世界领导者的角色。冷战结束后,苏联解体,美国成为唯一的超级大国。2008年的国际金融危机不仅宣告了西方主导的国际体系、秩序正在走向终结,而且动摇了美国在全球治理中的领导者地位。发展中国家特别是新兴经济体已在国际秩序和全球治理体系中举足轻重,而中国也成为世界公认的第二大国,中国在全球治理中的地位与作用日益彰显。这种大的走势与变化,在特朗普入主白宫、宣称美国优先并不断退群后更为明显。直到此次新冠疫情暴发,美国的表现及其国内的动乱,更是损害了美国的形象。从全球主义观照下的国家主义分析,全球治理的领导权问题既要考虑并遵循全球主义的共同价值追求,又必须尊重大国在全球治理中的特殊作用,也就是承认国家及其国家主义价值的现实合理性与作用,而且要以历史的、发展的眼光审视国际关系、国际体系的变动,尊重变动中出现的力量消长的变化,以及相伴生的国家和国家集团、非国家行为体在全球治理中作用和影响力的变化,从而使全球治理领导权的变动更有序,合法性更坚固,权威性更有保障。

第三,破除国家崇拜,遏制民族主义、民粹主义的狂潮。

全球化与国家化、全球主义与国家主义相伴而生,冷战后的30年我们目睹了两者此消彼长的过程。21世纪以来,全球化与全球主义的某些失误与偏颇,导致20世纪90年代被抑制的国家化与国家主义反弹、回归。特别是2008年国际金融危机后,10多年来,国家崇拜强势崛起,民族主义、民粹主义浪潮几乎所向披靡。当下的新冠病毒疫情基于生命安全的考量,更在客观上提供了闭关锁国的理由,全球产业链、供应链、价值链的暂时性中断,也为国家崇拜、民族主义、民粹主义助力。因此,高度警惕并有力驳斥这种理论思潮、政治诉求、文化情感就显得十分急迫和必要。

国家是人类社会生活的最基本的政治单元,担负着治理国家和管理人类公共事务的主要职能与任务,因此,全球主义观照下的国家主义明确指出,审视和处理人类的公共事务与相互关系,国家主义既是基点又是归宿。

在这个特定的意义上,我们可以说国家主义、民族主义都有其合理性,即便是民粹主义对公平等的价值追求也无可厚非。但是凡事都有度,超越了有限范围,以及特定意义上对国家主义、民族主义的认同与肯定,走向极端的国家崇拜和民族主义狂热,就丧失了理性,走向非理性。当下的国家崇拜和民族主义狂潮,背离了全球相互依存的时代背景与历史趋势,阻断了国家、民族间正常的、密切的、互利的相互往来与全方位的联系,助长了强人政治和专制统治,必须予以批判和抵制,不能继续任其泛滥。

鉴于此,当下最需要做的是,开展深入持久的全球主义教育。可以通过对 20 世纪 70 年代以来的这一轮全球化进程的回顾,梳理并研判全球化的利弊得失,弄清全球主义与国家主义博弈的症结,从而增强对全球主义的理性认同,对国家主义的合理定位;总结百年来军国主义、法西斯主义、专制主义统治的恶果,认清国家崇拜、非理性民族主义与专制统治的关联与危害,抵制非理性国家主义和民族主义;着力于整个人类特别是广大民众的思想素质的提高,增强克服"平庸之恶"的自觉性,造就爱思想、爱自由,有独立精神、社会责任和世界情怀的新人。

第四,强化国家治理体系与能力建设。

全球主义观照下的国家主义将国家定位于人类公共事务的基点与归宿,凸显了国家的特殊地位与作用。审视全球大变局和当下人类面临的诸多困境与挑战,大都与国家治理体系与能力相关。换言之,无论各国国内还是国际社会存在的问题,都与国家治理能力不强、治理体系不完善联系在一起。因此,强化国家治理体系与能力建设是化解全球化、全球治理的困境,赢得抗疫情胜利,恢复全球产业链、供应链、价值链,推进 21 世纪人类文明进程的重中之重。

国家治理体系的建设首先要解决国家治理领域、功能的全覆盖。治理领域、功能的全覆盖,要求对有待治理的问题有明确的认识,唯有如此才不会忽视、遗漏重要的治理议题与对象。以新冠病毒疫情为例,由于对全球公共卫生问题认识不足,结果出现了治理领域的漏洞与短板,这个教训十分沉痛。全球化背景下由于新问题、新现象层出不穷,且联动性强,会迅速波及世界,所以人类公共事务的不确定性大大加强,这就要求能及时捕捉住新的治理议题与对象,补短板,完善国家治理体系。其次,国家治理体系的建设,要解决好国家治理各领域、层次、功能的良性互动,以保障整体的顺畅运行。国家治理是个系统工程,经济、政治、社会、文化、军事、环境等是其主要领域。这些治理领域间的匹配、平衡、相互支撑是关键,否则,体系的运转就会出现麻烦、不协调,影响到治理的整体性效果,难以达到预期目标。比如,经济治理中片面强调 GDP 挂帅,就会导致不同程度地忽视社会、文化、环境治理,出现硬实力与软实力的失衡。政治治理中民主法治建设不到位,远不能适应社会发展的需要,就会出现政府强力干预市场和社会文化事务,影响市场经济按自身规则运行,抑制社会活力和文化百花齐放、繁荣发展的局面。军事治理不能脱离经济实力的现状,要量力而行。同时必须服从国家的政治目标,坚持和平发展的大方向。如果片面强调其重要性、优先性,就有走向歧途的危险。经济治理与环境治理具有内在的关联性,环环相扣,只能在相互的理解与平衡中寻找发展的中庸之道。以上列举就是想强调,治理的整体性,要求治理体系的系统性、完整性、协调性。因此国家治理体系的建设,需要不断地修改、补充、完善,以实现治理体系的优化。

国家治理能力的建设包括思维与认识能力的建设、制度能力建设和国家治理与全球治理协调能力建设。国家治理能力的强与弱,很大程度上取决于对国家治理认识的深度。增强国家治理能力无疑是国家治理能力建设的基本目标,但这里务必注意,国家治理能力强并不意味着国家管理事务多、拥有的资源丰富、采取的手段强硬,从而有助于提高治理效率,实现社会有序。这恰恰反映出国家治理能力认识的片面性。正如福山所说,"有必要将国家活动的范围和国家权力的强度区别开来"。同时,国家治理能力的提高要和国家的法治与民主建设合拍,如果只从工具理性的视角强调能力建设,忽视或忘却了国家治理的价值理性,即国家与政府的权力来源于人民,服从于宪法,那么国家治理能力建设就会误入歧途,因为一个治理能力很强但合法性缺失的国家,绝不是人民所需要、所拥护的国家。这些问题的存在都表明,有关国家治理的认识和思维需要更深刻、更理性。如果这种思维和认识能力肤浅、片面、非理性，那么提高国家治理能力就是一句空话。就当前而言，国家治理思维与认识能力问题尤为突出，应引起我们的高度关注。

国家治理的制度能力建设，涉及各项具体制度的针对性、有效性，以及各项制度间的协调性、便利性。各项制度的建立都应锁定明确的议题与对象，避免各种制度的重叠，否则功效就会打折扣。至于各项制度之间的协调与互补，实际上就包含在上述国家治理体系建设之中，这里不再重复。

国家治理与全球治理的协调能力建设是一个新课题，国家治理并非只是国家内部事务的治理，国家治理是在全球化和全球治理的大背景下进行的，它要受到全球治理的影响，同时又制约着全球治理。对此，我们关注和研究得远远不够。务必要懂得，治理是一种整体性治理，一个国家治理能力强的新要求、新标准就是，以世界情怀与视野统筹全球治理与国家治理。具体表现就是，首先借助全球治理深化国家治理，比如治理对象上全球治理可内化为国家治理，治理机制上全球治理可规范国家治理，治理理念上全球治理可引领国家治理；其次，依托国家治理推进全球治理，比如，强化国家治理价值观念体系的现代化，可增强对全球治理的认同度与参与热情；强化国家治理决策体系和行政执行体系的现代化，可提升在全球治理中的政治作用与国际影响力；强化国家治理经济发展体系的现代化，可增强参与和主导全球经济治理的力度；强化国家治理社会建设体系的现代化，可助推社会力量走上国际舞台，参与全球治理。当前，全球治理与国家治理面临的问题与困境，在一定意义上都与国家缺少统筹、协调全球治理与国家治理的能力有关，而全球主义观照下的国家主义则倡导、强调这种统筹、协调能力。

综上，全球主义观照下的国家主义力图打破政治的二元思维定式，倡导整体政治观、整体价值观、整体政治哲学。只有摆脱单一的、绝对的、非此即彼的思维定式的束缚，完成一场方法论和思维方式的革命，才能在相互对立的理念、价值中找到联系的要素与节点，从而更完整、更理性地认知已有的政治理论与政治哲学，并推出新的具有融合性、整体性的政治理论与政治哲学，以适应 21 世纪的需要。

2020 年 10 月 17 日,第八届全球学与全球治理论坛暨"时代困境与人类选择:全球学的思考"学术研讨会在北京湖北大厦召开

2023 年 9 月 16 日,第十届全球学与全球治理论坛暨"多维视角下的全球治理:新问题与新思考"学术研讨会在大连外国语大学召开

第十一章

世界主义研究

世界主义思想、理论的研究是我几十年学术生涯探索、沉淀的结果，也是一生致力于探究人类社会生活共性的理所当然的逻辑。但是，真正提出并且实施这一学术追求，也经历了反复的斟酌。因为这是一个规模宏大的学术研究工程，并且至今在国内外学术界尚没有这样一部力图系统、全面、

2019 年 11 月 9 日，"世界主义与百年国际关系" 学术研讨会在北京香山饭店召开

梳理、评介世界主义思想的著作。个人精力有限，只能组织和依托团队进行，对语言的要求较高，因为涉及多元文明的世界主义，仅有中文与英文显然不够。总之，学术空白、规模宏大、团队作战、语言不逮，这一切所造成的压力，都制约着世界主义思想研究的提出与实施。但最终学术的执着，来自学术追求的动力与激情，加之对自身和研究团队的研究成果、能力的考量及其自信还是占了上风，所以决定开展这一研究。经过八年的努力，我主持的两个世界主义思想研究的项目，已完成专著《世界主义理论及其当代价值》和六卷本《世界主义思想

六卷本《世界主义思想史》是我主持的《世界主义思想研究》国家重大课题最终研究成果。该书入选 2022 年度《国家哲学社会科学成果文库》

史》，即将于近两年出版。尽管它们尚不成熟，有瑕疵，但毕竟在填补学术空白上作出了最大的努力，留下了值得珍惜的文字。

　　在世界主义研究中，我个人的着力点和学术贡献主要是，提出全球主义的世界主义的新概念，丰富了世界主义的内涵；辨析了世界主义和全球主义两个关系密切但又不可完全等同的概念；警示全球主义的世界主义不要坠入社群主义的陷阱；以哲学的、历史的大视野重新梳理世界主义的理路与谱系；在比较分析世界主义与人类命运共同体的基础上，强调世界主义对构建人类命运共同体的价值与意义。详论如下：

一、全球主义的世界主义的新概念

　　世界主义是个内涵极为丰富的概念，在整合、借鉴学术界诸多观点的基

础上,我个人认为,世界主义是一种哲学理念、伦理诉求和社会理想。它认为人类都属于同一个道德共同体或普遍共同体,所有人都是其中的平等成员,都享有平等的政治、社会与文化权利,以及同等的价值和道德地位,都是道德关怀的终极单位和最根本的价值目标,是普遍意义上的世界公民。

(一)世界主义(globalistic cosmopolitanism)的要义

尽管世界主义的概念界定呈现出多元性,但又包容了某些共识,这也是基本事实。正是这些共识,体现了世界主义的要义,也是理解世界主义的钥匙。这些共识主要有以下五点:

其一,世界主义是一种世界观、价值观、伦理观,它体现和表达了一种政治哲学、伦理学说和方法论。在这个意义上,它具有总体性、宏观性特征,能够在规范、引领人类社会生活方面发挥不可或缺的作用。

其二,世界主义的理论基点与核心是:个人和个人组成的人类是道德关怀的终极单元、最根本的价值目标。其中个人的权利、身份、价值追求和道德地位更具有优先性,而人类则在展示共同性、普遍性、普世性上起着特殊作用。对于个人与人类之间的各种主体,世界主义一方面表示了限定性的肯定与认同,另一方面又大都持审慎和反思的立场。

其三,世界主义的理论基础与根源是个体主义和普遍主义。两者共同的批评与反思对象是社群主义、特殊主义,特别是被奉为神圣的民族与国家(民族主义与国家主义)。作为一种规范理论、伦理学说,世界主义的价值目标和道德关怀终极单元既然锁定个人及人类,那么,它必然青睐个体主义与普遍主义,从而构成了世界主义与社群主义、普遍主义与特殊主义之争。这个争论将伴随人类文明的进程,具有不可回避、无可置疑的意义。

其四,从与实践的关联性上讲,世界主义从政治、法律、经济、制度、正义、生活方式、文化偏好等诸多方面涉及社会理想、交往规范与活动,因此产生了基于现实关怀的多种类型的世界主义。如政治世界主义、道德世界主义、制度世界主义、法律世界主义、正义世界主义、文化世界主义等,共同构成了世界主义思想体系。

其五，从国际关系理论上看，世界主义是一种规范理论，它关注的是国际关系、国际政治中价值目标的确定、伦理立场的选择，研究"当然""应当"的问题，其理论属于规范理论，其方法属于规范方法，从而与注重国际关系的现象与现实、从"是什么"角度研究问题的实证研究与实证方法区别开来。规范理论也有久远的历史与传统，并在 20 世纪初以理想主义的面目独领风骚，但在随后现实主义大行其道的几十年里，它一度式微，直到 20 世纪末世界主义再度复兴，也同时意味着规范理论的再度复兴。因此，认知世界主义必然同认知规范理论结合在一起，两者不可分。

（二）全球主义的世界主义新概念

根据上述要义不难发现，个人及个人聚合的人类是世界主义所认同的道德关怀的终极单元，也是最根本的价值目标。也就是说，在世界主义者看来，个人和人类是其关注的两个基点，而在个人与人类之间的其他各种群体、共同体，从家庭、部落到民族、国家，都不是其关注的基点。我要探究的问题是，为什么个体与人类的关系在经典的世界主义研究中未被关注；为什么经典的世界主义无论其类型如何划分，都体现出个体主义的特征；在全球化时代，这种经典的个体主义色彩的世界主义是否有必要反思，能否提出新的概念来反映当代的现实，从而与个体主义色彩的世界主义做出区分，推进世界主义研究的深入。

首先，来看看个体与人类之关系在经典世界主义理论中被忽略的原因。个体的人与整体的人类是世界主义理论的两个基点，个体的人是原子式的人，是每个活生生的具体的人。在经典世界主义理论中，个体始终居于本位，具有优先性，其权利义务以及道德地位具有无可置疑的至上性和普遍性。而整体的人类则不过是个人聚合的产物，用以标示个人权利、义务以及道德地位所遍及和适用的空间、范围。因此，从严格意义上讲，经典世界主义中人类的整体性只是一种抽象的整体性，人类并非实体，从而也就难以具有独立的主体地位，无法确立真实的人类本位。这表明，在经典的世界主义理论中，个体与人类这两个基点仅仅具有形式的意义，本质上只有一个基点,那就是个体。人类只是个人存在与生活的场所,在人类所标示的场所、空间、范围内,每个人享有平等的权利义务和道德地位。所以就本位性来讲,只有个体本位而无人类本位。基于此,当然在理论上就不存在个体的人与整体的人类之关系问题。从实践上讲,人类的相互联系还远达不到当今的深度与广度,具有局限性、地区性。因此,作为有生命力的特别是主体意义上的人类,还难以被人们想象,更不要说被理解与认知。人们所能认知和向往的仍然是个人在广阔的空间行走和生存的权利与自由。由此可见,无论在理论还是实践上,个体与人类之关系问题都无提出的必要。两极相通,个体与人类已在个体本位的基础上统一起来。

其次,从反思的角度,对经典世界主义理论基于个体本位而忽视个体与人类之关系的观点进行新的审视。如前所述,在理论上,由于人类仅仅被理解为一种抽象的整体,并不具有真实的主体地位,所以,人类的整体性更多地表现为一种空间性。但是用空间性来定位或限制人类的整体性显然在理论上是不充分的。人类的整体性除了空间意义上的整体性,至少还应包括利益上的整体性,即具有区别于个体和其他群体的独立的人类利益;价值上的整体性,即具有区别于个体和其他群体的独特的人类价值观,强调从人类主体的角度审视和确立指导行为的观念与价值。这里,关键在于要把人类从抽象的整体转换成实在的整体,承认人类的主体地位。一旦从这个角度进行再思考,就会对经典的世界主义提出理论上的质疑。

从文明发展的进程来看,人类已进入全球化时代。全球相互依赖日益紧密,全球性更加凸显,包括主体的全球性、地域的全球性、制度的全球性和价值的全球性。"全球性是当代人类社会活动超越现代性、民族性、国家性、区域性,以人类为主体,以全球为舞台,以人类共同利益为依归所体现出的人类作为一个类主体所具有的整体性、共同性、公共性新质与特征。"全球性的核心是把人类作为一个独立的、单一的主体对待,从人类的整体性角度观察和处理种种社会生活与公共事务。主体的全球性从根本上改变了人们认识和处理社会生活与公共事务的坐标,从而把人类的社会关系提升到了全人类的层面,彰显了人类的类本质特征。也就是说在今天,我们已不可能也不应该无视人类作为一个类主体存在的事实，人类的共同利益、诉求、价值不再简单地显现为所有（至少是绝大多数）个人利益、诉求、价值的集合，而具有独立性。经典世界主义理论中对人类主体的忽视或模糊化，已难以适应现实的需要。因此，完全有必要对经典的世界主义作出新的解释，并区分出新的类型。

最后，对世界主义作出新的类型区分，提出个体主义的世界主义（individulistic cosmopolitanism）与全球主义的世界主义（globalistic cosmopolitanism）新概念。世界主义的类型研究已提出十余种类型，但基于个体与人类之关系视角提出新的世界主义类型，尚属本人首创。那么区分个体主义的世界主义与全球主义的世界主义的原则与标准是什么呢？其一，是坚持个体本位还是坚持人类本位（或者更平和些讲，是更强调个体本位还是更强调人类本位）；其二，是否承认人类是独立的实体，具有主体身份。根据上述两个原则与标准不难发现，个体主义的世界主义坚持个体本位，强调个人是道德、价值、权利与义务的终极单元，具有基础性、至上性。社会中的其他群体包括人类都具有派生性，要回归于个人，服务于个人。这种观点源于个体主义的一个基础性理论假设，即集体是抽象的存在，而个体是具体实在；个体是价值中心，它本身就是尺度和目的，而非工具与手段。与此对应的各个社群、共同体仅仅是个体的集合体，是实现个体价值的工具与手段。显然，个体主义的世界主义是世界主义理论中的主流，也是其正宗。换言之，经典的世界主义总体上讲就是个体主义的世界主义。

全球主义的世界主义开始强调和重视个人聚合的整体——人类的独立价值、利益及其作用，认为人类是新的独立的主体，整体性的人类是道德与价值的新的本体，因此，更强调人类本位。这里务必要搞清两点。其一，什么是全球主义，"全球主义是一种区别于国家主义的世界整体论和人类中心论的文化意识、社会主张、行为规范"。其二，全球主义的世界主义是否还承认个体为道德、价值、权利、义务的终极单元。从理论的彻底性上讲，由于全球主义倡导世界整体论和人类中心论，所以必然与以个人为核心、基点的个体主义产生矛盾。也正因为如此，我们在区分个体主义的世界主义与全球主义的世界主义时,特别强调是个体本位还是人类本位。但这只是为了突出概念的特征,并不意味着能够覆盖概念的全部内涵。在完整地理解全球主义的世界主义时必须指出,它认同个体是道德、价值以及权利和义务的基本载体这一理论基点,捍卫每个人都享有平等的权利与义务,都应受到公正对待的原则立场。也就是说,在世界主义的道德与价值基点上,它是与个体主义的世界主义一致的,它们共同反对的是抹杀或忽视个人道德与价值基点的社群主义、国家主义。这种理论上的分歧,在政治哲学中表现为自由主义与社群主义之争,在国际关系领域则表现为全球主义与国家主义(或世界主义与社群主义)之争。只有坚守了这一点,才算是坚守了世界主义之根、之精髓。但与此同时又要懂得,全球主义的世界主义突出自身的独立性与时代性,着眼于全球性迫近的文明指向,所以刻意与个体主义的世界主义拉开距离。它在承认个人道德、价值基础地位的同时,开始倡导和彰显人类的整体性和共同性。

显然,这是世界主义研究中不曾提出的问题,也是全球化时代提出的新的研究课题。个体主义的世界主义与全球主义的世界主义的区分,意在回答经典世界主义理论中缺失的个体与人类之关系问题。它不是简单地用人类本位取代个体本位,而是主张在个体与人类之关系中反思个体本位和个体主义的独断地位,增加人类本位和全球主义的权重,使经典的世界主义从个体主义的基点适度转向全球主义,从而实现两者在当代的平衡。这种平衡既有理论上的意义,即真正体现世界主义的两根支柱——个体主义与普遍主义;又有实践上的需求,即回应全球化时代的主体、空间、制度和价值的全球性。否则的话,由于经典的世界主义是个体主义的世界主义,仅展示了个体主义这一根支柱,另一根支柱——普遍主义只具有空间意义,名不符实,因而是残缺的普遍主义。而在实践中,由于共同问题、共同利益、共同价值的日益增强,单向度的个体主义已难以适应文明进化的需要,普遍主义、全球主义自然提到更重要的地位。总之,世界主义的内在张力通过个体主义的世界主义与全球主义的世界主义彰显出来,个体与人类孰轻孰重也在这对世界主义的新概念、新范畴中要求当代人类给予更多的理性思考与现实应对。

二、世界主义和全球主义的概念区分

如果说世界主义是一个有着悠久历史的概念与学说,那么全球主义(globalisim)则只是一个晚近的概念。"全球主义"一词最早出现于1898 年的美式英语文献,"一战"前曾在英语世界零星使用,"二战"后期开始广泛使用,20 世纪70 年代后走向兴盛,成为最有时代标示意义,影响社会生活各个领域,特别是影响人文社会科学研究的概念。值得注意的是,20 世纪70 年代之前,全球主义在很大程度上与美国的崛起联系在一起,因而更多与美国的外交政策和全球战略相关,被称作"以美国为中心的国家全球主义(American-state globalism)"。20 世纪70 年代以后,全球主义的美国色彩(政治色彩)明显淡化,从学理的角度探究全球主义的文献剧增,但至今仍是仁者见仁智者见智。

乌尔里希·贝克明确表示:"我把全球主义描述为世界市场,即世界市场统治思想,新自由主义思想,排挤或代替政治行动的思想观点。"这种把全球主义理解为市场全球主义的观点颇有代表性。罗伯特·基欧汉与约瑟夫·奈则把全球主义视为一种状态,它关注各大洲之间存在的相互依赖网络,以及诸多社会生活要素的流动和相互影响。曼弗雷德·斯特格尔划分了四种全球主义思想形态,包括新自由意识形态在内的市场全球主义(market globalism),强调正义、权利、可持续性以及多样性的正义全球主义(justice globalism),依靠某种特殊的精神或政治危机的民粹主义唤醒式的宗教全球主义(religious globalism),以及"9·11 事件"后布什政府推行的带有新保守主义倾向的"帝国全球主义"(imperial globalism)。由此可见,学者们把全球主义或是视作价值观念、意识形态,或是视作一种新的全球相互依存状态,并从不同向度显示人类社会生活某些整体性表征。但是,这些观点都未明确指出全球主义的本质内涵与特征,从而并不适用于本书所说的全球主义。

在西方学术界,英国著名社会学家马丁·阿尔布劳对全球主义的论述与本人所讲的全球主义最吻合。他指出，"凡是在人们把世界作为一个整体看待并承担起对世界责任的地方，凡是在人们信奉'把地球当作自身的环境或参照点来对待'这么一种价值观的地方，我们就可以谈论全球主义"，"其中包括一切以地球的状况和与地球的状况相关联的人类的安乐福祉为关注焦点的价值观"。显而易见，阿尔布劳的全球主义突出了世界的整体性、地球的整体性以及人类的中心地位。本人完全赞同阿尔布劳的观点，并在《全球主义与国家主义》一文中对全球主义作了梳理和分析。本人认为，全球主义可在四层含义上使用，即全球主义是理想主义、全球主义是自由主义，全球主义是经济自由主义，全球主义是一种区别于国家主义的世界整体论和人类中心论的文化意识、社会主张、行为规范。显然，第四层含义上的全球主义就是本人力主的全球主义。这个界定与阿尔布劳的观点一样，强调全球主义的最本质特征与内涵，即世界整体论与人类中心论，而所要反思和超越的就是国家主义和国家中心论。

那么全球主义与世界主义又是何种关系？两者会不会混淆，从而导致不必要的误解呢？下面就对此进行分析。关于全球主义与世界主义的关系，可能有三种观点。

其一，全球主义等同于世界主义，这是最简单、最直接的答案。理由在于，全球主义与世界主义都认同世界的整体性、事物的普遍性，主张以世界的眼光、世界的空间来审视和认识人类社会的现象与事物。之所以出现不同的称谓，首先是基于历史的传承与习惯。世界主义产生于两千多年前的古希腊时期，源远流长。自斯多葛派提出世界主义思想起，人们就习惯于将这种超越城邦、国家、地区去思考、关注个人在世界各地权利、义务得到重视和保障的学说纳入世界主义，从而形成约定俗成的学术规范。正是这种约定俗成的规范与习惯的传承性与制约性，导致当代世界主义研究领域很难认同其他取代世界主义概念的新概念。换言之，世界主义概念在当代世界主义研究中处于明显的主导地位。其次，基于全球化时代的现实。人类的实践与活生生的现实总是不断挑战已有的理论、观念，要求对新的问题与现象作出新的理论概括与抽象。全球主义正是在这种时代背景下，遵循这一内在规律登上历史舞台的。全球化、全球问题、全球治理、全球性、全球主义,这是一个新的概念系列和理论体系,强调全球化和相互依存给人类社会生活带来的整体性、共同性巨变。由于全球主义更贴近当下的现实,体现了时代性,所以也得到部分学者的认同与推崇。但是,新出现的全球主义与主流的习惯性概念世界主义是何关系,并未得到梳理,也并未受到重视,学者们只是根据自己的偏好与习惯,在两者中自由选择,或是交替使用。也就是说,主张全球主义等同于世界主义的学者,并不刻意去辨析两个概念,他们更看重两者的共同性,即认同世界的整体性和事物的普遍性。这种观点虽有一定道理,却忽视了全球主义与世界主义的区别。而且在用于全球主义的世界主义这种表述时,也容易给人以同义反复感。因此,简单地将全球主义等同于世界主义是不适宜的。

其二,全球主义是世界主义的最新形态。这个观点较之上述等同论观点具有更多的合理性,其合理性在于强调世界主义发展的过程性与阶段性。在世界主义概念和思想的演变进程中,尽管有核心的基础性的理论与理念,但毕竟会受到时代的影响,从而在古代、近代、当代呈现出不同的特点。全球主义就是世界主义的当代形态,就是世界主义在全球化时代的最新体现与表述,这种理解与诠释显然体现了这种过程性与阶段性。它像全球主义等同于世界主义的观点一样,重视两个概念的共同性,同时又强调全球主义的新特征。那么新在何处呢,就是更多的全球性、更多的整体性、更多的共同性,人类的类本质得以凸显。实际上根据这种观点,在研究世界主义思想史、讲历史上的世界主义时自然以世界主义表述,而在研究当代世界主义时则应转换为全球主义之称谓。应当说,这种观点的确可以用于一般性的、通常的世界主义思想史研究。较之等同论观点,它在坚持使用全球主义概念方面更主动、更自觉。但是它的问题仍然在于未对全球主义与世界主义的差异给予更多的关注和更充分的阐述,从而把两个概念的区别仅仅停留于历史的时序上,并未揭示两者间的内在差异。

其三,全球主义是不同于世界主义的类本位学说。如果说前两种观点都自觉或不自觉地关注全球主义与世界主义的联系性、相同性,那么第三种观点则明显强调两个概念的差异性。这个差异就是全球主义关注和倡导的类本质、类本位。如前所述,主流的世界主义就是个体本位的世界主义,注重个人权利、义务、道德地位与价值在全球范围的平等与保障,从而与社群主义的社群本位明确区分。个体本位的世界主义的普遍性更多的是空间意义上的,普世性更多是抽象意义上的,人类只是呈现个人权利与利益诉求的大背景、大舞台,不具有实体性和独立性。而全球主义则要把模糊的、抽象的人类实体化,使其具有真正的独立性,成为名副其实的主体。毋庸讳言,全球主义是不同于世界主义的类本位学说,这个观点正是本人认同的观点。之所以要彰显全球主义与世界主义的差异性,是提出全球主义的世界主义与个体主义的世界主义这对新范畴的需要。换言之,只有把类本位的全球主义解释清楚,主流的世界主义所坚守的个体主义的世界主义的内涵才能更深刻地被人们认识,其不足与欠缺才能通过与全球主义的世界主义的比较被理解。

需要指出的是,关于全球主义与世界主义的辨析是在特定框架内进行的,在更广泛、更一般性的世界主义研究中,全球主义等同于世界主义,或全球主义是世界主义的最新形态这两种观点,都有其一定意义上的合理性与适用性。因而,关于全球主义与世界主义的辨析,还应在更广阔的领域进行更深入、更综合的研究。

三、防范和警惕全球主义的世界主义坠入社群主义的陷阱

全球主义的世界主义倡导类本质、类本位,彰显区别于个体的人类,这一理论导向和基点是不言而喻的。由此带来一些疑问,人类是否也是一个社群、一个共同体? 坚持人类本位是否就是坚持群体本位? 全球主义是否也体现了集体主义,或者说是另一种形式的集体主义? 如果这些疑问都给予肯定的回答,那么全球主义的世界主义岂不等同于社群主义。国际关系中的世界主义与社群主义之争岂不变得毫无意义? 显然,这些疑问是无法

回避的,必须给予解释。事实上这些疑问恰恰反映出全球主义的世界主义可能面临的社群主义的理论陷阱,因此,揭示这个陷阱并作出相应的防范性理论分析,就是十分必要的。

社群或共同体的概念可以追溯到古希腊,亚里士多德的《政治学》中就包含有社群的思想。19世纪中期,社群主义一词开始被用于概括以共同体为基础的社会特征。20世纪初,当代社群主义理论最终形成。20世纪80年代,基于对罗尔斯《正义论》的批评性回应,社群主义在西方学术界走向鼎盛,并导致了政治哲学中自由主义与社群主义、国际关系规范理论中世界主义与社群主义的论战。这场论战持续至今,从而表明其在政治哲学和国际关系规范理论中的重要地位。布朗认为:"世界主义与社群主义之争与所有规范性国际关系理论中最核心的问题有着直接的关系,该核心问题就是道德价值的载体究竟是个人还是与人类整体相对的特定政治集体。"那么,作为论战一方的社群主义最基本的观点到底有哪些呢?

其一,在本体论上坚持社群本位、共同体本位。虽然共同体是个人的集合,但在社群主义看来,原子式的个人毫无意义,因为个人是其所处的社会环境的产物,是由他们作为其成员的社会母体所构成,离开了他周围的那些人,自我永远无法得到描述,割裂了个人与共同体的关系,就无法看清个人的权利。因此,社群主义的理论基点就是社会构建了个人,社会优先于个人,而不是相反,个人优先于社会。其二,在价值观上坚持集体主义。社群主义认为"价值来源于共同体,个人只有通过作为某个政治共同体成员的身份才能发现生活的意义",公共利益和共同体之善具有最高的价值,个人的权利和利益的实现有赖于共同体。其三,在哲学理念上坚持特殊主义。与本体论和价值观相匹配,社群主义力主特殊主义的哲学理念。社群主义主张文化的多元性,认为文化多元性的存在是人类社会的福祉。它对任何普遍性的文化(包括普遍价值、普遍正义)持有深深的疑虑,认为普遍性文化将损害多元的民族文化。它强调差异和边界,倡导"承认的政治"和正义的特殊性、有限性,即正义存在于共同体——特别是民族国家之内,无边界的世界主义的分配正义只是空想。总之,个性、特殊性、差异性、相对性、多元性,这些就构成社群主义所坚持的特殊主义理念的具体内容,也因此奠定了其政治学说和主张的理论基础。其四,在政治特别是国际关系上力挺民族国家。立足于社群本位、集体主义和特殊主义,社群主义的政治学说与主张就不言而喻了,那就是鲜明的国家主义、国家中心、国家本位。社群主义关注并植根于一般的社群理论,认为共同体是个人的一种需要,能够满足个人归属和认同的要求。社群主义所理解的社群具有很大的包容性,如家庭、村落、社区、阶级、宗教、族群、民族、国家等等。但真正突显的是民族、国家以及两者的结合"民族国家"。因为,社群主义者心目中的社群,即是亚里士多德所说的政治社群。而这个政治社群,在当代就是经民族转化而来的民族国家。威尔·金里卡指出:国家边界不仅确定了司法管辖的范围,而且还界定了一国"人民"或一个"民族",而正是他们构成了一个政治共同体,也正是他们在共享一种共同的民族语言、文化及民族身份。如果说政治哲学中社群主义在与自由主义论辩时讲的社群还是广义上的、一般性的社群,那么在国际关系规范理论中,社群主义在与世界主义论辩时所讲的社群,则无疑是民族国家。事实上,民族国家也是社群主义视域中最大、最重要的共同体,牢记这一点对于我们分析全球主义的世界主义与社群主义的区别有特别重要的意义。

人类是社群,是共同体吗? 相对于个人,人类无疑也是个体聚合而成的社群、共同体,如同家庭、村落、阶级、民族、国家一样。但是必须懂得,人类是一个特殊的社群、共同体,是迄今为止最大的社群、共同体,而且是绝无仅有的类共同体,上升到类的范畴。既是共同体,就有共同体特殊的关切、特殊的利益、特殊的价值。人类命运共同体的关切就是每个人的福祉与安全,特殊的利益就是人类的整体利益,特殊的价值就是人类生死与共的共同价值、全球价值。由此可见,作为类主体的人类命运共同体在关切个人的同时,更强调集体主义、普遍主义的价值与理念。这样看来,全球主义的世界主义的确与社群主义有不少共同点,那么区分个体主义的世界主义与全球主义的世界主义还有什么意义呢?

事情并非这么简单。全球主义的世界主义尽管在现象层面与社群主义雷同,集中体现为道德的主体是社群而非个人,价值导向更青睐集体主义而非个体主义,但其深层的理论内涵则是,其一,人类这个特殊的社群、特殊的类共同体不同于一般意义上的社群和共同体。一般意义上的社群和共同体总是强调社群、共同体的特殊身份、特殊文化、特殊边界、特殊利益,而且其视域从未超越民族国家。换言之,社群主义眼中的社群、共同体就是民族国家,它在国内政治层面关注的是社会对个人的建构作用与优先地位,强调国家利益、秩序的重要性;在国际层面,关注本国、本民族身份、权利、文化、利益、价值的优先性,拒绝普遍主义的各种理论和政治安排,强调国家利益的至上性和民族的多元性。人类从未被社群主义视为有独立资格的具体的社群、共同体。因此我们不妨说,全球主义的世界主义中的社群和共同体(即人类),并不是已有政治哲学和国际关系规范化理论中的社群、共同体。这样,我们就以此社群非彼社群的观点,回应了第一个质疑。其二,人类共同体所青睐的集体主义不同于一般意义上的集体主义。一般意义上的集体主义中的集体,包括村落、社团、民族、国家,但并不指涉人类。因为人类在社群主义的集体主义语境中过于抽象,并不具体,因而是不真实的。而全球主义的世界主义中,全球主义所指涉的集体主义则是超越传统的社群与共同体,尤其是超越民族国家的人类所体现的人类整体主义,推崇的是人类共同价值和共同利益。因此,这里的集体主义已不是社群主义所理解的国家主义的、民族主义的集体主义。在这个意义上,同样可以说此集体主义已不同于彼集体主义。基于上述分析,我们得出的结论就是,不能把全球主义的世界主义混同于社群主义。

尽管全球主义的世界主义不等同于社群主义,但社群主义所关注的中心议题即个体与共同体的关系却具有一般意义,也是倡导人类本位和全球主义价值的全球主义的世界主义所不能无视和回避的。同时,个体与共同体的关系在主流的个体主义的世界主义中也从未得到过深入的探究,个体本位和个体价值优先的理论基点,以及被时空意义的普遍主义所导致的局限与迷惑,使个体主义的世界主义几乎忘却了人类这个共同体所具有的独立主体地位和价值意义,因而也就从未谈及个体与共同体的关系。

全球主义的世界主义在思考个体与人类之关系时应注意以下几点：

其一，防止社群主义的陷阱。全球主义的世界主义倡导人类本位和全球主义的价值观，但它必须防止坠入社群主义的陷阱，即忽视甚至抹杀个体的权利义务、利益、道德地位的终极性意义。换言之，个体的权利、义务、利益、道德地位将始终是世界主义坚守的基点。全球化时代，人类的整体性和人类的共同利益不断地加强与彰显，无疑要求我们更重视客观独立的人类命运共同体的生存与利益，但张扬类主体、类利益、全球主义，绝非要使其脱离鲜活的个体。只有每个人（至少是绝大多数人）都从中感受到温暖、亲切、尊严、平等并予以认同的人类命运共同体，才是具体的、有生命力的共同体。在这一点上，我们务必从社群主义、国家主义的理论与实践的反思中，吸取足够的教训。

其二，警惕个人主义的过度。全球主义的世界主义是刻意与主流的个人主义的世界主义相区别的世界主义新类型。它在坚守世界主义重视个体这一基点的同时，要求人们警惕个体本位、个人价值的膨胀。如果说个体主义的世界主义在论证和捍卫个体道德地位的基础性、倡导和推进人权的普遍性方面做出了历史性贡献，那么它在理性对待社群、共同体作用方面的缺欠则应予以反思，在人类进入全球化时代尤应如此。个人固然是各种社群、共同体的细胞，在本体论上具有优先性。但个人毕竟要生活于社会之中，所以社会的存在、社会的独特地位、利益与价值就不能不受到关注。因此，全球主义的世界主义不仅要防止社群主义的陷阱，还要警惕个人主义的过度。

其三，走理论融合之路，在世界主义与社群主义、普遍主义与特殊主义之间架起桥梁。毋庸讳言，在本体论和价值观上，世界主义与社群主义、普遍主义与特殊主义具有内在的对抗与紧张。面对这一难题，最好的选择是防止极端化，不要试图一劳永逸地得出一个统一结论，而是要在对话中加深相互的理解，走理论融合之路。在这方面，许多有代表性的学者都已作出努力。世界主义者林克莱特（Andrew Linklater）指出，在社群主义与世界主义之间进行截然划分是不明智的。社群主义者沃尔泽（Michael Walzer）则提出人具有双重属性的观点，认为"我们既是社会也是个体所建构成"，反对在先于社会的自我和社会建构的个人之间做出非此即彼的选择。此外,沃尔泽还承认"最低限度的普遍道德",主张"倡导差异的政治,与此同时,也描述和捍卫某种普遍主义"。这同样表明,他在调和普遍主义与特殊主义,主张一种"薄"的普遍主义。我们应当沿着这个方向继续前进,而全球主义的世界主义正是力图在世界主义与社群主义、普遍主义与特殊主义之间架起桥梁,走理论融合之路的一种新的探索。

四、以哲学的、历史的大视野梳理世界主义的理路与谱系

在世界主义研究中,常见的做法之一是通过世界主义的概念演变和分类研究,来阐释世界主义发展的脉络与谱系。这种方法无疑有助于我们对其丰富内涵的认知,但从这种途径所了解的世界主义总体上讲是概念式的、碎片化的,缺乏历史感和整体性,因此有必要以哲学的、历史的大视野,去审视几千年的世界主义思想史,从中总结世界主义发展演变的内在联系和历史传承,提炼出具有标示意义的范畴,以便更深刻、更完整地认识和理解世界主义的意蕴和思想理路,推进世界主义谱系学的构建。本人根据这一思路,从五个向度梳理、分析世界主义思想的演变。

(一)基于宇宙理性、普世理性、自然法、人性的世界主义

迄今为止,几乎所有形态和类型的世界主义都要在不同程度上寻求和论证世界主义的学理根源和道德基础,以确立自身的学理合法性和理论的说服力。结果殊途同归,最后都落脚到理性、自然法与人性。这充分说明,在探究世界主义的理路与谱系时,最重要也是最基本的工作,就是从哲学和伦理的意义上弄清并理解世界主义,以及相关的范畴与理念。

世界主义的思想基础是普遍主义与个体主义,而理性、自然法、人性则是诠释普遍主义与个体主义的核心理念与理论工具,贯穿于整个世界主义思想史。在对理性、自然法、人性的阐述方面,最有代表性也是影响最持久、

最深远的,首推斯多葛派。根据斯多葛派的观点,自然是最高的权威、最大的正义。世界理性弥漫在世间的万事万物,浸透于自然、社会与人的灵魂。自然、世界理性以及命运、宙斯、"逻各斯"——这些在斯多葛派那里都是同一个东西。它们不是超自然的、人格化的神,而是普遍的规律、自然过程中的必然性、正当的理性,主宰世界,规定着自然与社会的每一个进程,每一项活动。立足于这种哲学,斯多葛派阐述了其自然法思想。它认为,自然法是渊源于世界理性的、与生俱来的一些基本原则,极为神圣。用芝诺的话来讲:"自然法是神圣的,拥有命令人正确行动和禁止人错误行动的力量。"人必须自觉地做到与自然的和谐,因为宇宙是一个统一的整体,而人不过是这宇宙整体的一部分,是这圣火的一个火花。个体的生命与自然相和谐时,就是好的。就一种意义来说,每一个生命都与自然和谐,因为它的存在,正是自然律造成的;但是就另一种意义来说,则唯有当个体意志的方向是朝着属于整个自然目的之内的那些目的时,人的生命才是与自然相调和的。早期斯多葛的主要代表克吕西波曾明确表达了上述思想,他指出:"所以最高的目的,是按照自然生活,即按照自己的本性和普遍的本性生活,决不做共同法所禁止的事情,即决不做贯穿于一切事务之中的正确理性所禁止的事情。而这个正确理性则为主管和主宰万物的宙斯所固有。"既然宙斯是一个整体,既然人们相互间有着自然联系和自然吸引,所以本性上讲人们就能够聚集在一起,相互协商联合成一个整体,而每个人都是这宇宙的一部分,都是宇宙的公民。从国家的角度上讲,这个整体就是世界国家,所有人都是一个统一世界的公民。在这个理想的、自然的、大同的国家,只有一种法律、一种权利,即自然法和自然权利,每个人都是平等的,四海之内皆兄弟。普鲁塔克曾针对这些思想指出:"使人特别惊奇的是,在斯多葛创始人芝诺所说的统治形式中,最主要的东西不是我们住在城市和乡城以及拥有独自的法规和法律,而是我们把所有人都看作是同胞,大家都在同一个宇宙中过同样的生活。这就好像一群牲畜根据共同的规则在公共牧场上吃草一样。"

斯多葛派关于理性、自然法和人性的思想不仅存在于早期芝诺等代表人物,还集中体现于马可·奥勒留等晚期代表人物的著作中。在奥勒留的传世之作《沉思录》中，整体宏大的宇宙观，基于理性和自然法的世界国家、世界公民学说，都令人惊讶不已。他认为人类万物都是宇宙的组成部分，按其内在规律有机运动，生生不息，因此，我们"要经常考察宇宙中一切事物的联系同它们相互间的关系。因为在一种方式之下，一切事物都相互牵涉着，因而在这种情况之下一切事物都是亲密的，因为一件事物按照着次序在另一事物之后出现，这是由主动的运动同相互的协作以及实体的统一性所造成的"。他还明确指出："如果我们的理智部分是共同的，就我们是理性的存在物而言，那么，理性也是共同的；因此，那命令我们做什么和不做什么的理性也是共同的；因此，就也有一个共同的法；我们就都是同一类公民，就都是某种政治团体的成员，这世界在某种意义上就是一个国家。"在这样的世界国家中，每个人都是世界公民，都享有自由平等的权利。而作为皇帝的奥勒留则明确表示，"我接受了一种以同样的法对待所有人，实施权利平等和言论平等自由的政体的思想，和一种最大范围地尊重被统治者的所有自由的王者之治的观念"。晚期斯多葛派的另一代表人物塞内卡，同样表现了对斯多葛派哲学与伦理学说精髓的深刻理解，并予以发扬。他认为，命运（或它的同义词——神、神的精神、神启、自然、世界整体）是一切原因的原因，人们不能改变世界的关系，人们自身的相互关系只是世界关系的一部分，换言之，神的世界与人的世界是统一的，宇宙是一个具有自己的自然法的自然国家，所有的人都是这个国家的成员，人类的一切制度都服从于自然法。在这里，自然法本身既是自然的事实（世界秩序的事实和事件的因果关系），又是理性的绝对命令。作为自然秩序的事实和规则的理性，也体现于作为世界整体的一部分的人类命运共同体之中。

显而易见，斯多葛派关于理性、自然法、人性的思想是丰富的、系统的且连贯的。而正是从世界理性、宇宙理性、命运、逻各斯、自然法中，我们清晰地看到了世界主义的第一根支柱——普遍主义，而这个普遍主义就是认为整个宇宙是人、自然与神的统一体，人类的普遍性、统一性来源于宇宙的统一性。这之中虽然有时也隐含着泛神论，但它深深吸引了世界主义，并扎根于世界主义。而同样是在这种普遍联系中，特别是立足于自然法和普遍主义的人性,我们又找到了世界主义的另一根支柱——个体主义。在这个大千世界中,无论是皇帝还是奴隶,都是人,都享有平等的权利与自由。需要指出的是,斯多葛派虽然是理性、自然法、人性思想的最杰出的代表,但无论在它之前还是之后,都不乏信奉和倡导这些思想的大师和学派。比如,古希腊的智者学派就在强调人的作用、倡导自然法和自然主义方面有突出贡献。普罗塔哥拉认为"人是万物的尺度"。希比亚则强调,自然是真正的自然法,与错误的、人造的世俗法律对立,"在座诸君! 根据自然而不是根据法律,我认为你们是同族、亲戚和同胞,因为根据自然同胞是相互亲近的,而法律则统治人们,强迫许多人反对自然"。安提丰从自然法出发,大力倡导平等,他说:"根据自然,我们大家在各方面都是平等的,并且无论是野蛮人,还是希腊人,都是如此。"理性、自然法和人性思想在近代被大大发扬,从而形成近代的自然法学派、近代的人性学说,其最突出的代表人物有人们熟知的格劳秀斯、洛克、卢梭、孟德斯鸠以及"百科全书派"等。格劳秀斯认为:自然法就是人的自然本性和人类理性的指示;人的自然本性是人有交际的愿望,顺应理性的要求,有趋向和平与过有组织生活的意愿;人的理性则表现为它有顺应自然本性,明辨是非的能力;自然法是国内法之根源。洛克把自然法理解为确保人的自然权利的原则和义务,自然权利包括四项基本内容,即生命,自由,财产和惩罚权。卢梭明确区分了"天性"与"理性"之间的差别,更倾向于倡导天性自然法,从而在一定程度上修正了自斯多葛派起所确立而后又被近代格劳秀斯所推进的理性与天性并重的自然法传统。这里,卢梭所推崇的人性乃是根源于自然并与自然相协调而发自内心深处的善良呼唤,主要是指自爱、自保和怜悯心。因此,他的自然法理论融汇其文艺思想、教育思想、爱情观、宗教观等等为一个整体,标志着欧洲浪漫主义的开端。而浪漫主义运动则是对理性时代的反叛,至少是对资产阶级革命时期高歌猛进的理性的反思。但从世界主义的理论基础上讲,无论是天性的自然法还是理性的自然法,都有其独特贡献。康德以理性和人性来阐述其道德哲学,进而论证世界主义的正当性。他认为,所有理性的人都是单一道德共同体的成员,具有共同的自由、平等和独立的特征,并通过建立在理性基础上的共同法律（即道德律）来管理自己。人性是一个成为人类道德共同体成员的标准，同时也成为人类共同价值的源泉。至于当代世界主义的代表人物，如贝茨（Charles Beitz）、博格（Thomas Pogge）、赫尔德等，虽然根据全球化时代的新情况，对世界主义作出了某些新的分析与解释，但"共同人性""普遍理性"依旧是他们阐释世界主义的理论依据。被公认为对世界主义内涵作出最好概括的博格的三要素说，即个体主义、普世性、普遍性，恰恰反映了这一点。他在1992年发表的《世界主义与主权》一文中指出世界主义有三个元素：一是个人主义（individualism），指所有世界主义理论的终极关怀单位是个人，而非家庭、部落、族群、文化或宗教共同体、国家等；二是普世性（universality），指作为终极关怀单位的每个人的地位都是平等的；三是普遍性（generality），指个人作为终极关怀单位的这种地位是普遍的，有着全球范围的效力。

总之，从智者、犬儒学派、斯多葛派、罗马法学家、近代自然法学派、康德，直至当代的贝茨、博格、贝克、赫尔德，我们可以清晰地看到基于宇宙理性、普世理性、自然法、人性的世界主义。这种世界主义表现出三个明显的特点。其一，这是真正意义上的世界主义，它以一种宏观的、整体的哲学视野审视和诠释世界主义的本质；其二，这是世界主义的理论之源、之根。它成为世界主义各类别的理论基础，只有以其为轴心，才能解释各种世界主义现象，构建各种世界主义流派；其三，这是经典的道德世界主义（伦理世界主义）。它始终关注的是人（个体的人和人类）的道德身份、地位、权利与义务以及伦理价值。这些特点奠定了其在世界主义谱系中无可争辩的首要地位。

（二）基于世界城邦、世界公民、万民法、帝国、世界主义法、全球民主的世界主义

纵观几千年的世界主义思想史，从政治制度和法律上构建甚至试图实践世界主义，是另一条主线。谈到世界主义，人们常常会提到犬儒派的第欧根尼和斯多葛派的创始人芝诺，他们最有代表性的观点就是"世界公民""世

界城邦"。第欧根尼所仰慕的理想国家是世界国家,他称自己不属于任何城市,是"一位世界公民"。世界公民与其成员、与自然和整个人类有一种亲近感,不受法律的约束,乐于在世界任何地方开始自然的生活。芝诺受到犬儒学派的影响,特别是理论和政治学说方面更为明显,他认为:人的本性平等,有理性的人应当生活在包括现有国家和城邦的世界城邦之中;每个人都是世界的一员,都是一名世界公民。当然,这也许与亚历山大帝国的出现有关。这种超越地域界限,在世界范围内思考国家和个人身份的思想一直持续至今。比如中世纪有但丁的"世界帝国"主张,他认为,人类需要统一与和平,而实现统一与和平的途径是"建立一个统一的世界政体",即一统天下的世界帝国,"所谓一统天下的尘世政体或囊括四海的帝国,指的是一个一统的政体。这个政体统治着生存在有恒之中的一切人,亦即统治着或寓形一切可用时间加以衡量的事物中"。当然在中世纪的大背景下,他的世界帝国主张又具体化为世界君主政体,即一种联邦君主制,他强调:"人类只有在一统的政体下才能生活得最好。"到了近代,则有康德的国家和平联盟思想,他认为统一的世界共和国只是一种"积极理念",虽然在理论上是正确的,但在实践中却行不通,"于是就必须有一种特殊方式的联盟,我们可以称之为和平联盟"。正是这个国家间的和平联盟,可以防止战争,维护自由,导向永久和平。由此可见,康德不同意"世界国家"的原因在于其缺乏现实可行性,但承认它是一种"积极理念",而他所倡导的国家和平联盟由于有世界主义法即世界公民法作支撑,实际上已具有较坚实的世界性,是一种介于"世界国家"与"世界邦联"之间的新的"世界政体"。当代的世界主义者们,借鉴、综合"世界城邦""世界帝国""国家和平联盟"的观点,提出了新帝国论、世界主义民主等学说。

新帝国论,即世界主义的帝国,在贝克的《世界主义的欧洲》一书中作了专门的研究与论述。他研究的大背景是全球化时代对方法论国家主义的反思与超越,以及欧洲一体化的实践。在贝克看来,"帝国的设想至少在三个重要方面具有优越性:首先它摆脱了僵化的民族国家的思维方式,大大拓展了人们展望政治一体化新形式的视野;其次,它使人们认识到现有国家间权力的不对称,打破了人们通过主权实现国家间平等的幻想;第三,它使民族的和国家间的事务的分离成为历史,从而对统治者政治和政治学的行为和思维方式提出了质疑"。帝国的具体内容与特点是,其一,帝国区别于流行于19和20世纪的"帝国主义国家"(Imperium)——这是一种领土扩张、经济掠夺的特定国家形式;其二,帝国表现出不同于国家的统治逻辑和统治技巧,帝国的统治不是建立在对被统治者形式上的命令权,而给予被统治者某种程度的形式的独立;其三,帝国通过具有弹性的边界,向外扩展来解决安全与福利问题,而国家则试图在确立的边界内解决;其四,帝国在各地和不同的被统治者之间,引进非对称的成员形式,实现非对称的权利,并承认和鼓励文化多样性,而国家则致力于边界内规范、要求、文化的一致性。贝克认为,欧洲的一体化就是欧洲的帝国化,欧洲的帝国是没有皇帝的帝国,它的统治功能与权力既不集中于某个人,也不集中于某个机构,而建立在共识与合作的逻辑之上,"我们把这种——由独立民族国家向自我约束的欧洲帝国成员的——转换带来的产物,称之为'世界主义国家'。欧洲国家权力的自我约束逻辑,只能从欧洲民族国家的世界主义化中产生"。显然,贝克的新帝国论有着历史上"世界城邦""世界帝国"的基因,但又增添了时代的新内容,与康德的国家和平联盟有相似之处,但似乎世界主义的色彩更浓厚。

赫尔德另辟蹊径,以"世界主义民主"来构建世界主义共同体的框架。这里,"世界主义共同体"或"民主世界主义模式"是指众多已在本国实现了民主自主性、落实了民主公法的国家,逐渐形成了一个不断扩展的、用来对不同国家和社会进行调控的制度框架。在这种框架内,人们会逐渐适应多重公民身份,他们将成为自己政治共同体的公民,也将成为影响他们生活的更广泛的区域性、全球性网络的公民。于是,无论在形式上还是实质上,这种世界主义共同体就反映和囊括了在国界内和跨国界运作的多种形式的权力和权威,"一种从城市、国家到区域、全球网络的民主社团的政治秩序将会出现"。赫尔德还对"世界主义共同体"(世界主义民主模式)作出三点分析和解释。其一,世界主义共同体可以定位在联邦制和邦联制之间。联邦制的世界主义共同体过于理想,脱离实际,对此,康德已作了分析。但是邦联主义的世界主义共同体似乎政治结构又过于松散,它以自愿的国家间联盟维系,与民主的世界主义秩序(即世界主义共同体)的思想又不完全相容,因为世界主义共同体以世界主义民主法为依托和保障,有其强制性一面。其二,在世界主义共同体中,适当的时候,国家将会"消亡"。只是这里讲的消亡是指"国家将不再是,或者说不再被认为是在其边界内具有合法权力的唯一中心"。国家将在世界主义民主法下重新定位并予以解释。其三,主权观念也需要予以新的解释。主权被完全剥夺了具有固定边界与领土的思想,而在理论上被看作可塑性的时空结合,"主权是基本民主法的一种属性,但它可以在从国家到城市再到公司的多种多样的自我管理的社团中得到确立和体现"。毫无疑义,赫尔德也以自己的学术特色,丰富了基于"世界城邦""世界公民"的世界主义。

在构建世界城邦、世界帝国、世界政体的过程中,法律始终发挥着重要作用。从自然法、万民法到世界公民法、世界主义民主法,这些充满世界主义色彩的法律对世界性政治制度的建构提供了保障,甚至从某种意义上讲,两者本来就密不可分。推崇自然法是西方政治、法律、文化的传统,也是构建世界主义政治制度与框架的主要依据,世界城邦、世界帝国的构建和一定程度的实践(如亚历山大帝国、罗马帝国)都体现了这一点。这是因为根据自然法,建立世界国家、成为世界公民最符合自然的意愿与要求,是顺应天意和人的自然本性与理性的必然而正当的选择。万民法渊源于古罗马,它是一种区别于《罗马民法》的私法,其适用对象为非罗马公民、外侨与臣民。最初,万民法是为了解决伴随罗马帝国疆域的扩大,罗马人与外邦人日益增多的关系,如各国人民之间的财产、婚姻、契约等问题。而后,当罗马人给予大批外邦人以罗马公民称号时,不同种族的人民就被罗马同化了,因而万民法与罗马法的区别开始消失,意味着一种众人平等的理想法律,从而与自然法同一,被一些罗马法学家称为自然法的表现形式。查士丁尼皇帝钦定出版的《法学阶梯》中说:"受法律和习惯统治的一切国家,部分是受其固有的特定法律支配,部分是受全人类共有的法律支配。一个民族所制定的法律,称为该民族的'民事法律',但是,由自然理性指定给全人类的法律,则称为'国际法',因为所有的国家都采用它。"这里讲的"国际法",实际上就是自然法、万民法。由此可见。罗马帝国的实践与自然法、万民法有着极为密切的关系。由于万民法以普遍承认为依据(这一点不同于自然法,因为自然法以自然和自然理性为依据),所以也被当代所认同,那种超越国家主义而具有世界主义倾向的当代法律,也时常被称为万民法。比如罗尔斯就以万民法来解释当代的政治与社会问题,特别是社会正义问题。康德的世界公民法,旨在强调每个人在全世界都能被善意地对待,都享有跨越边界在他国访问、交往的权利,这也可称为友好权利,即"一个陌生者并不会由于自己来到另一个土地上而受到敌视的那种权利"。地球是属于整个人类的,没有任何人可以独占一块土地而拒绝他人。立足于此,"相距遥远的世界各部分就可以以这种方式彼此进入和平的关系,最后这将成为公开合法的,于是就终于可能把人类引向不断地接受于一种世界公民体制"。赫尔德继承了康德的世界主义法思想,但认为康德的观点尚有局限,难以保障每个人在全世界的公民权利。为此,他把世界主义法建构为世界主义民主法(而不是康德所主张的世界公民法),"因为,如果不把世界主义法设想为世界主义民主法,也就不能令人满意地设想对个人和全体的自由和自主性予以充分保护的条件"。这里务必注意,赫尔德是立足于自主性来反思和解读民主,并进而以自主性民主观来论证民主公法的重要性,阐述民主公法如何保障每个人的七大类权利和义务。民主公法首先在一国内确立,也可在世界范围内实施。所以他指出,"我说的世界主义民主法首先意味着民主公法在各国边界之内以及相互之间得到确立"。

综上所述,基于世界城邦、世界公民、万民法、帝国、世界主义法、世界主义民主的世界主义具有两个最明显的特点。其一,这是世界主义的政治实践模式。尽管这类世界主义仍有不少建构的、理想的成分,但它的确体现了付诸实践的视角,而且确实也经历了一定意义上的实践,如罗马帝国、欧盟等,这是值得重视的。其二,这类世界主义主要体现了政治世界主义、制度世界主义与法律世界主义,这三种形态的世界主义密不可分。世界主义的政治结构、秩序、模式一旦具体化,必然落实到制度,并要求法律的支撑与保障。因此,上述三种世界主义仅在类别研究时才有独立的价值,从谱系上讲是难以割裂开的。

(三)基于自然权利、人权、公平、正义的世界主义

世界主义的个体主义基点和人性论基础,使其对个体价值与权利尤为关注,由此就形成了自然权利——人权这样一条清晰的谱系。而与之相伴随的则是呼吁个体的价值与权利要在全世界受到尊重、得到保护,以实现世界公平与正义。特别在当代,世界社会正义与分配正义更是一个鲜明的主线与主题。

自然权利的思想产生于古希腊罗马时期。总的来说,古希腊阶段,从智者、犬儒派到斯多葛派都更重视自然法、自然正义,而自然权利的思想则隐含其中,并未单独提出,至少并未明确地单独提出。在他们看来,在一个由宇宙理性、自然法所主宰的大同国家中,人人自由平等、享有自然赋予的权利、遵循自然法与自然正义才是最理性的选择。这表明在古希腊阶段,自然权利的思维与话语还较为淡漠。到了古罗马阶段,自然权利的思维和话语开始受到重视,西塞罗推崇自然与自然法,他认为,"自然法乃是最高之天理,从自然产生出来,指导当作之事,禁止不当作之事",而所当作或不当作之事,恰恰就是人的权利。由此可见,西塞罗认为权利生于法律,个人的权利来源于自然法,以符合自然正义为准绳。在理性法、道德法即自然法面前,人人都享有平等的权利。这里务必注意以斯多葛派为代表的古希腊学者们,是将自然法与人定法对立,推崇前者而贬低后者,而罗马的法学家们则将自然法(理性法、道德法)意义上的法律与权利紧密连接,强调法律产生权利,因而重视法律也就同时重视权利,因此,自然权利的思想才得以在古罗马时期兴起和传播。

自然权利思想的大发展还是始于近代,这是因为近代的自然法学家们在继承传统自然法、推崇理性的同时,又通过提出自然状态学说来张扬自然权利。传统的自然法更注重人们的行为要符合自然与自然正义,强调的

是服从自然秩序,履行自然秩序所设定的义务。而近代的自然法则开始关注人的主观诉求,即根据自然法,人们普遍享有的符合人性与理性的个人权利。正如列奥·斯特劳斯所指出的,"近代政治哲学与古典政治哲学的根本区别在于近代政治哲学将'权利'视为出发点而古典政治哲学则尊崇'法'"。当权利成为近代政治哲学的出发点后,围绕权利的学说也就迅速发展起来,这之中最有影响力的当然就是人权学说。

格劳秀斯最早提出人权是"人作为人的自然权利",这种权利是天赋的,又可称为"天赋人权",这样人权就获得了最普遍的道德地位、最神圣的合法性,因为它根源于自然法、自然理性、自然正义。但是人权提出的更大意义在于,它把早先的自然权利的内涵具体化了,从而使得具有一定神秘色彩、宗教色彩,植根于自然法之中的自然权利贴近了人们的现实社会生活。在这方面,洛克的地位与作用无人可以替代。他认为自然权利即"天赋人权",包括四项基本内容,即生命、自由、财产和惩罚权,这些权利为每个人所有,一切人的权利都是平等的;通过社会契约所让渡给国家的,仅仅是为保证社会安宁所需要的惩罚权,至于生命、自由和财产权,则始终属于个人。显然,洛克对"天赋人权"的论证,影响了世界主义者对个人价值与权利更执着、更深入的探索,近代以来的各种人权学说,都是从不同向度阐释人权的普遍性、必然性、道德合法性。康德从人本身是目的的角度论证"天赋人权",他认为:"每个有理性的东西都须服从这样的规律,不论是谁在任何时候都不应把自己和他人仅仅当作工具,而应该永远看作自身就是目的",作为目的的每个人都有尊严,都享有"与生俱来的自由"。这种自由和尊严不受制于任何他人,具有绝对性,是不可让渡的权利。进入 20 世纪以后,两次世界大战的惨痛经历,使人类更加珍惜人权,因此自《联合国宪章》起,高扬人权就成为时代的主旋律,维护人权、强化人权的国际保护也成为当代国际社会的共识。在这一大背景下,世界主义的人权学说得到进一步发展。比如博格就指出,人权包括六项无可争议的价值,即人权表达一种最基本的道德关怀;人权表达一种非常有分量的道德关怀,其重要性高于其他价值;人权所关切的是人类;就人权所表达出的道德关系而言,所有人类具有平等地位;

人权所表达的道德关怀,其有效性是不受限制的,适用于任何个体、任何时代、任何文化;人权所表达的道德关怀可以被各个时代、各种文化与宗教所理解和肯定。

基本权利论是当代世界主义者探究人权时提出的另一种思路,贝茨和亨利·苏(Henry Shue)是其代表性人物。贝茨认为仅仅依据自然权利来论证人权尚不够,可以用社会正义模式视野下的基本权利来为人权辩护,"根据社会正义模式,人权是人们满足其各种利益的权利(entitlements),这些利益的满足将保证他们成为一个符合社会正义原则的团体的成员"。显然,贝茨所强调的是保证人最基本的利益和要求,也就是基本权利。亨利·苏明确提出三项基本权利:安全权利、维护生计权利、自由权利。这三项基本权利比《世界人权宣言》等人权公约所规定的要少,它们是人权的底线。只有这些基本权利得到保障,人们才可能享受其他人权。由此可见,基本权利学说使人权理论更接近现实,从而也更具有操作性。

总之,世界主义所关注和探究的个体价值与权利,经历了自然权利、天赋权利、基本权利等多种形态,但它们有着基本的共识,那就是都指向人权价值的普遍性、人权主体的普遍性、人权标准的普遍性,并逐渐使纯粹自然法意义上的人权转向实证法意义上的人权,具有了更多的实践性。

公平与正义始终是政治哲学关注的核心概念,世界主义既然是一种政治哲学,所以它也离不开公正与正义的主题。公正与正义的思想非常悠久,早在荷马史诗和赫西俄德的《神谱》中就有体现。那时,正义就与法律紧密联系在一起,被视为遵从与符合法律,而这里的法律不是人定法而是自然法,是最高之神——宙斯的意愿,"宙斯是普遍主义的最高庇护者"。斯多葛派认为,正是人们天然的、自然的联系与自然法的适合,才是正义在人们相互交往中存在的基础和原因。因此,自然规律是普遍的、通行的正义的体现。由此可见,公平与正义在古希腊是与自然法密切相关的,它体现一种自然正义,覆盖人类全部生活。但是,公平与正义的具体内容到底是什么则不甚了了。柏拉图眼中的正义是社会正义,即社会中群体之间的相互关系,而亚里士多德则区分了普遍正义(一般正义)与特殊正义。普遍正义可以说就是社会正义,而特殊正义则包含着分配正义、补偿正义、交换正义。显然,正是亚里士多德的正义观影响了后世对正义的研究,其中最核心的概念是社会正义与分配正义。传统的正义理论探究的是一国之内的正义问题,涉及正义的内涵、标准、具体内容等等,其研究路径大体有功利视角、权利视角、义务视角以及罗尔斯所创立的权利与契约相结合的视角。世界主义突破了国家的局限,把正义问题扩展到全球,从而开始了全球社会正义与全球分配正义的研究。由于当代国际社会存在全球政治经济秩序、财富与资源分配不平等、不公正问题,所以,全球社会正义与全球分配正义的研究更有了现实的需要,从而导致公平正义研究在当代世界主义研究中被彰显的地位。辛格(Peter Singer)立足于功利主义研究全球正义,他认为,应该不问公民资格和国籍,考虑所有人的福利并使之最大化,这就是正义。亨利·苏(Henry Shue)倡导基本权利,认为全球正义要求保障人们的基本生存权利、安全权利和自由权利,做不到这点就谈不上全球正义。奥尼尔(Onora O'Neill)则从义务的角度强调,消除不公正、不平等是一种责任和义务,而不是强者对弱者、富者对穷者的施舍、援助、仁慈,必须做到这种道德的自觉、责任与义务的自觉,才可能实现全球正义。谢夫勒(Scheffler)认为,世界主义的正义性必须被视为管理全人类相互关系的根本性准则,而不仅仅是应用在个体社会或者其他有界限的团体中,社会边界(比如,国家边界)不能为正义的适用范围强加上原则性限制,世界主义的正义性拒绝由诸如民族或国籍定义下的边界对正义原则的适用做根本性限定。简而言之,世界主义的正义性的关注或适用范围应该超过传统范畴中的正义适用的基本范围。当然,在当代全球正义研究中,贝茨更是公认的代表性人物。

贝茨的全球正义理论建立在罗尔斯的《正义论》基础之上,或者说是借鉴、回应并超越了罗尔斯的正义论。罗尔斯对普遍正义的理解与概念是:所有的社会基本价值(或者说基本善)——自由和机会、收入和财富、自尊的基础——都要平等地分配,除非对其中一种或所有价值的某种不平等分配合乎每一个人的利益。不言而喻,罗尔斯的正义观影响广泛,但在世界主义者看来有一个明显的缺欠,就是未明确在全球的适用性,基本立足点是国内,讲的是国内正义问题。之所以不适用于国际,是因为社会正义需要一个合作体系,而这个体系仅存在于国内。由于国际社会不存在合作,所以就不存在适用正义原则的共同制度。对此,贝茨从两个角度予以质疑,并进而提出自己的正义观。其一,世界日益紧密的相互依存已导致国际社会出现了明显的国际合作,从而形成了一种国际合作模式,并产生了国与国之间不平衡的收益与负担,因而需要正义原则给予协调。如果正义原则仅局限于国内而不扩展到国际,那么就很难说是真正的正义。其二,国家之间存在自然资源的再分配问题。自然资源不是合作的产物,是"天赋"的、"偶得"的。既然国内社会中个人的天赋对于拥有者来说不是应得的,从而被遮蔽在无知之幕下,那么国际社会中国家的天赋(比如拥有更多自然资源)对于拥有者来说也不是应得的,也需要予以遮蔽,从而将无知之幕扩展至世界,以保证自然资源分配的正义性。总之,正如张旺教授所说:贝茨希望通过上述论证说明,全球范围内的人们,不论他们的国籍,在自然资源和经济合作的成果分配方面都是一种契约关系,从而都适用于修正的罗尔斯正义理论;他想要表明的是,与一个国家的公民一样,不同国家的国民相互之间也有分配义务,国际分配义务是建立在正义而不仅仅是互助的基础之上的。

不难发现,基于权利、人权、公平、正义的世界主义,可以说是世界主义的社会实践模式,以区别于世界主义的政治实践模式。世界主义的社会实践涉及广泛的经济、社会、文化领域,尤其是这些领域存在的不平等、不公正,以及利益、权利、义务差距大、不合理等问题,因此更多凸显了正义世界主义、文化世界主义、经济世界主义。世界主义的这一理路与谱系显然在范围上更为广泛,在内容上更为庞杂,但与每个人的关系也更为密切,所以更容易得到人们的关注。

(四)基于关系、自我与他性、对话伦理、沟通共同体、天下体系的世界主义

在当代政治哲学和国际关系理论中,普世主义与特殊主义、世界主义与社群主义的论争日益突出,因此,从本体论、认识论、方法论上审视和反思

传统的、经典的乃至当代诸种形态的世界主义,就成为学术发展的一种内在要求,从而也就自然成为学术界的一项新的研究议程。基于关系、自我与他性、对话伦理与沟通共同体,天下体系的世界主义,就是对这一客观要求和研究议程的回应。这项工作刚刚起步,且学理性强,难度大,但毕竟已迈出了可喜的第一步。在世界主义的这一谱系与理路中,代表性学者有贝克、赵汀阳、哈贝马斯、林克莱特等。

德国学者贝克在《全球化时代的权力与反权力》《世界主义的观点:战争即和平》《世界主义的欧洲:第二次现代性的社会与政治》等论著中都涉及关系、自我与他性、世界主义化等问题,力图阐述一种新的世界主义。贝克强调世界主义绝非主张单一性、同质性,恰恰相反,世界主义同时承认两个方面,即同一性和差异性,与此同时又将全球看成一个整体。在自我与他性的关系中,贝克坚持两者的并存和融合,而不是用单一的普世主义取代特殊主义,用同质的世界主义取代社群主义。他认为世界主义既不偏执于差异性,也不执着于同一性,"世界主义是—服从左右两个方面对付种族中心论和民族主义的解毒制"。贝克还从存在论(本体论)上论及他性,认为:"世界主义观点中的世界是一个某种方式的玻璃世界。这里,差异、对立、界限等都必须在他人的同类性的知识范畴内在原则上予以定义和确定。与他人的界限不再被存在论的差异性所禁锢和遮蔽,而是透明的、可视的。"在比较了处理他性关系的普世主义、民族主义、本质主义的等级化,以及后现代主义的相对主义等方式后,他坚定地指出:"世界主义区别于前面提到的所有形式,因为在思维、共同生活和行为中承认他性,已经成为它的最高原则——不但对内,而且对外。"立足于关系认知主体,从相互依存的关系中把握他性与自我,贝克的这种思想在中国也有反映。这就是秦亚青教授的国际政治的关系理论和赵汀阳教授的"关系理性"。秦亚青并未专门研究世界主义,他是从中华文明的"关系性"入手,认为可以将其作为一种新的国际关系理论硬核中的形而上要素,"关系性"具有普适性。当然,这里讲的"关系"主要是强调国家间的互动实践以及社会关系过程的独立本体地位,因而与世界主义视角下的关系并不完全相同。但重视"关系",认为社会关系是考察社会现象与事务的不可或缺的要素,还是与世界主义的关系理论密切相关的。赵汀阳的"关系理性"是其"天下体系"理论的组成部分,而"天下体系"则是中国学者的一种世界主义学说。赵教授认为,天下体系是一个基于存在理由而与价值无关的世界,是以共在存在论为基础的世界体系。这个体系的哲学基础是共在存在论,它包括三点主要内容:其一,存在本身的意图是继续存在,存在的意义在于未来;其二,未来没有必然性只有可能性,所以存在论同时也就意味着把可能创作为现实,因而是创世论;其三,任何一种未来都在我与他人的互动行为中展开并在这种互动关系中被确定,因此具有共在性。于是共在先于存在,没有共在就不可能存在,也就没有未来,天下体系期望的就是一个以共在为原则的世界秩序的存在。在这个世界秩序中,传统的国家政治、国际政治转变为全球政治,而全球政治的核心是"世界的内部化","世界内部化就使世界成为容纳一切的天下,从而使世界只有内部性,而不再有无法克服的外部性,不再寻找无法兼容的敌人,不再把他者都识别为无法共同生活的异己,不再把不同的价值观定义为不可接受的异教"。世界的内部化改变了传统政治的核心议题——利益、权力和权利的争夺与分配,要求政治成为一种创造存在的共在性艺术,建构存在秩序的艺术。这样,就提出了对"个人理性"的反思,并进而提出"关系理性"的新概念。因为个人理性是单边的理性考虑,没有理性地思考自己与他者的关系是否最优,因此这种仅仅进行自身理性算计、谋求个人利益最大化的理性就不是充分的理性,也不能实现合作,保障和平与安全。而关系理性则强调共在意识的优先性,从而能够增进相互信任,实现利益共享,达到一种共在的政治、和平的政治。总之,在赵汀阳看来,个人理性是竞争理性、斗争理性;而关系理性是共在理性、合作理性、集体理性。这种建立在共在存在论基础上的关系理性,是认识天下体系,也是从本体论角度诠释世界主义的关键性概念。

哈贝马斯的对话伦理、沟通共同体、对话世界主义,同样探讨了普遍性与特殊性、自我与他者之关系问题。他认为,每个人都处于社会交往之中,从而产生交往行为,这种行为的目的是"使自己的行动计划和行动得到意

见一致的安排"。这种行为的特点是，所有人能够平等地参与对话，自由地
证明自己的观点，不受任何强制与限制，这种对话形式通常被称为对话伦理
（discourse ethics）或对话世界主义（dialogic cosmopolitanism）。对话伦理和
对话世界主义没有预设一个必须遵循的普遍性道德基础，但它同时相信对
话将最终达成某些具有普遍意义的道德规范。哈贝马斯明确指出："整体和
同一性的建立并不必然意味着抹杀差异与个性，取消对话的多元性，相反，
是建筑在对个性和多元性的承认之上的。但承认多元性和个性绝不意味着
异质多元的话语可以不遵守任何规则，可以超越语言交往的有效性要求。"
哈贝马斯一再强调的是：首先，普遍性与特殊性的共存；其次，对话的平等
性、自由性和公开性；再次，对话的结果、原则的共识性、有效性。他认为，对
普遍性的检验不是通过个人理性而是通过与其他人的联系，发生在致力于
开放和不受限制的对话的不断拓展的共同体中。从世界主义的眼光来看，
这个对话或沟通共同体就是人类共同体、世界共同体。

　　林克莱特（Andyen Linkater）赞同并进一步发挥哈贝马斯的上述思想。
他认为，对话共同体要求的是积极地授权给他者，而不仅仅是容忍他者的意
愿；道德进步所指的是，拓宽有权参加对话的人的圈子，而且标准不能被视
为普遍有效，除非他们有或者能要求所有被他们影响的人一致同意。道德
进步包括从超越狭隘的生活形式发展到一种薄普遍性（a thin conception of
universality）的趋势。在薄普遍性中，对话是一种手段，为十分不同的人所运
用去努力探索一致的共存原则的可能。他指出，对话与沟通存在诸多困难
与复杂性，"但是个体不会因为他们的阶级、国籍、种族地位、性认同、性别或
种族而被排斥于参加影响他们福利和利益的讨论中的假设，应该是现代世
界主义伦理的中心"。林克莱特非常重视排斥与伤害问题，他认为，薄普遍
性支持这一思想，即每个人都有平等的权利参加对话去决定治理全球政治
的包容和排斥原则；厚普遍性已招致批评，而薄普遍性捍卫一种普遍沟通共
同体思想，它扩大能公开表达的差异的范围。他指出，不伤害外部人的义务
以及不从他人的伤害中受益的义务，是政治共同体理解他们对外部人义务
的最基本要素；伤害原则的全球运用，是我们能够继续生活在不同的共同体

中且认同各自的共同体,而且与其他社会和其他的人们联系在一个世界主义的、普遍人类共同体中的一种方式。

综上不难发现,基于关系、自我与他性、对话伦理、沟通共同体、天下体系的世界主义,总体上讲属于反思性世界主义。这类世界主义尽管观点也不尽相同,但都力图从本体论、认识论、方法论、价值论上突破普遍性与特殊性、世界主义与社群主义的矛盾僵局,作出新的分析,给出新的解释,这种学术努力与创新是值得肯定的。当然,由于这些反思涉及基础理论,涉及政治哲学和国际关系学立论的根基,所以不仅新思想、新观点的表述及被认同度难度大,理论自身的严谨性、逻辑性也都存在改进、完善、体系化的问题,所以这类世界主义还有很大的发展空间。这是反思类世界主义的首要特点。另一个特点则是,这类世界主义与中国有更多的关联,中国的关系性思维、天下体系的理念,都可能对世界主义的反思与创新做出贡献。

(五)基于宗教的世界主义

在世界主义的思想史上,宗教与世界主义之间存在一种特殊且持久的关系。世界三大宗教中,无不体现出世界主义的元素,因此在考察世界主义的理论与谱系时,基于宗教的世界主义不可或缺。

基于宗教的世界主义必须具备两个前提。其一,立足于宗教,或者说这种世界主义的主要形式是披着宗教的外衣。但并非所有宗教都必然与世界主义相关联,只有那些超越了国别、地区、种族的世界性宗教,才有可能与世界主义联系在一起。基督教、伊斯兰教、佛教就是具备这个前提的世界三大宗教。没有这种空间上的普遍性,就不要奢谈世界主义。其二,蕴含着世界主义的基本元素与观念,体现出一般的、共识的世界主义价值,比如自由、平等、正义、友爱等。只有同时具备这两个前提,才能谈及基于宗教的世界主义,或者在不严格意义上可称之为宗教世界主义,如基督教世界主义、伊斯兰教世界主义、佛教世界主义。

基督教世界主义将个体的平等性和世界的整体性构想建立在宗教基础

上,体现了基督教的普世主义关怀。早期的基督教世界主义源于保罗为代表的基督教使徒的思想,他提出了著名的"因信称义"说,将基督教从犹太教的地方性宗教中解放出来,脱胎成为更具包容性的宗教,并因此奠定了基督教世界主义的基本理念。具体表现为:其一,从犹太教的肉体拯救转向基督教的精神拯救,凸显了灵魂、精神的地位与作用;其二,超越民族和地域的界限,以信仰作为标准,任何人都可以因信仰上帝而获得拯救;其三,强调人类个体的平等性,包括奴隶和主人之间在精神、道德上的平等。显然,上述三点意味着基督教打破了地域、民族、文化、社会等级的界限与差别,展现了基督教的普世性品格。基督教教义学的集大成者奥古斯丁继承了保罗的思想,并提出"两城论",最终形成了系统化、理论化的基督教世界主义。其要义是:其一,基督教世界主义主张构建人类精神共体。奥古斯丁通过共同信仰构建了上帝之城,强调信仰至上,只有信仰才能使人获得拯救,而信仰的唯一对象只能是上帝,上帝是所有爱的来源与归宿。只有对上帝的信仰与爱,才能使人超越世俗生活、肉体欲望,走向天国,获得永恒的幸福与安宁。显然,由于基督教世界主义主张的是基督信徒的精神共同体,所以尽管它在空间上是全球的,但排除了非基督徒,因此并非真正的普遍主义。其二,基督教世界主义主张个体精神平等,但仅限于精神层面,对现实政治、社会中的不平等则或者忽视,或者不主张改变,认为那是人的罪。罪的人本观,要求人们服从统治,这无疑体现出宗教世界主义倡导的个体平等性的局限,也是与近代个体主义强调的平等性的明显差别。

伊斯兰世界主义有着与基督教世界主义近似的特点。从普世主义角度上讲,伊斯兰世界主义倡导"人类一体,天下一家"。当代巴哈伊教在其创办的中文版《天下一家》杂志上,每期封面都刊登着"地球乃一国,人类皆其民"的口号,宣传其基本的世界主义主张。当然也要看到,巴哈伊教的普世主义更多体现的是宗教的普世性,它认为宗教是一元的,人类是一体的。至高无上的神只有一个,伊斯兰教、基督教、佛教等不同教派的先知都是体现天神旨意的代表,只不过在不同宗教里的名称不同。也正因为如此,巴哈伊教也称大同教。从个体主义角度上说,伊斯兰教世界主义强调人类皆兄弟,特别是全世界穆斯林以共同的宗教信仰为纽带,彼此视同手足,不分贵贱,地位平等,共同追求和实现宗教意义上的自由。从伦理价值和社会理想上审视不难发现,伊斯兰教世界主义偏爱平等、正义、公正、宽容、中道,并关注和探讨人类的最终命运和美好社会,正是在这里,可以更明显地感受到伊斯兰教宗教世界主义的宗教底色与内质。比如苏菲主义提出的"万物单一论",认为世界与真主同一,真主就是世界,世界就是真主,世界上所有的美好价值都是真主所注定的,所以,只有人主合一,世界主义愿景才可能实现。

由于宗教的底色和鲜明特征,所以世界宗教中的世界主义元素能否被称为世界主义是有争议的,其争议的焦点就在于世界性宗教尽管具有地域上的普遍性,但宗教团体本身则是社群性的,对广大的非教徒具有一定的排斥性,有的甚至是非常严重的排斥性,这显然有悖于主流的世界主义的本质。但是应该看到,当今的世界主义正在表现出与社群主义对话、协调的趋向,如"有限的世界主义""地方世界主义""温和的或弱势的世界主义"。因为只有处理好世界主义的普世情怀与每个人生活当中所产生的社群主义的特殊性情怀与责任的关系,世界主义才能真正得到认同与落实,否则可能会流于空泛。正是在这个意义上,我们可以说,基于宗教的世界主义是一种不完全的世界主义,但它也对世界主义思想做出了独特贡献。

五、世界主义与人类命运共同体的比较

世界主义有着古老的渊源与悠久的历史,并在全球化时代焕发出新春,从而吸引和鼓舞着当代人类走向新的追求与理想生活。人类命运共同体则直面全球化、全球问题、全球治理的时代背景,倡导一种整体性思维、价值和生活方式,构建类主体的新关系,引领人类开创相互依存的全球性新文明。两种理论与理念正深刻影响着当代人类的生活,那么,它们之间有何内在关联与共识,又有哪些不同? 在认识和回应世界大变革、大变局的历史时刻,两者如何携手推进文明进程,这正是我力图探究的问题。

（一）世界主义的理论内核、价值指向和演变趋势。

世界主义的理论内核是个体主义与普遍主义。个体主义以个人为本位、基点去认识事物和处理关系，它强调个人的独立地位、权利与自我意识，因此会与哲学上的人本主义、政治上的民主主义、经济上的自由主义发生内在的关联。然而就世界主义而言，个体主义最突出的理论特征还是个人本位，强调个人的本体性、主体性，无论是权利、责任、义务还是社会关怀的对象与价值目标，都以个人为轴心。与之相对应，普遍主义则强调事物和关系的整体性。它主张打破种种区隔、边界，赋予各种事物与关系在空间上最广泛的适用性，主张被人类认同的诸多事物，（包括价值、理念、制度、技术等）具有内在的一致性。同样，在世界主义的语境与框架中，这种普遍主义强调个人的权利、价值和道德地位具有全球空间的普遍适用性，不受地理边界和相应制度的制约。由此可见，世界主义的这两根理论支柱，一个是要确定个人的本位、主体地位，另一个是要保障这种本位和主体地位在世界各地的适用性。显然，前者（即个体主义）更具有基础性，但后者（即普遍主义）又不可或缺，否则就无法称之为世界主义了。

世界主义的价值指向可概括为三点。其一，个人权利和道德地位的平等性。每个人无论男人、女人、精英、平民，甚至奴隶与仆人，尽管在政治经济和社会地位上有差别，甚至很大的差别，但在道德和精神上都是平等的。其二，世界范围的公正性。世界主义之所以为世界主义，必然具有世界的视野与情怀。个人道德权利与地位的平等性如果仅局限于一国一地或本民族之内，对他国、他族之人不适用，那就违背了世界主义。所以，个人的权利与地位要在世界各地、各国都能公正地得到尊重与保护，这是世界主义的又一鲜明价值指向。康德在论证世界公民权利时指出：友好就是指一个陌生者并不会由于自己来到另一个土地上而受到敌视的那种权利，这种权利属于所有人，"本来就没有任何人比别人有更多的权利可以在地球上的某一块地方生存"。显然，康德是在强调人的权利在世界范围的普适性，他认为这是公正性的要求，也是正义的体现。他重复了一条谚语，以表达对正义的推崇："哪怕世界消灭,也要让正义实现。"美国学者阿皮亚阐述了与康德相似的观点,他说:"世界主义者共同接受的一个思想是,任何区域性忠诚,都不能迫使人们忘记,每个人对别人还负有一份责任。""世界主义的道德判断,要求我们要像对待邻居那样,去对待地球上的任何人。"其三,全人类的共同利益与关切。世界主义不仅追求个体利益和道德地位的平等性,以及个体在世界范围内被公正对待和享有全球正义,而且追求全人类的整体性利益和共同的关切与情感,从而彰显了类主体、类本位、类视角、类诉求,为世界主义的世界性、共同性、整体性增添了更具人类关怀、更合时代脉搏、也更富吸引力的价值。类主体、类本位、类诉求、类利益,只有当人们更自觉地确立起类意识,把人类作为一个独立主体,并对其进行整体性研究时,世界主义才丰满起来,才成为名副其实的世界主义。这是时代使然,也是时代的需要。当代人类面临着诸多全球性问题,它们把世界连成一个整体。只有从整个人类的角度去审视和应对全球问题,推进全球治理,才可能赢得并保护人类的共同利益,增进共同的价值,满足共同的关切。所以,从世界主义的价值追求来讲,人类的类价值不仅不可缺失,还必然会不断增强。

从理论演进的视角看,世界主义可划分为经典世界主义和当代世界主义。经典世界主义是指 20 世纪中期之前学术界中居主流地位的世界主义,而当代世界主义则是伴随全球化、全球治理、全球问题、全球性而正在构建的世界主义。因此,这里经典世界主义与当代世界主义的区分,不是依据时代、时间,而是依据其理论内涵和指向的差异。显然,这是一种高度简约的新的划分,也体现了一种新的视角。

经典世界主义是个体本位的世界主义,因此又称之为个体主义的世界主义。个体的人与整体的人类是经典世界主义的两个基点,但这两个基点仅仅具有形式的意义,本质上只有一个基点,那就是个体。因为,人类只是个人存在与生活的场所,并无独立的主体意义,所以就本位性来讲,只有个体本位而无人类本位。同样,在经典世界主义中,普遍主义只具有空间的意义,而仅仅从空间性上来理解人类的整体性、共同性在理论上是不充分的。

因为除了空间意义上的整体性,人类的整体性、共同性至少还应包括区别于
个体和其他群体的独立的人类利益,以及区别于个体和其他群体的独立的
人类价值观。唯有如此,才能全面体现普遍主义的内容,世界主义的这根理
论支柱才能确立起来。

今天,人类已进入全球化时代。全球相互依存日益紧密,全球性更加
凸显。而全球性的核心是把人类作为一个独立的、单一的主体对待,从人类
的整体性角度考虑和处理种种社会生活和公共事务。主体的全球性从根本
上改变了人们认识和处理社会生活和公共事务的坐标,从而把人类的社会
关系提升到了全人类的层面,彰显了人类的类本质特征。鉴于此,当代世界
主义势必要根据时代的变化作出相应的理论调整与补充,从而显示出新的
理论指向。这种新的理论走向就是,"开始强调和重视个人整合的整体——
人类的独立价值、利益及其作用,认为人类是新的独立的主体,整体性的人
类是道德与价值的新的本体,因此,更强调人类本位"。当代世界主义所显
示的这种新的理论指向,意味着出现了世界主义的一种新类型,那就是区
别于个体主义的世界主义的全球主义的世界主义。这里,从经典的个体主
义的世界主义走向当代的全球主义的世界主义,就是我们所说的世界主义
理论演进的趋势。这一趋势要经历一个较长的历史过程,今天只是这个进
程的开端,还远未成为当代人类社会的主流。但是,这个理论演进趋势值得
关注。

(二)人类命运共同体的理论基点、伦理诉求与演变趋势

人类命运共同体的理论根基是共同体的理论。"共同体"一词源于古希
腊语 Koinonia,原意指城邦设立的市民共同体。亚里士多德把城邦视为最有
代表性的共同体,他说:"所有城邦都是某种共同体,所有共同体都是为着某
种共同的善而建立的(因为人的一切行为都是为着他们所认为的善)。"他
的名著《政治学》就是研究不同城邦所代表的不同共同体(或称社会团体)
的构成及其运行。当然,共同体并非始于古希腊、始于亚里士多德所说的城
邦。从人类历史进程上讲,共同体经历了原始共同体、家庭共同体、古代的

政治共同体、中世纪的信徒共同体、城市共同体、近代的市民共同体、民族共同体、阶级共同体、国家共同体以及当代的国际共同体、全球共同体,直至正在探究和倡导中的人类命运共同体。上述列举,还仅仅是指对人类生活影响较大且更多带有政治色彩的共同体。从更宽泛、更广义的角度上讲,各个层次、各个领域所形成的有形或无形的社团、社区组织都可称之为共同体,如"学术共同体""精神共同体""思想共同体""经济共同体""网络共同体"等等。

据此,我们可以说,狭义的共同体,就是社会学家通常所理解的"社群""社区",而广义的共同体,是指社会中存在的、基于主观上或客观上的共同特征(这些特征包括种族、观念、地位、遭遇、任务、身份等)而组成的各种层次的团体、组织,既包括小规模的社区自发组织,也可指更高层次上的政治组织,如民族与国家。共同体的基本特征是,其一,共同的价值。这是共同体的最核心特征,体现了共同体建立和存在的目的和伦理追求。比如亚里士多德就把追求共同的善作为共同体的目的。康德所主张的是伦理共同体,每个人都按照道德律令行事。共同体的成员只有认同一些基本的价值,践行共同的伦理追求,才可能形成真正的共同体,并保持其活力。其二,共同的利益。如果说共同价值是共同体的灵魂,那么共同的利益则是共同体的基础。这里,利益不仅是指物质上的、有形的利益,也指精神上的、无形的利益。生存安全有保障,这是共同体最常见的利益追求。而伦理价值和精神得到实现,人们获得了愉悦感,这同样可视为一种利益的获得与满足。其三,共同的关切与情感。共同的价值与共同的利益是个体基于理性思考而做出的选择,是个人意志的一种体现。但很多时候,人们并非那样理性,那样精于计算,而可能基于某种关切和情感聚合到一起,是一种非理性化的、无意识的结果。比如对于全球性问题威胁到人类生存的忧虑与关切,或基于宗教信仰、图腾崇拜而产生的情感,都是形成共同体的原因,从而也成为共同体的又一显性特征。正是在这种共同的关切与情感中,人们相互间产生了一种亲切感,甚至家人般的温暖。其四,共同的地域与血缘。这是相对原始和大众化的共同体的特征。家庭、氏族、部落都是以血缘为纽带的原始共同体,而当代以族群、民族为依据的共同体也往往体现着血缘的联系。至于共同的地域,则是大众化共同体(或一般性共同体)都具备的外部客观条件。在共同的地域中才会有共同的生活、劳动和频繁的交往,从而产生构建共同体的需求,或者不知不觉中形成息息相关的共同体。其五,共同的身份。共同体的身份特征是不言而喻的,但是在早期的实体性共同体中,身份认同并未显现,也未被重视,因为作为一个共同体成员,其身份认同与特征在很大程度上是被那些客观条件决定的,非常确定与明确。但是在现代化进程中,随着社会流动性的增强,不仅实体共同体的边界和稳固性不断受到冲击,而且开始出现非实体共同体,共同体的虚拟性、符号性日益明显,正是在这种背景下,身份认同凸显出来。作为共同体的一个成员,不再拘泥于你是否生活于一个有边界的实体性共同体之中,而是要确定你的共同体身份,这个身份要以你的价值、意识、情感、兴趣、关切是否符合某一共同体为尺度,而你的价值、意识、情感、兴趣、关切是流动多变的,新的共同体又层出不穷,所以你的共同体身份也具有了更多的变动性,由此产生的困惑与忧虑使身份认同问题尤为突出。由此可见,共同体的身份特征是一个更现代也更具综合性的特征,区别于传统实体性共同体,精神共同体、观念共同体的意义不可低估。滕尼斯曾把共同体分为血缘共同体、地缘共同体、精神共同体三类,并认为三者呈现出由低向高的发展梯次,而"精神共同体在同从前的各种共同体的结合中,可以被理解为真正的人的和最高形式的共同体"。虽然他过于抬高精神共同体地位,但非实体性共同体所强调的观念、价值、身份认同在共同体中的作用,则是我们应该予以关注和探究的。

人类命运共同体是共同体理论在全球化时代的发展与延续,当然,这一概念本身也有其演变的轨迹和形式。在伯恩斯主编的《剑桥中世纪政治思想史》一书中,他提到14世纪的英国思想家奥卡姆认为,共同体是由个体的整体或者整个人类种族构成的,并提出"人类共同体(universitas mortalium)的概念",也许这是最早的与人类命运共同体相近的概念。20世纪六七十年代以来,随着全球化与全球问题的研究,与人类命运共同体相近的表述与概念日益增多。罗马俱乐部创始人奥尔利欧·佩奇1981年指出："如果世界应该成为一体,那么它的命运也将是共同的,即人类大家庭的共同命运。全人类的共同命运。"著名哲学家拉兹洛认为,"倒是有只'手'能让所有长远利益归于同一,这就是全世界各民族的相互依靠和共同命运"。1995 年联合国社会发展世界高峰会议之后,丹麦组织了《哥本哈根社会进步论坛》,并于 1996—1999 年间举办了四次论坛,集中探讨世界共同体的构建问题。论坛多角度阐述了世界共同体:"创建一个可行的世界共同体必然是一种崭新形式的全球民主、一种服务于平等需要和平等志向的经济、一种富于同情的政治文化、追求普遍利益的社会力量,以及承担保护共同善之责任的制度。""世界共同体乃是一个与不同的政治哲学相容的概念和志向。""一个公平而和平的世界共同体需要强大的寻求共同善的公共制度。""一个未来的世界共同体应该能够充分发挥世界治理的作用,同时又能尊重其成员国的自律。"美国学者入江昭推出《全球共同体》的专著,他认为,全球共同体"意味着一个基于全球意识的跨国网络的建立,这一全球意识指的是这样一种理念,即存在一个超越不同国家和民族社会的更为广阔的世界,任何个人和团体在那个更广阔的世界中都共享一定的利益和关切"。由此可见,人类共同体、世界共同体、全球共同体已经以不同的形式和概念表达了与人类命运共同体相通的内容。值得注意的是,这些术语与概念不仅体现于学术研究,还出现于政治实践之中。美国健全核政策全国委员会于 1987 年在《纽约时报》上发表公开声明宣称,"人类共同体的主权优先于其他任何组织、部落和民族国家的主权。在人类共同体中,个人享有天赋的人权","除非我们能与世界各族人民建立并保持紧密的联系,除非我们的目的具有道德崇高性,除非我们的所作所为是为着人类全体和自由的事业,否则美国将不会获得安全"。

那么,人类命运共同体的理论基点到底是什么呢? 它也有两根支柱,一是社群主义。如前所述,人类命运共同体的理论之根在共同体,而共同体是个体的集合,所以它更关注和强调共同体本身。具体而言,社群主义的基本观点是:其一,在本体论上坚持社群本位、共同体本位;其二,在价值观上坚持集体主义;其三,在哲学理念上坚持特殊主义;其四,在政治特别是国际关系上力挺民族国家,坚持鲜明的国家主义、国家本位。根据上述观点不难理解,人类命运共同体的理论与理念为何与国家主义有密切关系,因为在国际关系视域下所讲的社群主义,已不是一般的社群主义,而是立基于特殊的共同体——国家之上的国家主义。

　　二是普遍主义。人类命运共同体理论中的普遍主义与世界主义所主张的普遍主义并无不同,它同样强调审视世界的全球视野,认同并倡导世界的整体性、共同性,认为当代人类面临的问题和有待处理的公共事务,有待于一场世界观和方法论的革命,需要从共同的问题、共同的利益、共同的价值、共同的责任入手,通过确立全球意识、全球价值、全球制度、全球主体寻求解决之道。

　　人类命运共同体的伦理与价值诉求体现为两个方面。其一,国家间权利、地位的平等、公正及利益的共享。基于社群主义、国家主义的理念,人类命运共同体首先关注和追求的还是国家在国际社会中享有平等的权利与地位,具有公正地参与和决定人类公共事务的身份与权利,并通过协商对话,获得正当合理的国家利益,共享人类的共同利益。这表明,人类命运共同体中的共同体,在现实中恐怕还是众多国家共同体的集合,因此,国家所追求的权利与地位的平等性,参与国际公共事务的公正性,以及共赢共享利益,依旧是首要的伦理与价值的诉求。其二,类主体的整体利益与共同关切。如果人类命运共同体的伦理与价值诉求仅仅停留于社群主义、国家主义,那就不配称之为人类命运共同体,所以,它必然内涵着普世主义的诉求,张扬人类的类主体特征,倡导人类的整体利益,关注人类的共同关切。把人类作为一个独立的主体对待,追求和维护人类的独立利益,从理念和制度上整体性审视和应对当代人类面临的关乎安全、生态与发展的问题,这些就是人类命运共同体更高层次的伦理诉求。模糊或忽视了人类命运共同体这个更高层次的价值追求与指向,就曲解和背离了人类命运共同体理论的精髓。

　　从理论的演进趋势上看,由于全球化和相互依赖的文明进程是历史的大走向,所以全球性的事物、关系、价值会日益增多,因此,尽管国家仍是人类公共事务与关系中最基本的主体,但人类主体已不可忽视,从国家主体适度向人类主体的转移,已是一种可预见的趋势。人类命运共同体理论最终将名实相符,充分体现整体人类的价值与伦理追求。

(三)世界主义对构建人类命运共同体的意义

通过前文对世界主义和人类命运共同体的理论分析,我们不难发现两者的异同。两者的共同之处,一是普遍主义的理论支柱,二是人类主体和人类价值的认同。普遍主义是内含于世界主义与人类命运共同体的基因,离开了普遍主义就不可能形成世界主义和人类命运共同体。而基于普遍主义的价值认同,则要落实到对区别于个人、社群特别是国家的人类的类主体认同,对人类共同利益与价值的认同。这里务必注意,无论是世界主义还是人类命运共同体理论,都存在着内在的张力。世界主义中,这种张力表现为个体主义的世界主义与全球主义的世界主义的张力;而在人类命运共同体中,则表现为国家主义(社群主义)与世界主义的张力。所以,当我们讲世界主义与人类命运共同体之间存在共同性时,是指世界主义之中的全球主义的世界主义,而不是个体主义的世界主义,同时又指人类命运共同体中更高层次的伦理与价值诉求,即类主体的整体利益与共同关切。世界主义与人类命运共同体的共同之处就是两个理论的重叠之处。

世界主义与人类命运共同体的不同在于,世界主义高扬普遍主义旗帜,在认同人类的类主体和类价值的同时,始终坚守和认同个体是道德、价值以及权利和义务基本载体这一理论基点,捍卫每个人都享有平等的权利与义务,都应受到公正对待的原则立场,从而表明,世界主义中的个体主义的世界主义与全球主义的世界主义之间的张力,并不影响它们共同反对抹杀或忽视个人道德与价值基点的社群主义、国家主义。换言之,社群主义、国家主义在世界主义理论中缺席,成为被警惕的对象。人类命运共同体理论显现了社群主义、国家主义与世界主义之间的张力,社群主义作为一条主线贯穿于人类命运共同体,共同体这个主体始终凸显着集体主义的价值,个人和个人主义在这里几乎被遗忘。由此可见,就两者的不同来讲,世界主义的基

253

因更倾向于个体和个体主义价值,而人类命运共同体的基因更倾向于共同体和集体主义价值。但是,由于世界主义和人类命运共同体分别表现出从个体主义走向全球主义、从国家主体走向人类主体的演进趋势,所以,人类主体和人类共同体价值便成为两者的共同选择。

明确了世界主义与人类命运共同体的异同,就能够更理性地认清和把握世界主义对构建人类命运共同体的作用与意义。人类命运共同体的构建一方面要依据其自身的理论支柱和价值指向,另一方面则要观照到现实的可能性。由于人类命运共同体基于社群主义和普遍主义,而其伦理诉求与价值又存在国家与人类两个层次,所以,搞清国家层次的诉求与人类层次的诉求的关系,以及由此产生的两种类型的人类命运共同体理论与理念十分重要。从理论本质上讲,人类命运共同体应以人类为主体,不仅主张共同利益、共同责任而且主张共同价值。也就是说,必须突出类主体,强调人类作为类主体的独立身份与地位,这具有根本性。同时在共同体的共同性上,坚持利益、责任和价值的三重共同,仅讲利益和责任共同,忽视甚至排斥价值共同,就不是真正的人类共同体,因为共同价值是共同体的基本属性与内涵。这种类型的人类命运共同体是完全的、货真价实的共同体,当然也是学理的、理想型的世界主义意义上的共同体。退而求其次,第二种类型的人类命运共同体以国家为主体,主张利益共享、责任共担,但回避或忽视共同价值。显然,这种类型的人类命运共同体仅把人类作为各个国家的集合,不具有实体性。共同体的真正主体还是国家,人类只是一个符号、一种抽象,所以讲人类命运共同体的构建,关键还是协调国家利益与责任,避免传统地缘政治和现实主义所主张的利益与权力的争夺或独享。对人类命运共同体的这种理解与诠释,在当前国际社会比较有市场,如中共十八大政治报告强调:"合作共赢,就是要倡导人类命运共同体意识,在追求本国利益时兼顾他国合理关切,在谋求本国发展中促进共同发展,建立更加平等均衡的新型全球发展伙伴关系,同舟共济,权责共担,增进人类共同利益。"第二种类型的人类命运共同体是不完全的、非理想性的共同体,它秉承国家主义的理念,又试图调和或缓冲基于国家利益的冲突,强调共商共赢,所以也可称为改良型的现实主义意义上的共同体。

人类命运共同体的两个层次与两种类型,提出了践行中的路径与方法问题。在理论本质的把握上,认清人类命运共同体的两个层次与两种类型非常必要,有助于我们站在理论的制高点上统摄该理论,不迷失方向。但人类命运共同体的实践,则必须考虑现实条件与可能,否则再好的理论也是空中楼阁。就此而言,可以把人类命运共同体的构建划分为两个阶段,以两步走的方式,推进人类命运共同体的落地化。第一个阶段,构建基于主权国家之上的合作共赢、权责共担、共同利益和责任为导向的人类命运共同体。在这个阶段,共同体的细胞、单元依旧是国家,国家的合理利益与人类的共同利益通过规范的国际机制加以协调、保障,国家的责任和国际机构的责任也通过国际法或相应的制度加以规定,并监督执行。在该阶段,最重要的是两点:一是限制和防止大国霸权,突出利益与权利的公平分配与行使,彰显国际正义;压制和有意识消除极端现实主义的影响,不断树立和强化合作共赢、共商共建共享的理念与规则,从而使内含于第一阶段的人类命运共同体之中的国家主义得到有效控制;二是加强全球性与全球主义的教育与倡导,逐步提升世界主义的理念与价值的地位与影响力,着力建设有效的全球治理机制,让更多的超国家色彩的管理机构在人类的公共事务中有更大的发言权,从而逐步形成制度替代,渐进接管原本由国家或国家间协商处理的国际事务。显然,在该阶段搁置或淡化共同价值具有一定的合理性与必要性,目的是避免价值观上的过多争执与对抗,务实地求得利益和责任上的共识。事实上,当我们真正落实上述两点时,共同价值也必将日益增强。

第二阶段,构建基于类主体之上的,凸显全球情怀、全球关切、全球意识,以共同利益、责任与价值为导向的人类命运共同体。在该阶段,共同体的细胞、单元已转换为人类,类主体不再虚置而成为实体。全球性将全方位地体现于主体、地域、制度与价值,在第一阶段基于工具理性而被刻意搁置与淡化的价值共同性问题将受到重视,共同价值将成为人类命运共同体各项事务的灵魂,回归到共同体的本来意义和本源地位。当然这里需要强调的是，即便是在第二阶段，政治上建立统一的世界政府也依旧不是必然的选择与归宿。人类命运共同体主张的是共同利益、共同责任、共同价值、共同情感与关切，至于人类命运共同体的政治制度形态，以及它与其他层次的共同体的政治关系，特别是与国家共同体的政治关系将如何建构与运作还是一个亟待探究的问题。正如世界主义的政治制度并非必然是世界政府，国家与未来的世界性的政治制度需要更多创造性的想象与谋划一样，人类命运共同体与国家共同体（或替代国家的其他形式的地方的、区域的、社会自治的共同体）的关系，也绝非一个零和博弈的选择，更大的可能是在人类命运共同体的世界性政治制度的框架下，保留国家共同体或是未来出现的替代性共同体，使人类的社会生活能够在各个层次保持活力。

由此可见，构建人类命运共同体的两阶段论和两步走方案是基于理论本质和现实可能综合考虑的结果。在此基础上，人类命运共同体与国家共同体在长时期内的共存与兼容也是学术界内颇有市场的观点，如哥本哈根社会进步论坛认为，"一个可行的世界共同体需要有高效、能干和人性化的民族国家"，"在尚待建构的'地球村'里，我们需要共享的价值。《联合国宪章》和《联合国普世人权宣言》为我们精心构建并持续改进和调适一个民主的世界共同体所不可缺少的政治哲学和道德哲学，提供了一个坚实的基础"，赫尔德在研究世界主义民主时指出："民主的世界主义模式创造了这样一种可能性——形成一个不断扩展的、用来对不同国家和社会进行民主调控的制度框架。""在民主的自主性框架中世界主义共同体的思想可以定位在联邦制和邦联制之间。"这些观点都是在回应人类命运共同体与国家共同体的关系，表达了两种共同体长期并存、相互协调与适应，以创造人类社会新的政治形式的意向。

总体上看，人类命运共同体与世界主义有着内在的关联，它们拥有共同的价值与理念，都关注并倡导人类的整体性利益与发展。世界主义有着更浓重的哲学与伦理色彩，而人类命运共同体则更多体现了人类的社会性、政治性需求。世界主义有着更悠久的历史，而人类命运共同体则凸显于当下的全球化时代。从某种意义上讲，人类命运共同体理论是世界主义在当代的一种表现形式,也是人类文明进程的一种迫切需要。所以,构建人类命运共同体离不开世界主义的指导,换言之,世界主义是构建人类命运共同体的理论指南与价值归宿。尽管人类命运共同体表现为两个层次、两种类型,并在实践中可以划分为两个阶段,但世界主义的理念与价值始终是人类命运共同体的灵魂。无论是在构建人类命运共同体的第一阶段还是第二阶段,世界主义倡导的全球意识、全球关切与情感以及人类的共同性,对于构建人类命运共同体都有重要意义。

第十二章

中国与世界之关系研究

　　我的整个学术生涯一直保持着对中国与世界之关系的关注与思考,但发表的成果相比全球化、全球治理、全球问题、世界主义而言较少,也较分散,所以给人们的印象不那么深刻,似乎也难以纳入我的学术旨趣之列。其实不然,作为一个中国人,特别是作为受到理想性、革命性文化熏陶,具有世界眼光和家国情怀的理想主义者,中国与世界之关系始终是我心中念念不忘的重要议题。实际上,尽管在这个领域我的研究成果相对较少,但在每个重要的节点与关键的问题上,恰恰都发出了声音,推出了有影响的论文。比如涉及全球化与中国对外战略的文章有《中国的全球化选择与对策》《和谐世界与中国对外战略转型》《中国大战略刍议》《全球化观念在中国的传播及其影响》,涉及全球治理的有《全球治理的中国视角与实践》,涉及中国定位的有《当代中国国际定位的若干思考》,涉及中国模式的有《探索中的中国模式》,涉及国内改革与社会转型的有《可持续发展的历史向度与当代中国社会转型》《反僵化——当代思想革命的主题》,还有从整体上论述中国与世界之关系的论文《对中国与世界关系的审视与反思》。这些文章都是对中国在不同阶段所面临的重要问题的理论回应,并得到社会的认可。

　　大约 10 年前,我草拟了一个中国与世界之关系的研究提纲,计划写一本书予以专论,后来因为《全球学导论》和《世界主义思想史》的研究,无暇顾及,就搁置了。现在找到这个提纲重新加以审视,还是很认同。下面就依据这个提纲,把我对中国与世界关系的思考做个简述和归纳。

这个研究提纲的题目是《中国与世界:三个向度的思考》。提纲分为五个部分:问题的提出(引言),理论与价值向度,国家对外战略与对外关系向度,国家治理与社会转型向度(治国理政与社会转型向度),结论。由此不难发现,在审视和处理中国与世界之关系时,我认为首先要辨析和明确中国应该持有的理念与价值,在此基础上,面向国际要制定和确立国家的对外战略与对外关系,面向国内要制定和确立国家治理和社会转型的诸多原则与政策。审视和处理中国与世界关系必须解决好上述三位一体的统筹与定位,忽视任何一个向度都无法妥善解决该问题。就当下中国的境况而言,理念和价值向度为先,国家对外战略与对外关系次之。但从根本上讲,国家治理的优化和社会转型的有序推进与实现才是更艰巨的工作,也是真正正确解决中国与世界关系的保障。没有国内政治制度、政治体制、政治文化和公民社会的深度变革与构建,中国与世界之关系难有实质性突破。

一、问题的提出

一国与人类文明、世界整体的关系是个世界性问题,尤其是全球化时代的核心议题。因为全球化所带来的全球相互依存已成为当代人类的生存方式,任何国家、民族都不可能与世界隔离,获得独自的发展,必须学会并处理与世界的关系。

1840 年以来的中国历史,从某种意义上讲就是中国与世界之关系的历史。从大一统的帝国到近现代意义上的民族国家,从中华民国到中华人民共和国,无论是封闭还是开放,都凸显着中国与世界之关系不断强化的重要性,而这一历史到今天已发展到一个全新的阶段。在改革开放的旗帜下,中国更深切地感受到自身与世界的关系已经历史地联系在一起,要更多地从世界看中国,而不仅仅是从中国看世界。中国是世界的中国,中国必须树立坚定的信念,在人类文明的大道上前行。

二、理念与价值向度

要正确的认识和处理中国与世界的关系,必须首先辨析并理清一些重要的理念与价值。

其一,中国特色与普遍价值。涉及中国特色的内涵演变及其当代意义,普遍价值的内涵、演变及其当代意义,中国特色与普遍价值的当代论争与实质。这里重要的是梳理基本概念,克服和超越意识形态化、政治正确先导的束缚,从哲学层次的特殊性与普遍性、个性与共性来界定中国特色、普遍价值的本来含义。中国自身已开始认同并主张人类社会生活的共性,如承认人类具有共同利益,承认人权的普遍性,倡导人类命运共同体,并提出了全人类共同价值的新理念。但全人类共同价值与国际社会所讲的普世价值到底有何本质区别,至今语焉不详。一方面把和平、发展、公平、正义、民主、自由纳入全人类共同价值,一方面又把包含着自由、民主、宪政、公平、正义、法治的国际社会所讲的普世价值,称之为西方资本主义的理念与价值,从而既导致自身理念价值定位的混乱,又难以被国际社会认同和理解,出现一种很尴尬的局面。必须正视这一症结,正本清源,给出实事求是、有说服力的学理分析。

其二,国家主义,民族主义与全球主义。涉及国家主义、民族主义的内涵、演变及其当代意义,全球主义的内涵、演变及其当代意义,国家主义、民族主义与全球主义之关系的论争与分析。显然,对于上述三个概念,首要的依旧是梳理并明确其内涵。国家主义是核心,民族主义是与国家主义捆绑在一起,关系密切但又不可等同的概念,而全球主义则以国家主义为对应物、参照系而存在,没有国家主义、民族主义也就无所谓超越领土、国界、民族的全球主义。国家主义、民族主义与全球主义的论争有一个漫长的历史过程,非严格意义上的两者的论争,在古代文明中就已出现。那些超越城市、地域、族群,力图从更宏观的视野审视人类社会生活的理念与价值,就是早期的世界主义思想,也是我在《世界主义思想史》中探究的主题。只是到了近代,出现了严格意义上的国家,两者的论争才有了当代人类更便于理解甚至可以感知的内容。即便如此,两者的论争也大都以国家主义与世界主义的面目出现,唯有进入全球化时代,世界主义在某种意义上已可被新的全球主义理念所替代,两者的论争才名副其实地成为国家主义与全球主义之争。我们要关注并着重研究的,正是以类主体为本位,倡导人类整体性和利益共同性的全球主义与国家主义之间的论争。而以个体为本位,仅仅强调在空间的意义上维护个人正当权利在世界的正当性的世界主义,正在被全球主义所替代。

其三,全球化认知。涉及全球化的五大时代意义,全球化的客观与微观认知,全球化凸显了全球性的时代议题。全球化的五大时代意义是:全球化凸显了国际社会的相互依存,相互依存已成为当代人类的生存方式和基本规律;全球化凸显了人类共同利益,这种利益与国家利益、民族利益交织在一起,共同影响着人们的生活;全球化凸显了和平与发展的主题,各国无论自觉还是不自觉,都会卷入维护和平、寻求发展的历史潮流;全球化凸显了国际机制的历史作用,通过法律、制度、规则协调国际关系,治理人类社会生活日益成为人们的共识;全球化凸显了新的意识,即全球意识、合作意识、求同存异共处竞争意识。这些新的意识有助于人们以平和的心态、理性的目光审视异质理念与文明,关注人类整体的进步与发展。

全球化的宏观认知是指哲学层次的全球化观念,它所关注的是人类发展的趋势与走向,最有标示性的指向就是人类整体性和人类共同利益的加强;全球化的微观认知是指现实层次的全球化观念,它所关注的是什么主导全球化,谁在全球化中受益,全球化是否公正。而由此导致的结论就是,资本主导着全球化,资本流动的载体——跨国公司主导着全球化,而它们都更多与资本主义联系在一起。西方发达国家是全球化规则的主要制定者与实施者,因此也是全球化的主要受益者。广大发展中国家在全球化中处于弱势或边缘的地位,难以有效维护自身利益,从而反映出全球化的不公正性。全球化的上述两种认知分别反映了全球化的两个视角,各有其合理性与真理性。只有同时从两个角度、两个层次审视与把握全球化,全球化观念才是完整的、准确的。要学会换位思考,善于理解不同的观点。

全球性是全球化时代人类社会生活的新质与新特征,其新之所在,就是突出人类作为类主体所具有的整体性、共同性、公共性。全球性在本质上是与现代性、民族性、国家性、区域性相区别的,它的历史使命就是超越它们,走向全球。当然,这是就根本性质而言的。至于具体的、历史的关联性,则应实事求是地考察与辨析,不可简单化、绝对化。

三、国家对外战略与对外关系向度

认识和理解中国与世界的关系,要首先解决理念与价值的定位,更多、更日常、更棘手的问题,是要直面国际交往中中国确立何种对外战略,怎样处理复杂多变的国际关系。

其一,中国的国际定位。涉及身份定位,中国是发展中国家还是正在崛起的新兴大国;角色定位,是现有国际秩序的批判者、反对者还是认同者;偏好选择定位,是注重权力还是注重责任。在身份定位方面,拘泥于单一的传统的发展中国家定位,恐怕已经过时,也得不到国际社会的认同。但高调张扬中国是个新兴大国,又不符合现实,毕竟中国的崛起主要表现为 GDP 总量的快速增长和经济总量位居世界第二,更多体现了经济规模的影响力。所以,从多项指标下的国家综合发展程度(或称现代化程度)上讲,中国依然是个发展中国家,对此我们应有清醒的认识。但从国际关系范畴的角度上讲,明确中国是正在崛起的新兴大国是合理的,也是必要的。因为中国经济的规模性影响已带来对国际社会的冲击力,并提升了中国在国际经济事务中的发言权,要求中国担负起更多责任。所以中国的身份定位涉及两个向度。一个是现代化程度的定位,那就是发展中国家。另一个是在国际关系中的定位,即处理中国与世界之关系时的身份定位,那就应该是新兴大国。在角色定位方面,直到改革开放,中国始终是现有国际体系、国际秩序的批判者、反对者,因而被孤立于国际社会之外。改革开放后,中国重新审视自身的对外战略与对外关系,逐渐融入国际社会,对外宣示要成为现有国际体系与国际秩序的认同者、维护者、建设者。这是中国应有的选择。在偏好选择方面,国家及其政治家在国际事务中往往更迷信、青睐权力,认为权力是维护和追求利益的保障,是提高国际地位和发言权的支撑。这恰恰反映出国际关系中的现实主义的广泛而持久的影响,它是现实的却不具有伦理的正当性,而且难以持久。因为这种现实主义的视角与选择,只会落入国际关系中的"囚徒困境",导致国际关系无休止的冲突。所以,当代中国应该更重视、更强调责任偏好,即在国际社会和国际关系中做一个负责任的大国。如果每个国家都能更理性地以责任视角审视和处理国际事务,那必将成就国际社会的和平与安稳。

其二,中国的国家利益。涉及对国家利益最大化的反思,思考中国国家利益的政治视角、国内视角,研判日益增长的中国海外利益。国家利益最大化是至今为止各国在处理国际事务时所信奉与遵循的原则与理念,其依据首先来自经济人理性的假设,即认为国家像经济人一样,追求自身利益的最大化,这是本性,不可改变。其次来自现实主义的权力与利益观,即认为国际政治的本质是追逐权力及其由权力规定的利益,这决定了国家在国际政治中的行为必然是追逐权力与利益,从而也是无法超越的本性与现实。显然,国家利益最大化是典型的国家主义思维与理念。国家主义坚持国家中心、国家本位,认为国家主权的至上性、国家利益的神圣性、国家行为的正当性都是毋庸置疑的。这种政治学说与理念,对内将国家凌驾于个人的权利、利益和要求之上,对外则习惯于以对抗性思维处理国际事务,片面追求本国利益的最大化。当今世界日益紧密地相互依存,使得国家主义的思维与理念受到质疑与挑战,片面追求一国利益最大化几乎成为不可能。世界上的很多问题需要通过协商、对话甚至妥协、让步才能解决,共存共赢已成为时代的新理念与新选择。在这种文明转型与世界转型的背景下,国家利益最大化的理念应该进行反思,需要倡导有效、合理的国家利益观,在有效维护本国合理利益的同时,寻求人类共同利益。这正是当代中国在参与全球治理时应倡导和引领的理念。

思考中国国家利益不能仅局限于国际视角而忽视国内视角,特别是国内的政治视角。巩固和赢得执政党、执政集团的执政合法性,赢得民心是最根本的国家利益。有了坚固的执政的合法性,有了广泛的民众认同与支持,国家稳定,社会繁荣,这才是更为可贵的国家利益。随着中国日益融入国际社会,积极参与全球化,中国开辟的国际空间与日俱增,因此,合理合法地保障中国的海外利益也提上日程。这里,关键是要以平等的身份、平和的心态、公平合理的要求以及强烈的国际法治观念来研判、处理涉及中国海外利益的各项事务。

其三,全球治理与国际公共物品的提供。涉及更加积极地参与全球治理是当代中国对外战略的理性选择,中国参与全球治理的最佳切入点是提供更多国际公共物品,必须重视全球治理与国家治理的整体性与协调性。

全球治理是当代中国对外战略的基石与轴心,中国对外关系的各种战略考量与安排,都要自觉地体现全球治理的理念与战略要求。今天各国的对外战略,若没有对全球治理的深刻理解和积极参与全球治理的真心认同,那么这种对外战略就脱离了现实,缺乏了时代精神。中国只有积极参与全球治理,才能表明当代中国的担当和维护人类共同利益的意愿。加大国际公共物品的提供是中国回应国际社会期盼和质疑的最佳举措。加大国际公共物品的提供,有助于体现新兴大国的责任,提升中国的国际影响力和道德制高点。整体治理观是相对局部治理观、割裂治理观、片面治理观而言的,在统筹全球治理与国家治理时必须重视这种整体性。由于人们至今仍生活于威斯特伐利亚体制之下,国家依旧是最基本、最主要的单元,个体和政治共同体的生存、交往与发展都在领土国家之内,所以,国家治理更容易得到人们的理解与认同。而全球治理则立足于全球的视角,关注的是整个人类面临的公共事务,特别是关涉人类命运与发展的全球性问题。空间的不同导致视野、价值关怀以及治理路径与政策的差异,这本身可以理解,但如果刻意坚持这种差异,忽视对国家治理与全球治理内在关联性的研究,拒绝对两者日益打破界限、融为一体的审视与承认,那就势必导致治理的困境。

其四,如何处理国际冲突与争端。涉及要立足于公地化的基点审视和处理边界纠纷与海洋争端,维护联合国和国际法的权威,坚定不移地推进国际法治,强调互利共赢,大力倡导人类命运共同体理念。

中国面临着诸多的边界纠纷与海洋争端,需要更理性地思考与选择处理该类问题的理念与途径。在这方面南极条约树立了一个典范,启示各国可以采用公地化的理念与方式解决领土主权争端。公地化是指通过维护领土公共性功能的国际条约、创设有效的多边协商机制,以及强调多元行为体的共同参与等方式来处理领土主权争端。冻结主权原则、人类共同遗产原则都与公地化理念密切相关,都是力图用一种新的理性的思维,审视和处理涉及地球特殊空间和一般化的国家间领土主权争端议题。中印边界、东海与南海的海洋争端以及南北极日益激烈的资源争夺与开发利用,都离不开公地化的思考。

国际法治是处理国际冲突与争端的有效工具,因为它是各国在特定领域达成的诸多行为规范与原则,制约、平衡、协调着各国单向度的国家利益追求,倡导并推进在法治框架内更合理地追求自身利益,同时更积极地维护人类共同利益。只有真心认同国际法,遵循国际法,抛弃各种"例外论""特权论",才能真正实现国际法治。

在相互依存的全球化时代,强调共存、互利、共享、共赢,特别是倡导人类命运共同体理念,已成为中国对国际社会的特殊贡献。毫无疑义,这些理念具有理想主义色彩,但代表着人类的未来、国际关系的未来。对于中国来讲,重要的是在处理国际事务特别是国际冲突与争端中践行我们倡导的原则与理念,使这些原则与理念产生真正的说服力和影响力。

四、国家治理与社会转型向度

要处理好中国与世界的关系,更基础性工作是做好国家治理,完成必要的社会转型。从某种意义上讲这个向度更关键,也更难推进和深入。

其一,必须直面执政合法性。涉及执政的历史合法性、现实合法性和理论合法性(规范合法性)。执政的合法性是一个政权能否稳定长久的基础。必须懂得,执政的历史合法性不能替代执政的现实合法性。执政的现实合法性需要执政者用行动和事实来证明,证明的唯一标准,就是获得绝大多数公民的认可与拥护,能够实现生活富足,社会稳定,公平正义,幸福感强。不作为甚至只热衷于谋取执政者私利的政权不具有执政的现实合法性。理论的合法性具有更高的标准,那就是从法律的视角、从人类与时俱进的理念和伦理标准去审视该问题。首先是执政者必须合乎宪法,并自觉地遵循宪法,在宪法的框架下治国理政。其次是伴随人类文明的进程,要不断适应新理念、新价值对执政者的新要求,如果执政者不能与时俱进,那就可能被更规范、更合理的理念与价值所淘汰。

其二,政治制度与政治体制的转型。中国经历了几千年的封建专制统治,有认同和实行专制主义的传统与基因,加之苏联中央集权式社会主义的影响,所以在政治制度、政治体制上始终存在着艰巨的反封建、反专制、反个人迷信与集权的任务。尽管改革开放后,民主化、法治化的进程一直被政府所倡导,但实质性的改革有限,必须下决心推进政治民主化和法治化,否则无法产生政治的信服力,进而成为影响中国与世界之关系的一个最难突破的障碍。

其三,公民社会与公民政治。涉及公民社会与公民政治是宪政的基础,公共领域的成熟是公民社会与公民政治成熟的标志,公民的积极参与有助于弥补国家治理的不足。公民社会与公民政治的状况在很大程度上制约甚至决定着一个国家政治发展的水平、程度,它们是实现民主化、法治化、宪政的基础,也是社会活力和创造性的主要来源。一个开放、有序并以宪法为最高遵循原则的公共领域的存在,意味着公民社会和公民政治的成熟。在这里,每个公民都可以自由地对公共事务发表意见,展开正常的对话、交流与辩论,达成共识,影响政府的决策。公民对公共事务的关心和积极参与,凝聚和凸显了民众意愿与需求,体现了社会的政治性,从而有助于弥补国家治理的不足。

其四,道德与文明建设。涉及道德水平反映国家的文明程度,文明崛起是一个民族、一个国家真正的崛起。一个国家和民族能否在世界立足,并受到国际社会的尊重,不仅要有超强经济的影响力、政治制度的吸引力、社会开放与创造性所产生的活力,还必须有令人敬重、赞叹的文明魅力。这种文明的魅力集中体现为伦理道德的引领和深刻、文化样式和内容的丰富与感人、社会规范人性化并被公民自觉遵守。只有在文明的大道上前行,并被世界称之为文明国家,这个国家与世界的关系才是可期待的和谐的关系。

五、结论

中国与世界的关系,是我们这个国家、民族始终面临并要求回答的重大问题,也是世界各国、各民族面临的共同性问题。自近现代以来,中国在这个问题上给出的答案大都令人失望。唯有 1978 年以来的改革开放,中国勇敢地冲破传统理念、体制的束缚,进行了一场伟大的改革实践,开始从根本上触动、调整中国与世界之关系,力图拥抱世界,回归世界文明的大道,从而推动了中国的整体性进步。但是这个进程又遇到了新的问题与挑战,中国实现现代化,成为现代文明国家的历史走向,依然可能出现曲折甚至反复。

正是鉴于这种新的变化与困境,我所阐述的中国与世界之关系的三个向度的思考与谋划,似乎就远离了现实,更具理想性。但是我还是坚定地认为,中国不能放弃这种理想,我们必须坚韧不拔地推动中国深层次的社会变革。改革开放曾被称为第二次革命,那么期盼中的中国与世界之关系的构建,也许就需要更果敢、更深刻、更全面的第三次革命。

2023 年 1 月 18 日完成初稿
写于北京疫情封控和解封后疫情海啸时期小营路家中
2023 年 3 月 16 日完成第一次修改
2023 年 9 月 25 日完成第二次修改
2024 年 11 月 22 日完成第三次修改

附录：代表性成果与获奖

一、著作

1. 《全球学导论》英文版 *AN INTRODUCTION TO GLOBAL STUDIES*，劳特里奇出版社（Routledge），2020 年版

2. 《全球学与全球治理》北京大学出版社，2018 年版（专著）

3. 《全球治理概论》，北京大学出版社，2016 年版（教材、主编）

4. 《全球学导论》，北京大学出版社，2015 年版（专著）

5. 《全球化与政治的转型》，北京大学出版社，2007 年版（专著）

6. 《国际关系学》，南开大学出版社，2005 年版（教材、主编）

7. 《全球问题与当代国际关系》，天津人民出版社，2002 年版（专著）

8. 《可持续发展——新的文明观》，山西教育出版社，1999 年版（专著）

9. 《市场经济与政治发展》，福建人民出版社，1998 年版（专著、主编）

10. 《当代全球问题》，天津人民出版社，1994 年版（专著）

11. 《古希腊政治学说》，商务印书馆，1991 年版（译著）

12. 《西方政治思想史上的政体学说》，中国城市出版社，1991 年版（专著）

13. 《契约论研究》，南开大学出版社，1987 年版（专著）

二、论文

1. 《全球治理与国家治理：当代中国两大战略考量》，《中国社会科学》2016 年第 6 期

2. 《当代中国国际定位的若干思考》，《中国社会科学》2010 年第 5 期

3. 《全球治理的中国视角与实践》，《中国社会科学》2004 年第 1 期

4.《全球主义与国家主义》，《中国社会科学》2000 年第 3 期

5.《全球化与二十一世纪的政治学》，《中国社会科学》2003 年第 2 期

6.《时代召唤的全球学——研究现状与未来发展》，《国际政治研究》2022 年第 2 期

7.《全球主义观照下的国家主义》，《世界经济与政治》2020 年第 10 期

8.《对中国与世界关系的审视与反思》，《国际政治研究》2019 年第 6 期

9.《理性与非理性的博弈》，《探索与争鸣》2019 年第 1 期

10.《世界主义与人类命运共同体的比较分析》，《国际政治研究》2018 年第 6 期

11.《以全球视野推动治理变革》，《人民日报》2018 年 6 月 28 日

12.《全球学的时代价值》，《人民日报》2018 年 2 月 26 日

13.《世界主义的理路与谱系》，《南开学报》2017 年第 6 期

14.《世界主义的新视角：从个体主义走向全球主义》，《世界经济与政治》2017 年第 9 期

15.《被误解的全球化与异军突起的民粹主义》，《国际政治研究》2017 年第 1 期

16.《中国参与全球治理的新问题与新关切》，《学术界》2016 年第 9 期

17.《全球治理的反思与展望》，《天津社会科学》2015 年第 1 期

18.《中国如何参与全球治理》，《国际观察》2014 年第 1 期

19.《全球性：一个划时代的研究议题》，《天津社会科学》2013 年第 6 期

20.《全球学：概念．范畴．方法与学科定位》，《国际政治研究》2013 年第 3 期

21.《中国提供国际公共物品的理论思考》，《国际政治研究》2012 年第 4 期

22.《当代中国国际定位中的几个重要问题》，《当代世界与社会主义》2010 年第 1 期

23.《国际秩序的转型与塑造》,《外交评论》2009 年第 8 期

24.《全球化观念在中国的传播》,《经济社会体制比较》2008 年第 4 期

25.《全球化观念与中国对外战略的转型》,《世界经济与政治》2008 年第 11 期

26.《全球化的时代意义及其启示》,《上海交通大学学报》2006 年第 6 期

27.《和谐世界与中国对外战略的转型》,《吉林大学社会科学学报》2006 年第 5 期

28.《探索中的"中国模式"》,《当代世界与社会主义》2005 年第 5 期

29.《全球政治的要义及其研究》,《世界经济与政治》2005 年第 4 期

30.《时代的新质与前瞻》,《现代国际关系》2002 年第 7 期

31.《政治学发展的全球化思考》,《马克思主义与现实》2002 年第 4 期

32.《全球化认知的四大理论症结》,《教学与研究》2002 年第 3 期

33.《可持续发展的历史向度与当代中国社会转型》,《文史哲》2000 年第 5 期

34.《共存政治:可持续发展的政治指向》,《世界经济与政治》1999 年第 12 期

35.《全球化与当代世界》,《南开学报》1999 年第 6 期

36.《试论全球问题对当代国际关系的影响》,《南开学报》1999 年第 1 期

37.《21 世纪的政治学呼唤新的政治思维》,《政治学研究》1998 年第 1 期

38.《全球问题的哲学思考》,《马克思主义与现实》1997 年第 5 期

39.《市场经济与政治发展的理论思考》,《南开学报》1996 年第 4 期

40.《政治发展研究中若干值得探索的问题》,《经济社会体制比较》1996 年第 3 期

41.《关于建立国际新秩序的几点思索》,《南开学报》1994 年第 3 期

42.《探究政制发展规律　推进政治体制改革》，《南开学报》1988 年第 3 期

43.《全球意识——当代社会主义的新思维》，《当代社会主义新课题资料选编》1988 年

44.《人类知识化刍议》，《天津社会科学》1984 年第 2 期

45.《西方政治思想史上的契约论》，《百科知识》1983 年第 9 期

三、获奖

1. 2022 年《世界主义思想史》入选国家哲学社会科学成果文库

2. 2014 年《全球学导论》入选国家哲学社会科学成果文库

3. 2020 年获教育部第八届中国高校人文社会科学研究优秀成果奖一等奖

（获奖作品：《全球学导论》）

4. 2006 年获教育部第四届中国高校人文社会科学研究优秀成果奖三等奖

（获奖作品：《全球治理的中国视角与实践》）

5. 2003 年获教育部第三届中国高校人文社会科学研究优秀成果奖三等奖

（获奖作品：《全球主义与国家主义》）

6. 1998 年获教育部第二届中国高校人文社会科学研究优秀成果奖三等奖

（获奖作品：《当代全球问题》）

7. 2012 年获北京市第十二届哲学社会科学优秀成果奖二等奖

（获奖作品：《当代中国国际定位的若干思考》）

8. 2006 年获北京市第九届哲学社会科学优秀成果奖二等奖

（获奖作品：《全球治理的中国视角与实践》）

9. 1996 年获天津市第六届哲学社会科学优秀成果专著一等奖

（获奖作品:《当代全球问题》）

10. 1991年获天津市第四届哲学社会科学优秀成果专著二等奖

（获奖作品:《契约论研究》）